高等学校计算机基础课规划教材

Visual Basic 程序设计实验教程

陈 达 吴长海 主编

科学出版社

北 京

内 容 简 介

　　本书是与《Visual Basic 程序设计教程》配套的辅助教材。全书共分 5 个部分:第 1 部分为上机指导,介绍了上机过程遇到的一些问题和上机编写、调试程序的基本方法;第 2 部分为实验内容,编排了 12 个综合实验题目,详细讲述了每一个实验的实验目的、实验手段及实验方法;第 3 部分为习题解答篇,对主教材中各章的习题绘出详细答案;第 4 部分综合本教材学习的内容及要求、并结合全国计算机等级考试的内容形式给出了综合测验题;第 5 部分是上机练习题。书中习题内容解答详细,力求针对性强;实验内容丰富,综合性强,并对各章节的知识点加以适当扩充,实验的应用性相对主教材例题有所提升,有利于学习者知识的掌握和实践能力的提高。

　　本书可与《Visual Basic 程序设计教程》一书配套使用,也可作为全国计算机等级考试 Visual Basic 程序设计的习题参考用书,还可作为相关的技术培训的教材,以及程序设计初学者的自学用书。

图书在版编目(CIP)数据

Visual Basic 程序设计实验教程/陈达,吴长海主编.—北京:科学出版社,2010.2

高等学校计算机基础课规划教材

ISBN 978-7-03-026634-7

Ⅰ.①V…　Ⅱ.①陈…②吴…　Ⅲ.①BASIC 语言－程序设计－高等学校－教材　Ⅳ.①TP312

中国版本图书馆 CIP 数据核字(2010)第 020741 号

责任编辑:张颖兵　梅　莹/责任校对:闫　陶
责任印制:彭　超/封面设计:苏　波

科 学 出 版 社 出版

北京东黄城根北街 16 号
邮政编码:100717
http://www.sciencep.com

武汉市新华印刷有限责任公司印刷
科学出版社发行　各地新华书店经销

*

2010 年 1 月第 一 版　开本:787×1092　1/16
2010 年 1 月第一次印刷　印张:14 3/4
印数:1—4 000　字数:364 000

定价:29.00 元
(如有印装质量问题,我社负责调换)

《Visual Basic 程序设计实验教程》编委会

前　言

Visual Basic 是 Microsoft 公司推出的一种面向对象的"可视化"Windows 应用程序开发工具，它在语法上继承了 Basic 和 Quick Basic 的优点，具有使用方便、简单易学等特点，且功能强大，与其他开发工具有丰富的接口。因此，深受广大用户的青睐，成为学习开发 Windows 应用程序首选的程序设计语言。

目前，许多高校非计算机专业都开设了"Visual Basic 程序设计"课程，而很多非计算机专业人员也选择使用 Visual Basic 作为学习计算机程序设计的语言。

"Visual Basic 程序设计"是一门实践性很强的课程，我们根据多年从事计算机程序设计教学实践经验，编写了这本与《Visual Basic 程序设计教程》配套的实验教程。编写过程中按照 Visual Basic 程序设计的特点，采用"任务驱动"方式，精心设计每一个实验实例、实验内容，实践证明，使本书更能激发读者学习 Visual Basic 程序设计的兴趣，培养学生的实际编程能力。

全书包括 Visual Basic 上机指导、基础实验、习题参考解答、综合练习题和上机练习题。其中，Visual Basic 上机指导部分主要介绍 Visual Basic 6.0 集成环境的使用与设置，以及 Visual Basic 程序设计的基本概念；基础实验部分共有 12 个实验，是针对程序设计初学者而设计的，主要包括大学非计算机专业"Visual Basic 程序设计"课程的必修教学实验内容。所有实验均具有较强的针对性和实践性，通过实验使读者掌握 Visual Basic 程序设计与调试方法，巩固所学知识，培养实际编程能力。

习题参考解答部分给出了《Visual Basic 程序设计教程》中各章习题的详细分析及解题思路、方法；综合测试题练习题用于读者复习、巩固所学知识，测验自己是否真正掌握相关知识；上机练习题便于检验读者的实际操作能力水平。

本书可以作为各类高等院校、各类高职院校非计算机专业学生的"Visual Basic 程序设计"课程的实验教学用书，也可作为广大计算机爱好者学习 Visual Basic 程序设计语言的参考书。

由于作者水平所限，书中疏漏之处在所难免，恳请广大读者批评指正。

作　者
2009 年 10 月

目　　录

第 **1** 部分　上 机 指 导

1.1　应用程序调试

在程序编写的过程中,出现错误是难免的,查找并修改错误的过程称为程序调试。

1.1.1　Visual Basic 的工作模式

在进行程序调试时,必须了解应用程序正处在何种工作模式下。Visual Basic(以下简称 VB)提供了设计模式(design mode)、运行模式(run mode)和中断模式(break mode)三种工作模式。

1. 设计模式

启动 VB,即进入设计模式。此时主窗口标题栏显示为**设计**,一个应用程序对应的所有步骤基本上在设计模式下完成,包括程序的界面设计、属性设置和代码编写等,在设计模式下,不能运行程序,也不能使用调试工具但可以设置断点。

2. 运行模式

执行**运行菜单中启动**命令,也可单击工具栏上**启动**按钮或按 F5 功能键,即进入运行模式。标题栏显示**运行**,在该模式下,不能修改程序代码。若要修改代码,可以执行**运行菜单中结束**命令,或单击工具栏上**结束**按钮,回到设计模式进行修改;或者执行**运行菜单中中断**命令,也可单击工具栏上**中断**按钮或按 Ctrl+Break 组合键,进入中断模式进行修改。

3. 中断模式

执行**运行菜单中的中断**命令,或者单击工具栏上**中断**按钮或按 Ctrl+Break 组合键,以及程序出现运行错误时,进入中断模式,标题栏显示**中断**。在此阶段,程序暂停,可以查看并修改代码,检查数据是否正确,修改结束后,可以继续执行程序或中止程序的运行。

在中断模式下,**运行菜单中启动**命令变为**继续**命令。

1.1.2　程序错误种类

VB 程序设计中的常见错误可以分为语法错误(syntax error)、编译错误(compile error)、运行错误(run-time error)和逻辑错误(logical error)4 类。

1. 语法错误

语法错误常常是由于拼错一条命令或使用不正确的语法引起的。例如,关键字拼写不正确,遗漏了某些标点符号,英文的标点符号写成中文的标点符号,函数调用缺少参数,括号不匹配,有 For 没 Next,或把 ElseIf 写成了 Else If 等。语法错误通常在键入程序时发生,是最容易发现的一类错误，因为 VB 具有自动检测语法错误的功能。该功能可以通过**工具**菜单中**选项**命令，在**编辑器**选项卡中设置。当用户在代码窗口中编辑代码时，VB 会及时检查出语法错误并提示用户纠正。例如以下代码：

```
Private Sub command1_Click()
  a=9
  b=4
  c=a*b
  print  "c=";c
End Sub
```

在输入时，如果第一行输入为

```
  a=
```

按回车键后，就会弹出一错误信息框，如图 1.1 所示，同时该语句行变为红色醒目提示。

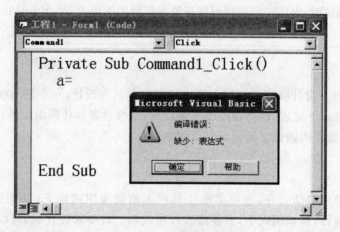

图 1.1 检查语法错误

此时，若想对程序进行修改，可先单击错误信息框的**确定**按钮，或按回车键，关闭该信息框。如果不明白错误信息的含义，可以单击错误信息框中的**帮助**按钮，或按 F1 键，来获取这条错误产生原因及解决办法的帮助信息。若没有安装 MSDN 将会出现提示，如图 1.2 所示。

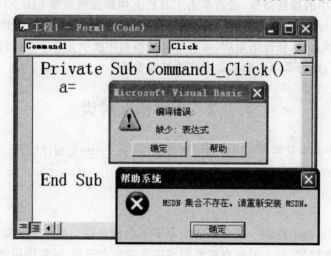

图 1.2 安装提示

使用 VB 的自动语法检测时,应注意两点:①错误信息框显示的为**编译错误**,实际上也是语法错误;②一般说来,VB 高亮度显示出错单词及语法错误所在的行,但并不能准确给定,需要仔细查找检查。

2．编译错误

编译错误是指执行**运行**菜单中**启动**命令,或者单击工具栏上**启动**按钮或按 F5 键,以及将程序编译成可执行文件时产生的错误。例如,用户未定义变量、遗漏关键字等。这时,VB 会弹出一个错误信息框,同时出错行高亮显示,如图 1.3 所示。

图 1.3　编译错误

这种错误不是语法错误,在输入代码时不会被语法检测发现。出现这类错误后,VB 将停止编译并返回到有错误的代码窗口。

3．运行错误

运行错误是指程序输入或编译时正确,而在运行代码时发生的错误。这类错误通常是由应用程序在运行期间执行非法操作或某些操作失败所引起的,如类型不匹配、用零作除数、试图打开一个不存在的文件、数组下标越界、磁盘存储空间不足等。例如,变量 a 的类型被定义为单精度型,如果对其赋值的类型是字符串,系统就会发生运行错误,如图 1.4 所示。

图 1.4　运行错误

此时,用户若单击**调试**按钮,则进入中断模式,光标停留在出错行上,可以修改代码;若单击**结束**按钮,则终止程序执行返回到代码窗口;若单击**帮助**按钮,则可以获取有关错误提示的更多信息。这一类错误在设计阶段较难发现,是程序容错检验的重点。

4. 逻辑错误

逻辑错误往往表现为程序运行后得不到设计的预期结果。例如,运算符使用不正确、语句次序不对、循环语句的起始值与终止值不正确等。这类错误一般不产生错误信息,因此是最难查找的一类错误,需要认真分析并借助相应的调试工具才能查出原因并加以改正。为减少逻辑错误的发生,良好的编程习惯是非常重要的。如在关键地方加上必要的注释,强制所有变量必须显式声明以保证变量名称的一致性,列出详细的事件、事件过程清单等。

1.1.3 使用 VB 的调试工具

VB 提供了强大的调试工具,即**调试**菜单和**调试**工具栏。它们能够帮助分析程序运行过程,分析变量和属性值的变化,有助于找出程序的错误。VB 的**调试**菜单如图 1.5 所示。

图 1.5　调试菜单

其中,各个命令的作用如下:

(1) 逐语句(step into),一次执行一条语句;

(2) 逐过程(step over),一次执行一个过程或语句;

(3) 跳出(step out):执行当前过程的其他部分,并在调用过程的下一行处中断执行;

(4) 运行到光标处(run to cursor),通常可以使用这个命令跳过大型循环;

(5) 添加监视(add watch),该命令可以弹出**添加监视**对话框,可以在该对话框中输入出现在**监视**窗口的监视表达式;

(6) 编辑监视(edit watch),该命令弹出**编辑监视**对话框,能过此对话框可以编辑或删除监视表达式;

(7) 快速监视(quick watch),将所选择的表达式值显示在**快速监视**对话框内;

(8) 切换断点(toggle breakpoint),用于设置或删除当前行上的断点;

(9) 消除所有断点(clear all breakpoints),消除程序中所有断点;

(10) 设置下一条语句(set next statement),选定语句作为开始执行;

（11）显示下一条语句（show next statement），高亮显示下一条将要被执行的语句。

一般说来，**调试**工具栏是隐藏的，选择**视图**菜单中**工具栏**菜单项，在工具栏下的子菜单中执行**调试**命令打开**调试**工具栏，如图 1.6 所示。

图 1.6　**调试**工具栏

调试工具栏中各个图标所代表的含义从左到右依次为启动、中断、结束、切换断点、逐语句、逐过程、跳出、本地窗口、立即窗口、监视窗口、快速监视和调用堆栈。其中，启动、中断、结束三个按钮控制程序的运行、中断和结束；切换断点、逐语句、逐过程、跳出与调试菜单中相应命令作用相同；本地窗口用于观察当前过程中所有变量的值；立即窗口用于中断状态下显示和改变变量、表达式或对象属性的值；快速监视用于快速查看和选中变量、表达式或对象属性的值；调用堆栈用于显示当前所有活动过程调用的一个列表，该列表中的项目是以分级格式显示的，可以跟踪程序的进程。

1. 进入中断模式

调试工具只有在应用程序的中断模式下才有效，因此要使用调试工具，首先应该进入中断模式。此模式的作用是暂停应用程序的执行并提供有关应用程序的情况，程序总是从运行模式进入中断模式。

进行程序调试时，常用的中断方法有设置断点和使用 Stop 语句两种。

1）设置断点

进入中断模式最准确最常用的方法是设置断点。通常在需要程序暂停的地方设置断点，断点可以设置多个，用来缩小错误查找范围，对程序进行分段调试。

断点一般在中断模式或设计模式下设置，设置断点的方法如下：

（1）打开代码窗口，在希望中断的语句行左边的灰色区域（也称边界标识条）单击鼠标，即完成了断点的设置。此时，该语句行以粗体反相显示，如图 1.7 所示。

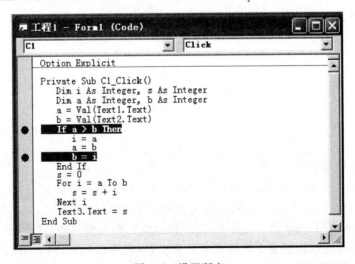

图 1.7　设置断点

（2）在代码窗口中，将光标移到希望中断的语句上，执行**调试**菜单中**切换断点**命令，即可实现断点的设置。

（3）单击**调试**工具栏上**切换**按钮或按 Ctrl＋Shift＋F9 组合键，也可设置断点。

上述第（2）、第（3）种方法实际上是切换断点，即无断点时设置断点，有断点时清除断点。设置了断点后运行程序，当程序执行到断点处时，程序暂停进入中断模式，断点语句以黄色高亮度显示出来。此时，可以查看断点语句之前的所有变量、属性以及表达式的值，方法是将鼠标指向所关心的变量处，稍停一下，鼠标下方就会显示该变量的值，如图 1.8 所示。

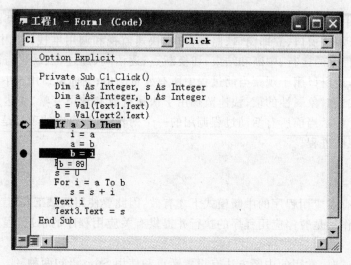

图 1.8　查看变量 b 的值

2）使用 Stop 语句

进入中断模式的另一种方法是在程序代码中需要暂停的地方加上一个或多个 Stop 语句。当程序遇到 Stop 语句时，就会暂时停止该程序的执行，并进入中断模式以便调试。例如有程序如下：

```
Private Sub command1_Click()
a=5
b=10
c=a+b
Stop
Print "c=";c
d=a-b
Stop
Print "d=";d
End Sub
```

运行该程序，结果如图 1.9 所示。

注意：Stop 语句和 End 语句是不同的。Stop 语句是暂停程序的运行，只要再选择**继续**命令，程序就可继续执行；而 End 语句则是终止整个程序的执行。

将设置断点和使用 Stop 语句这两种方法进行比较，两者相同的是暂停程序执行并进入中断模式，中断后都可通过**运行**菜单中**继续**命令或按 F5 键继续执行；两者不同的是设置断点较使用 Stop 语句方便，因为无需修改代码，但使用 Stop 语句比设置断点灵活，因为它可以使程序在一定条件下暂停。如程序段：

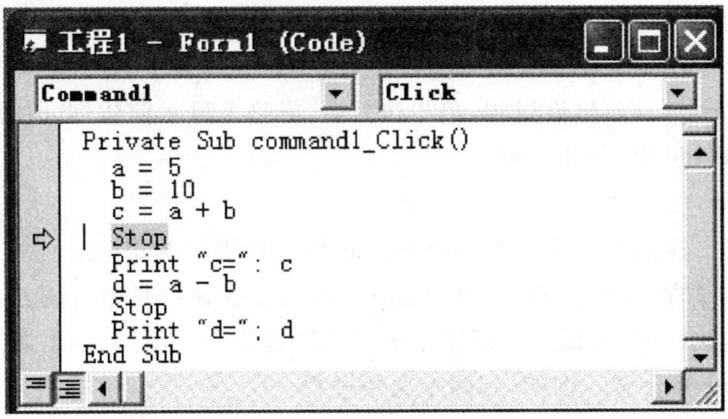

图 1.9 使用 stop 语句

```
If a+b<c Or a+c<b Or b+c<a Then
    Stop
End If
```

2. 程序跟踪

利用断点功能,只能查出错误大致发生的程序段,要确定是哪一条语句发生问题,可以使用程序跟踪方法。VB 调试工具提供逐语句执行、逐过程执行、跳跃执行和运行到光标处 4 种跟踪方式。

1) 逐语句执行

逐语句执行,就是每次只执行一条语句,根据输出结果来判断执行的语句是否正确,也称为单步执行。将设置断点和逐语句跟踪相结合,是初学者调试程序最简捷的方式。要进行逐语句执行,可以选择**调试**菜单中**逐语句**命令,也可以单击**调试**工具栏中**逐语句**按钮或按 F8 键。

执行**逐语句**命令后,程序进入运行模式。每执行完一条语句,切换到中断模式并高亮显示下一条语句,如图 1.10 所示。因此,可以知道程序语句的执行顺序及当前的执行位置,从而查找出错误语句。

图 1.10 逐语句执行

注意：逐语句执行以语句为单位，不是以行为单位，因此当一行中有多条语句时，每次只有一条语句被执行。另外，如果执行的是事件过程，一定要触发事件才能执行事件过程中的代码。例如，执行 Form_Click 事件过程，单步执行后，屏幕上显示窗体，此时必须单击窗体，才能开始执行。其他事件过程，与此类似。

2）逐过程执行

逐过程执行指一次执行一个过程或语句。它将过程等同为语句，一次执行完毕。当面对一个已经调试过的过程，没有必要再一句句执行时，逐过程执行是很有用的。

要进行逐过程执行时，可以选择**调试**菜单中**逐过程**命令，也可以单击**调试**工具栏中**逐过程**按钮或按 Shift＋F8 组合键。例如，有两个通用过程：

```
Sub question( )
    Print "VB is fun?"
End Sub
Sub answer( )
    Print "VB is fun!"
End Sub
```

在 Form_Click 事件过程中调用上述过程：

```
Private Sub Form_Click( )
        Call question
        Call answer
End Sub
```

执行**逐过程**命令后，屏幕显示窗体，单击窗体后，执行窗体单击事件过程，Private Sub Form_Click()高亮显示；再次启动**逐过程**，Call question 高亮显示，准备执行，如图 1.11 所示，再按一次 Shift＋F8 组合键，窗体上显示 **VB is fun？**，同时 Call answer 高亮显示，准备执行，继续按 Shift＋F8 组合键，过程执行，窗体上显示 **VB is fun!**，同时 **End Sub** 高亮显示，程序执行结束。

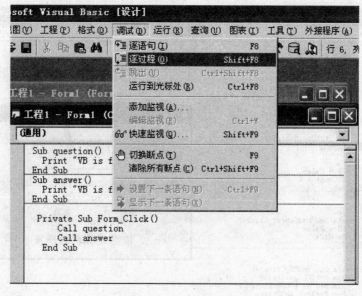

图 1.11　逐过程执行

3）跳跃执行

逐语句执行和逐过程执行都只能按顺序一次执行一条语句或一个过程,如果想暂时避开程序的某一部分调试其他部分,或对程序修改后再回过头来执行,则可以通过跳跃执行来实现。

4）运行到光标处

设计阶段中,在代码窗口中将光标移到某一行上,然后执行**调试**菜单中**运行到光标处**命令,或按 Ctrl+F8 组合键,程序将会在光标所在行停止运行,并在边界标识条中显示相应的标记,如图 1.12 所示。

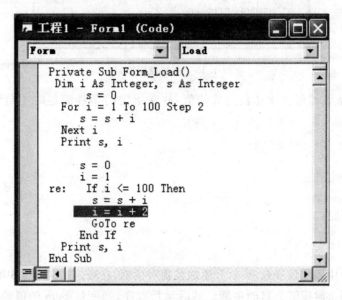

图 1.12　运行到光标处

注意:光标所在行必须在程序的**执行流程**中,有**运行到光标处**命令可以跳过大型循环。

3. 调试窗口

在中断模式下,除了用光标指向要观察的变量、属性和表达式,直接显示其值外,还可以通过调试窗口来观察变量、属性和表达式的值。VB 主要有**监视**窗口、**立即**窗口和**本地**窗口这三种窗口提供调试,可单击**视图**菜单中相应命令或**调试**工具栏中相应按钮来打开这些窗口。

1）监视窗口

在**监视**窗口中只能被动地显示变量或表达式的值。在此之前,必须在设计模式下利用**调试**菜单中**添加监视**命令或**快速监视**命令添加监视表达式以及设置监视类型。程序运行时,**监视窗口**根据所设置的监视类型进行相应显示。执行**调试**菜单中**添加监视**命令后,屏幕上弹出一个对话框,如图 1.13 所示。

该对话框分为**表达式**、**上下文栏**和**监视类型**栏三部分。**表达式**文本框用来输入监视表达式,可以是自述表达式、关系表达式、逻辑表达式等。上下文指定要监视的过程和模块。监视类型部分包括三个单选按钮,可根据需要进行选择来设置监视类型。依据监视类型,可将监视分为监视点和监视表达式。当选择类型为**当监视值为真时中断**或**当监视值改变时中断**时,添加的监视称为监视点。监视点实际上是一个特殊的表达式,当该表达式为 True(非 0),监视点的值改变时,程序执行中断,其作用与断点类似,但它是有条件中断。对于监视点,启动程序

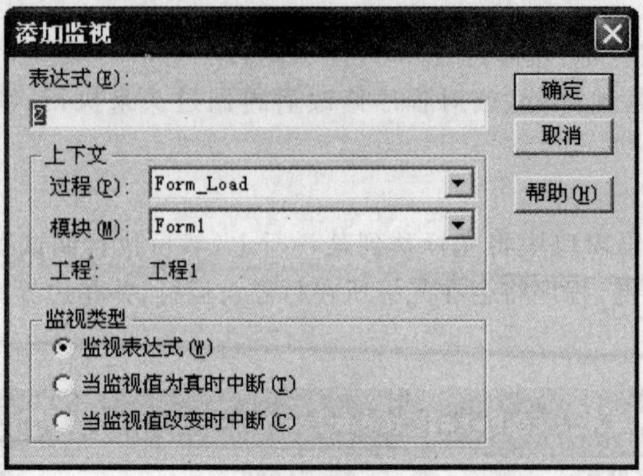

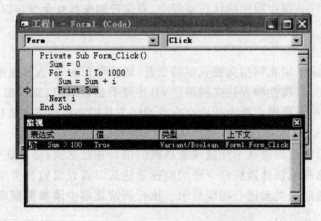

图 1.13　添加监视窗口

后，VB 每执行一条语句都要计算表达式的值，并在指定的条件满足时中断程序执行。例如，有以下一段程序：

```
Private Sub Form_Click()
    Sum= 0
    For i=1 To 1000
        Sum=Sum+i
        Print Sum
    Next i
End Sub
```

执行**调试**菜单中**添加监视**命令，打开**添加监视**对话框，在**表达式**文本框中输入 **Sum＞100**，在监视类型部分选择**当监视值为真时中断**。然后运行程序，当变量 Sum 的值超过 100 时，程序执行中断，如图 1.14 所示。可以在**监视窗口**看到，此时表达式 **Sum＞100** 的值已变为 True。

图 1.14　当监视值为真时中断

设置监视点后，由于不断地检查表达式的值，会使程序的执行变慢。因此，在实际调试程序时，宜将监视点和断点结合起来使用，在有可能发生错误的地方设置断点，程序以正常速度运行到断点处中断后，再设置一个或多个监视点，以较慢速度执行程序。

当监视类型选择为监视表达式时，添加的监视称为监视表达式，利用它可以跟踪多个变量或表达式的变化轨迹。例如，对于上面那段程序，如果想观察变量 Sum 的变化，可以在**添加监**

视对话框中将 Sum 输入**表达式**文本框,选择监视类型为监视表达式,然后按 F8 键逐语句跟踪。此时窗体上将显示程序的执行情况,同时在**监视**窗口实时显示变量 Sum 的值。

设置监视表达式,还可以通过**快速监视**命令进行。首先在代码窗口中选择一个需要监视的表达式,然后执行**调试**菜单中**快速监视**命令,也可单击工具栏中**快速监视**按钮或按 Shift+F9 组合键,打开**快速监视**对话框;最后,单击**添加**按钮,将监视表达式添加到**监视**窗口,如图 1.15 所示。

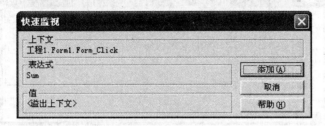

图 1.15 **快速监视**对话框

2) **立即窗口**

立即窗口是调试窗口中最常用、最便捷的窗口,它可以直接输入 VB 命令运行,在程序运行期间观察和改变变量的属性值,还可以用来测试过程。

程序进入中断模式后,**立即窗口**自动出现。此外,还可以通过其他方式打开**立即窗口**,如执行**视图**菜单中**立即窗口**命令、单击**调试**工具栏上**立即窗口**按钮,或直接按 Ctrl+G 组合键。**立即窗口**有以下几个主要作用。

(1) 显示变量或属性的值。在**立即窗口**中可以显示变量和属性的值,具体实现可以采用两种方式:①在程序代码中用 Debug.Print 语句,把变量或属性的值输出送到**立即窗口**;②直接在**立即窗口**使用 Print 语句或"?",如图 1.16 所示。

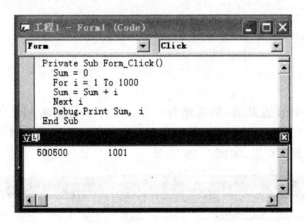

图 1.16 **立即窗口**显示变量的值

在**立即窗口**输入 VB 命令,每个语句一行,按回车键执行。它不影响代码窗口的程序,另外由于输出被送到**立即窗口**,因此它也不会影响其他窗口的正常输出。因为**立即窗口**可以及时监视程序的执行情况,常常被用来观察程序运行过程中变量的变化。例如以下程序:

```
Private Sub Form_Click()
    For i=1 To 10
        square=i^2
        Debug.Print "i& 的平方为:";square
```

```
        Next i
    End Sub
```

运行该程序后,在**立即**窗口显示计数变量 i 的平方数,显示 10 个数后结束,如图 1.17 所示。通过**立即**窗口,可以清楚地看到循环的执行过程。

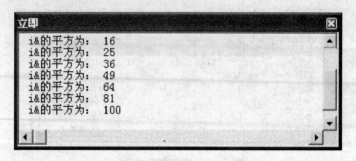

图 1.17　通过**立即**窗口显示循环的执行过程

注意:在程序代码中使用 Debug. Print 语句时,Debug 不可忽略,否则 VB 会在窗体上直接打印输出。在程序调试结束后,将必要的 Debug. Print 命令去掉。在**立即**窗口使用 Print 或"?"只能显示当前过程中局部变量的值以及当前活动窗体层中使用的变量和属性的值,不能显示其他窗体或模块变量的值。

(2) 修改变量或属性值。在**立即**窗口中可以使用赋值语句,因此可以直接对变量或属性赋值,通过改变变量或属性值来监视程序的执行情况。例如以下是用来计算 1~50 的累积的程序:

```
Private Sub Form_Click()
    multi=1
    n=50
    For i=1 to n
    multi=multi*i
    Next i
    Label1.Caption=Str(multi)
End Sub
```

在 For i=1 to n 处设置断点,然后运行程序。程序执行到断点处暂停,进入中断模式,**立即**窗口出现。如果在其中输入 **n=2**,按回车键,并执行**运行**菜单中**继续**命令或按 F5 键,则程序根据 n 的新值计算出结果,如图 1.18 所示。

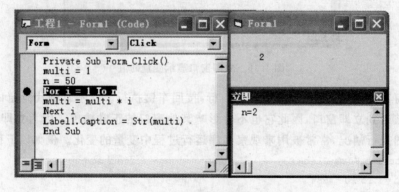

图 1.18　通过**立即**窗口修改变量的值

在**立即**窗口中也可以设置对象的属性值。例如,在窗体上建立一个文本框,如图 1.19 所示。编写代码如下:

```
Private Sub Form_Click( )
    Form1.Caption="改属性"
    Text1.Text="修改前"
End Sub
```

程序运行后单击窗体,显示外观如图 1.19 所示。进入中断模式后,在**立即**窗口中输入:

```
Form1.Caption="在立即窗口中修改控件属性"
Text1.Text="窗体标题以被修改"
```

继续运行程序,窗体标题、文本框中内容改变,如图 1.20 所示。

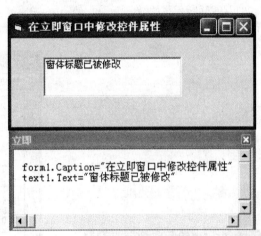

图 1.19　修改前　　　　　　　　　　图 1.20　修改后

　　(3) 测试过程。通常设计好一个通用过程后,无法直接测试它的正确性,只有在事件过程中调用,才能确定它是否能正常运行。**立即**窗口恰好能解决这个问题,它能对一个刚编好的通用过程立即测试,发现问题可直接修改。当程序运行正确后,再由主程序调用,从而大大提高效率。例如有以下函数过程:

```
Function jishu1(x!,eps#) AS Double
Dim n%,s#,t#
n=1:s=0:t=1
Do While (Abs(t)>=eps)
    s=s+t
    t=t*x/n
    n=n+1
Loop
jishu1=s
End Function
```

主程序代码:

```
Private Sub Command1_Click( )
    Dim x As Integer
    Dim r As Double
    x=InputBox("请输入一个正整数","求级数的值")
```

```
r=InputBox("请输入精确到多少位","求级数的值")
    Text1.Text=jishu1(x,r)
End Sub
```

界面设置如图 1.21 所示。

以上程序示级数为 $1+x+x^2/2!+\cdots+x^n/n!+\cdots$ 部分级数和，精度为 $|x^n/n!|<\text{eps}$。

在中断模式下，将调用该函数的语句直接输入**立即**窗口，根据运行结果判断函数编写是否正确。例如，在**立即**窗口中键入：

```
 ?jishu1(1,0.000001)
 2.71828152557319
 ?jishu1(25,0.000001)
 72004899337.3859
```

执行结果如图 1.22 所示。

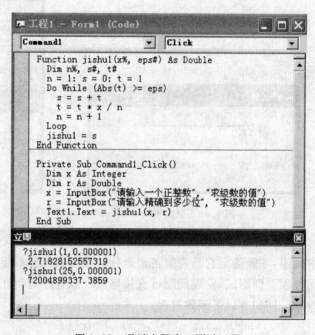

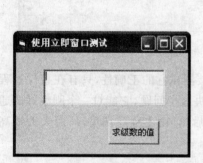

图 1.21　界面设置　　　　　　　　图 1.22　通过**立即**窗口测试过程

3）**本地**窗口

本地窗口列出当前过程中所有变量和表达式的值或类型。当程序的执行从一个过程切换到另一过程时，**本地**窗口的内容随之改变，因为它只反映当前过程中可用的变量和表达式的值。

在调试应用程序时，可根据实际情况灵活运用 VB 提供的调试工具，尽量简化调试，提高工作效率。简化调试通常有以下几种方式：

（1）当应用程序产生的结果不正确时，请浏览代码并查找可能产生问题的语句，在这些语句处设置断点并重新启动应用程序。

（2）当程序运行暂停时，测试重要变量和属性的值，使用**快速监视**命令或设置监视表达式来监视这些值，使用**立即**窗口来检查变量和表达式。

（3）用**发生错误时中断**选项来确定错误发生之处。若要临时改变这个选项，执行**代码窗口**上下文菜单中**切换**命令，然后在子菜单中切换选项。单步执行代码，使用监视表达式和**本地**

窗口来监视代码中值的变化情况。

(4) 如果错误发生在循环语句中,则定义一个中断表达式来确定问题出现的地方。在修改代码之后使用**立即窗口**和**设置下一条语句**命令来重新执行这段循环。

(5) 如果确知是变量或属性导致应用程序的错误,那么当变量或属性被赋予错值时,使用 Debug. Assert 语句来中断执行。

(6) 为了设置 VB 在任何调试会话期开始时的错误捕获状态的缺省值,打开**选项**对话框,在**工具**菜单中选择**通用**选项卡,设置**缺省的错误捕获状态**选项。在下次启动 VB 时将使用这个设置值。

在调试应用程序时,用户有时可能会碰到一个很难跟踪的错误,这时可以试着做下面一些事情:

(1) 首先也是最重要的,应做一个备份。因为用户在进行调试时,很容易意外地覆盖或删除掉必要的代码部分。

(2) 使用 VB 的内置调试功能。试着找到出错的代码行或代码部分,隔离这些代码。如果用户能将问题隔离到一个代码块中,可以试着用从程序其余部分分离出的代码块来重现问题。选择并复制这些代码,开始一个新工程,将这些代码粘贴到新工程中,运行新工程,然后看看是否还出现同样的错误。

(3) 创建一个日志文件。如果用户不能分离出代码,或者问题变化不定,或者问题只在编译的时候出现,那么 VB 的调试功能就不太有效了。在这种情况下,可以创建一个日志文件来记录程序的活动,这将能够帮用户逐步地找出可疑代码的位置。在程序中的不同位置调用如下的过程,字符串中传递的信息应能够表明用户的程序中正在执行的代码一的当前位置。

```
Sub LogFile(Message As String)
  Dim LogFile AS Integer
  LogFile=FreeFile
  Open "C:\VB\LogFile.Log"For Append As #LogFile
  Print #LogFile,Message
  Close #LogFile
End Sub
Sub Sub1( )
  ...
    Call LogFile("Here I am in Sub1")
End Sub
```

(4) 简化问题。如果可能的话,移走工程中任何第三方控件和自定义的控件,用 VB 的标准控件替换它们,排除任何看来和问题无关的代码。

(5) 缩小搜索空间。如果上面的方法都不能解决问题,那么现在应该从问题的搜索空间中排除所有其他的非 VB 因素。将 AUTOEXEC. BAT 和 CONFIG. SYS 文件复制到备份文件中,将这两个文件中所有在 Windows 中运行用户程序时可以不用的驱动程序和应用程序全部注释掉,将 Windows 视频驱动程序设为标准的 Windows VGA 驱动。关闭 Windows 并重新启动计算机,这一步将消除某些其他驱动程序和应用程序干扰用户程序的可能性。

如果使用以上所有方法,还不能找到解决办法,也不能分离或解决问题的话,那就只能寻求帮助了,可以参阅技术支持文档。

1.2 错误处理

1.2.1 错误的捕获及处理子程序

应用程序经过调试之后,只能说尽可能多地避免了错误。在实际应用中,它往往还会由于运行环境、资源使用等原因而出现错误。例如,在程序运行时发生了磁盘读写错误、系统内存资源严重不足、出现非法的磁盘驱动器标志、输入了错误的文件名等,都有可能会导致运行错误。

为了避免出现这种误操作或当错误发生时及时提供错误说明并给出改正错误的方法,需要在可能发生错误的地方设置错误陷阱(error trapping)来捕获错误,并进行适当的处理。在程序中,捕捉和处理错误常常分为三个步骤:①设置错误陷阱;②编写错误处理子程序;③从错误处理子程序返回,在程序的适当位置恢复执行。其中,错误处理子程序是专门处理发生错误的子程序,当程序正常运行时,错误处理子程序是不起作用的。一般说来,它通常放在 Exit Sub(或 Exit Function)和 End Sub(或 End Function)之间,以便查出错误并以友好的方式结束程序的运行。VB 提供了 On Error 语句来进行错误捕获和控制。有了它,程序中就可以避免许多未曾预料到的错误。On Error 语句有以下两种形式:

(1) On Error GoTo 标号…Resume 结构。这种语句结构如下:

```
On Error GoTo 标号        '设置错误陷阱
...
可能出错的语句部分
...
Exit Sub              '或 Exit Function
标号:
    ...
    错误处理语句
    ...
ReSume               '返回到产生错误的语句再继续执行
```

在没有发生错误的时候,过程或函数通过 Exit Sub(或 Exit Function)语句正常退出;当错误发生时,便会跳到错误处理语句标号处执行错误处理语句。错误处理完毕,执行 Resume 语句,程序返回到出错语句处继续执行。这种结构常用在能够更正错误的情况,例如,对软驱操作时,发现软驱中无盘的错误,这时可以进行适当的提示,使错误得以解决,再重新执行刚才出现错误的那条语句,即继续打开文件,代码如下:

```
Private Sub Command1_Click()
Dim Fil As String.Res As Long,Sco As String
Fil="a:/Score.txt"
On Error GoTo Handler
Open Fil For Input As #1      '打开 A 盘上名为"Score.txt"的文件
Do
    Line Input #1,Sco
    MsgBox Sco
Loop Until EOF(1)
```

```
        Close
    Exit Sub
    Handler:
        If Err.Number=71 Then        '判断是否为驱动器无盘错误
        Res=MsgBox("请在 A 驱插入磁盘,准备好请按重试",vbRetryCancel,"磁盘未准备好")
        If Res=vbRetry Then Resume        '如果用户选择管理方式则重新打开文件,即退出此过程
        End If
    End Sub
```

(2) On Error GoTo 标号…Resume Next 语句。这种语句结构如下:

```
On Error GoTo 标号        '设置错误陷阱
...
可能出错的语句部分
...
Exit Sub        '或 Exit Function
标号:
    ...
    错误处理语句
    ...
Resume Next        '返回到错误语句的下一语句继续执行
```

这种结构与前一结构的区别是,当完成错误处理后,程序转到出错语句的下一条执行。这种结构常用于不易更改的错误处理,例如,下面处理除数为零的错误就是采用这种结构:

```
    Private Sub Command1_Click()
    Dim a As Long
    On Error GoTo Handler
    Print        "下面语句将产生错误!"
    a=1/0
    Print
    Print        "处理完错误程序后转到此处执行"
    Exit Sub
    Handler:
        Print
        Print        "在此进行错误处理"
    Resume Next
    End Sub
```

除了以上两种常见形式外,还有以下两种形式:

(1) On Error GoTo 标号。这种结构和前面两种结构的区别是,当完成错误处理后,直接退出过程或函数,而不继续向下执行,其特例 On Error GoTo 0 是指发生错误时,不使用错误处理程序块。

(2) On Error Resume Next|标号。这种语句也比较常用,通常在程序发生的错误无关紧要的情况下使用该结构,使程序略过出错的语句继续向下执行,或跳转到由标号指明的语句继续执行,标号若为 0,终止执行。

用好 VB 的 On Error 语句,可以大大减少程序出错几率,避免程序因错误而崩溃的危险。

1.2.2 Error 函数和 Error 语句

1. Error 函数

Error 函数用于返回对应于已知错误号的错误信息,它的语法格式为

```
Error[(errornumber)]
```

errornumber 参数是可选的,它可以是 0～65535 之间的任何有效的错误号。如果 errornumber 是尚未被定义的有效错误号,则 Error 将返回字符串"应用程序定义的错误或对象定义的错误";如果 errornumber 不是有效的错误号,则会导致错误发生;如果省略 errornumber,就会返回与最后一次运行时错误对应的消息;如果没有发生运行时错误,或者 errornumber 是 0,则 Error 返回一个长度为零的字符串('')。注意,Error 函数的返回值对应于 Err 对象的 Description 属性。其用法举例如下:

```
Dim ErrorNumber
For ErrorNumber=61 To 64            '从错误代号 61 循环到 64
    Debug.Print Error(ErrorNumber)  '将错误信息在"立即"窗口中显示
Next ErrorNumber
```

2. Error 语句

Error 语句用来模拟发生一个 VB 错误,它的语法格式为

```
Error errornumber
```

其中,errornumber 的取值范围为 1～32767。如果所给出的 errornumber 属于 VB 预定义的错误代码,则模拟所发生的错误,同时输出预定义的出错信息。

Error 语句使用时应注意两点:

(1)因为 Error 语句用来模拟错误发生,所以在程序中要设置错误陷阱并定义错误处理子程序,否则会发生错误而停止程序运行,例如模拟除数为零错误的发生,程序如下:

```
On Error Resume Next
Error 11
```

(2)用户可以定义自己的错误代码,定义之后,就能在程序中使用。但用户自定义的错误代码不能与 VB 预定义的代码相冲突,可以通过 Error 函数来测试代码是否为预定义代码。如果由该函数返回的信息为"应用程序定义或对象定义错误",则该代码不是预定义的,否则是预定义的。例如,Print Error(8),结果为"8 应用程序定义或对象定义错误",表明 8 不是预定义的错误代码。

1.3 制作 EXE 可执行文件

当应用程序经过仔细的调试,并运行无误后,就可以将它编译为可执行 EXE 文件。EXE 可执行文件可以在 Windows 及其他操作系统平台上直接运行,不需要 VB 集成环境。下面是将程序编译为可执行 EXE 文件的步骤:

(1)保存已经编辑、调试并运行好的所有程序文件。

(2)从文件菜单中选择**生成…EXE**命令菜单项,弹出**生成工程**对话框,如图 1.23 所示。

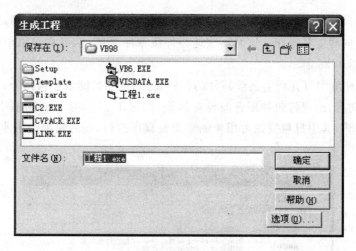

图 1.23　**生成工程**对话框

（3）输入可执行文件的文件名，如**智能五子棋.exe**，按**确定**按钮，工具栏上出现正在编译提示，最后生成可执行文件**智能五子棋.exe**。

1.4　使用打包和展开向导

生成可执行文件后，就可以对编好的程序文件进行打包处理，以便于将编好的程序文件发布给其他用户使用。一个完整的程序文件系统中包含一系列的文件，如工程文件、窗体文件、模块文件、动态链接库文件及其他从属文件，一般应将该程序文件系统中的所有文件打包在一起，生成一个程序包和一个名为 **Setup. exe** 的安装程序文件，供其他计算机用户使用。在其他计算机上安装时，直接执行这个 Setup 安装程序，即可以将整个程序文件系统装到用户所使用的计算机系统中。

为了将文件打包，需要使用 VB6.0 提供的**打包和展开向导**工具。在 VB 集成环境中，首先要加载**打包和展开向导**工具。方法是选择**外接程序**菜单中**外接程序管理器**菜单，出现**外接程序管理器**对话框，如图 1.24 所示。

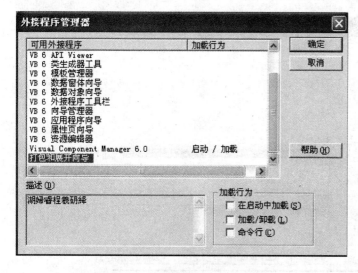

图 1.24　**打包和展开向导**的选择

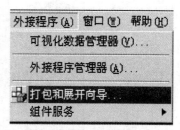

图 1.25　**打开和展开向导**工具

在菜单上选择**打包和展开向导**选项,并选中**加载和卸载**多选框,单击**确定**按钮,即可完成加载打包和展开向导工具操作。这时再次选择**外接程序**菜单,就可看到菜单中出现**打包和展开向导**工具,如图 1.25 所示。

在 VB 集成环境中打开当前已编制好的程序文件,例如**智能五子棋.vbp**,单击选择**外接程序\打包和展开向导**,出现**打包和展开向导**对话框,如图 1.26 所示。对话框中有打包、展开和管理脚本三个按钮,其中**打包**按钮可用来创建安装程序打包,而另两个按钮涉及 VB 更高级的知识,暂时不用。

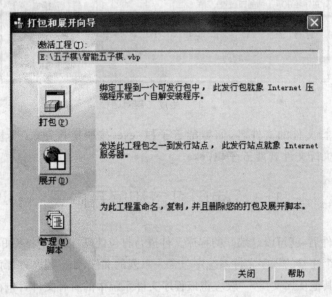

图 1.26 **打包和展开向导**对话框

单击**打包**按钮,出现**打包脚本**对话框,提示我们选择一个脚本。一般在打包完成一个安装程序后,向导会将所安装程序的一些信息保存到一个文件中,称为**脚本文件**,以便于了解程序在安装过程中的一些情况,在此我们不选择脚本。单击**下一步**按钮,在出现的**包类型**对话框中有标准安装包和相关文件两个选项,如图 1.27 所示。

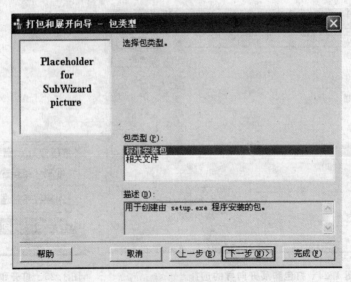

图 1.27 **包类型**对话框

将整个程序文件称为**包**,是因为此向导所生成的安装程序会将应用程序所有相关文件包装在一起,并压缩成扩展名为 cab 的文件。这就像将许多纸张放进一个口袋中,再将袋中的纸张压缩捆紧,形成一个压缩文件袋一样。

如果安装过一些软件,就会发现在软件安装执行过程中大都会将许多文件进行解压缩操作,即它们之前都是经过压缩的。软件在未安装之前将其所有文件都压缩在一起,一方面可以减小文件,节省磁盘存储空间;另一方面有利于文件的保存管理,以免个别文件丢失。标准安装包能创建标准的 Setup 安装程序及其所需的文件包;相关文件是创建一个扩展名为 dep 的文件,里面记录着此应用程序所用到的相关文件名,下面创建标准安装包。单击**下一步**按钮,弹出**打包文件夹**对话框,提示我们选择整个安装程序包最后存放的路径位置。确定好路径之后,再按**下一步**按钮,出现了**包含文件**对话框,里面列出了所有需要打包的系列文件,如图1.28所示。

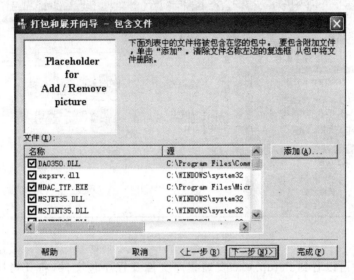

图 1.28 **包含文件**对话框

可以看到,打包向导程序能自动将应用程序系统中所有文件包含在安装程序中。单击**下一步**按钮,出现了**压缩文件选项**对话框,选择单个压缩文件;再单击**下一步**按钮,出现了**安装程序标题**对话框,在其中的文本框中,有一个默认的标题**智能五子棋**,如图1.29所示。

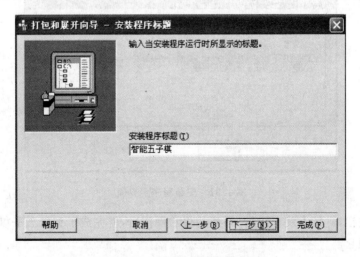

图 1.29 **安装程序标题**对话框

继续单击**下一步**按钮,接着弹出**启动菜单项**对话框。这个对话框是用来设置在用户计算机上安装整个打包程序时的一些位置路径,一般不需要更改它。再单击**下一步**按钮,弹出了安装位置对话框,它指明了应用程序各个文件的安装位置。其中 AppPath 表示由用户指定的安装目录,而 WinSyspath 则表示此文件将安装于用户 Windows 目录下的 System 系统目录中,可以说由向导提供的安装位置大多是正确的,但有时也可以按自己的意愿进行一些修改。连续单击**下一步**按钮,在随后出现的对话框中,提示我们取一个脚本名,从而将刚才做的一切操作信息进行保存。完成一切设置后,单击**完成**按钮,打包向导要对整个程序文件进行压缩打包处理,并最终给出打包报告的提示框,告诉我们安装程序包已经顺利制成,单击**关闭**按钮退出向导,完成了整个安装程序包的制作,如图 1.30 所示。

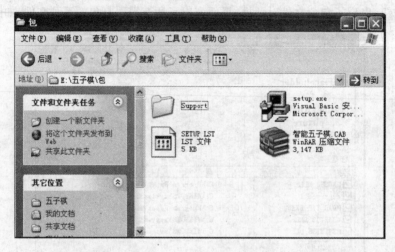

图 1.30 安装程序包

从图 1.30 中可以看到 Setup. exe 安装程序文件及程序包文件,将其拷贝到其他计算机上,执行 Setup. exe 安装程序文件就能进程序安装并使用,下面就在当前计算机上来执行一下安装程序。双击 Setup 程序,首先出现**正复制文件、请等待**的提示,可以看出安装正在复制一些系统文件,当复制完成后,就出现安装程序的主界面,如图 1.31 所示。

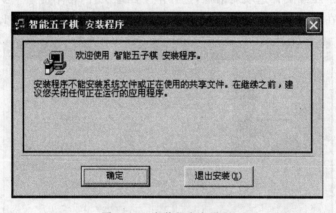

图 1.31 **安装程序**主界面

单击**确定按钮**,进行安装,经过一系列的提示操作后,就完成了**智能五子棋**程序的安装,并可以方便地使用它。

第2部分 基础实验

实验 一

❋ 实验要求

（1）学习 VB 程序软件的启动和退出方式。

（2）熟悉掌握 VB 程序集成编辑环境以及 VB 环境中的多种窗口界面。

（3）学习并熟悉有关对象、事件、属性的基本概念。

（4）学习并掌握编制简单的 VB 程序。

（5）熟悉编制 VB 程序的基本方法、过程及步骤。

（6）了解保存和打开 VB 程序文件的基本方法和步骤。

（7）了解并掌握构成一个最基本的 VB 程序的主要文件，如窗体文件 Frm、工程文件 Vbp。

（8）实验文件保存位置为 **D:\练习\学号姓名**文件夹，请按各人的学号及姓名建立相应的文件夹结构来保存文件。

例如，学生张媛媛学号是 **20061204538**，则需要建立保存文件的多级文件夹位置为 **D:\练习\4538 张媛媛**。**4538** 是学生张媛媛学号 **20061204538** 的后四位。

说明：保存实验结果文件时，一般文件名称采用**实验序号＋本题编号**的命名原则。如下面第一个题目的实验结果文件保存名称为

窗体文件名为　　　　　　实验 1_1.frm

工程文件名为　　　　　　实验 1_1.vbp

该实验文件的保存原则适用于所有后续实验文件保存的要求。

❋ 实验内容

1. 事例 1

建立 VB 工程文件程序，要求如下：

（1）程序运行后窗体界面显示如图 2.1 所示。

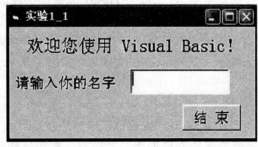

图 2.1

(2) 控件及属性见表 2.1。

表 2.1

控件名称＼属性	Caption	Text	Fontsize
Form1	实验 1_1	无定义	10
Label1	欢迎您使用 Visual Basic!	无定义	18
Label2	请输入您的名字	无定义	10
Text1		空白	10
Command1	结束	无定义	12

（3）代码如下：

```
Private Sub Command1_Click()
 End
 End Sub
```

（4）调试、保存程序。以实验题目编号命名，窗体文件名为**实验 1_1. frm**，工程文件名为**实验 1_1. vbp**。

2. 事例 2

建立 VB 工程文件程序的要求是，在名称为 **Form1** 的窗体中建立一个名称为 **Cmd1**、标题为**显示**的命令按钮，如图 2.2 所示。程序运行后，如果单击**显示**按钮，则执行语句 Form1. Print 显示；如果单击窗体，则执行语句 Form1. Cls。窗体文件名为**实验 1_2. frm**，工程文件名为**实验 1_2. vbp**。

图 2.2

3. 事例 3

建立 VB 工程文件程序的要求是，在名称为 **Form1** 的窗体上建立一个名称为 **P1** 的图片框和名称分别为 **Cmd1** 和 **Cmd2**、标题分别为**输出**和**清除**的命令按钮，如图 2.3 所示。程序运行后，单击**输出**按钮，直接在图片框中显示小写字母 **load me**；如果单击**清除**按钮，则清除图片框中的内容。窗体文件名为**实验 1_3. frm**，工程文件名为**实验 1_3. vbp**。

4. 事例 4

建立 VB 工程文件程序的要求是，程序设计阶段窗体界面如图 2.4 所示，程序运行后窗体界面如图 2.5 所示，单击窗体后窗体界面如图 2.6 所示。程序启动后，在窗体上显示海边图

图 2.3

片,并改变窗体的标题为**海边风景**。单击窗体后,在窗体上显示文字**欢迎使用 VB**,并改变窗体的标题为**欢迎界面**。窗体文件名为**实验 1_4. frm**,工程文件名为**实验 1_4. vbp**。

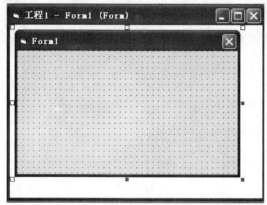

图 2.4

图 2.5

5. 事例 5

在名称为 **Form1** 的窗体上建立一个名称为 **Text1** 的文本框,一个名称为 **Cmd1**、标题为**输出**的命令按钮,如图 2.7 所示。程序运行后,在文本框输入几个字符,单击**输出**按钮,则在窗体上显示文本框中的文字。窗体文件名为**实验 1_5. frm**,工程文件名为**实验 1_5. vbp**。

图 2.6

图 2.7

6. 事例6

在名称为 **Form1** 的窗体上建立两个名称分别为 **Cmd1** 和 **Cmd2**、标题分别为**按钮一**和**按钮二**的命令按钮,注意两个按钮的高度和宽度是一致的,如图 2.8 所示。程序运行后,如果单击**按钮一**,则显示界面如图 2.9 所示。有以下几种方法来实现该题目的要求。

图 2.8   图 2.9

(1) 将按钮二移动到按钮一的位置,使其重合在一起。

```
Cmd2.Move 350,500
```

其中,350、500 是按钮一左边距和顶边距的数值。

(2) 将按钮二移动到按钮一的位置,使其重合在一起。

```
Cmd2.Move Cmd1.Left,Cmd1.Heigh
```

也可以直接是按钮一的左边距和顶边距属性值。

(3) 还可以隐藏按钮二,并改变按钮一的标题属性值为**按钮二**。

```
Private Sub Cmd1_Click()
    Cmd2.Visible=False
    Cmd1.Caption="按钮二"
End Sub
```

(4) 如果采用方式(3),则可以设计单击窗体后,恢复为初始运行界面。

```
Private Sub Form_Click()
    Cmd2.Visible=True
    Cmd1.Caption="按钮一"
End Sub
```

窗体文件名为**实验 1_6. frm**,工程文件名为**实验 1_6. vbp**。

7. 实验阅览欣赏程序事例

(1) 单按钮单幅图片浏览。该程序实现图片浏览的功能,可以浏览素材库中的多幅图片。工程文件的窗体界面如图 2.10 所示,程序的设计要求是单击按钮 **1**,显示图片 **1. jpg**,单击按钮 **2**,显示图片 **2. jpg**,单击按钮 **3**,显示图片 **3. jpg**,单击按钮 **4**,显示图片 **4. jpg**。4 幅图片存放位置分别为 D:\Bmp\1. jpg,D:\Bmp\2. jpg,D:\Bmp\3. jpg,D:\Bmp\4. jpg。该程序比较简单,实验者可以自己编写程序代码。实验者也可以选择其他文件夹中的图片。

(2) 程序代码由阿里巴巴英雄救人的故事编写而成。当然,实验者也可以改为自己救人的故事程序代码。VB界面设计如图 2.11 所示。输入的密码在此程序中为小写字母 key,如果输入的密码正确,则将在图片框中显示扑克牌的红心 Q(图片位置是" d:\bmp\Q2. bmp "),并在窗体上显示救人者姓名和感谢词;如果输入的密码不正确,则将在图片框中显示扑克牌的黑桃 J(图片位置是" d:\bmp\J1. bmp "),并在窗体上显示失望、失败等词语,如图 2.12 所示。

图 2.10

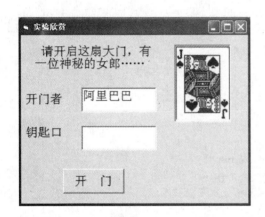

图 2.11

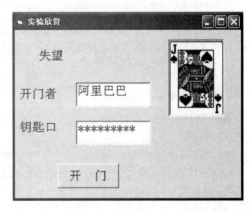

图 2.12

注意: 图片的位置及名称要与程序代码中的一致。如果是自己找的替代图片,会与原始图片有大小差异,可能会造成窗体上显示效果的不理想。实验者可以使用图形软件,适当调整图片的大小后再使用。主要控件及属性如表 2.2 所示。

表 2.2

属性 控件名称	Caption	text	Passwordchar
Form	实验欣赏		
Label1	请开启这扇大门,有一位神秘的女郎……		
Label2	钥匙口		
Lable3	开门者		
Command1	开门		
Text1			*
Text2		阿里巴巴	
Picture1			

程序代码如下：

```
Private Sub Command1_Click()
Dim g As Integer
If Text1.Text< >"key" Then
Picture1.Picture=LoadPicture("d:\bmp\J1.bmp")
Randomize
g=Int((6*Rnd)+1)
Select Case g
    Case 1
    Label1.Caption="失败!"
    Case 2
    Label1.Caption="错误!"
    Case 3
    Label1.Caption="懊丧."
    Case 4
    Label1.Caption="没劲!"
    Case 5
    Label1.Caption="失望."
    Case 6
    Label1.Caption="NO!"
End Select
Else
Picture1.Picture=LoadPicture(""d:\bmp\Q2.bmp"")
Label1.Caption="" & Text2.Text &",感谢您救了我!"
End If
End Sub
```

（3）单按钮多幅图片浏览。工程文件的窗体界面如图 2.13 所示，程序的设计要求是浏览素材库中的多幅图片。窗体上有一个图片框和两个命令按钮，单击按钮一向后浏览图片，单击按钮二向前浏览图片。整个程序代码及图片由实验教师提供给实验者。

图 2.13

实 验 二

✱ 实 验 要 求

(1) 学习了解 VB 中的各种数据类型。

(2) 学习并熟悉 VB 中常量和变量的基本概念。

(3) 熟练掌握常用的内部函数及应用。

(4) 熟练掌握常用运算符如算术运算符、关系运算符和逻辑运算符及其应用。

(5) 熟练掌握 VB 表达式的书写规范。

(6) 实验文件保存位置为 **D:\练习\学号姓名**文件夹。

(7) 实验题目 2_6 及之后的实验内容结果放在 Word 文件中集中保存。

✱ 实 验 内 容

1. 字符截取函数的应用

设有如下程序段：

```
C=date()                          '设当前系统口期是 2008 年 3 月 11 日
Print Left(c,4);Mid(c,6,1);Right(c,2)    '显示:2008311
```

设计程序编写代码，程序运行后，单击窗体，在窗体上显示当前系统日期格式如下：

```
"现在是 2008 年 3 月 11 号"
```

要求：

(1) 年月日字符的截取必须使用 Left( )、Mid( )、Right( )这三种字符截取函数来实现。

(2) 截取后各部分的连接用连接运算符"&"和分号运算符";"这两种方式完成。采用连接运算符"&"连接后的输出格式外观如图 2.14 所示，注意在"是"、"年"、"月"后有空格；采用分号运算符";"连接后的输出格式外观如图 2.15 所示，注意在"是"字后有空格。

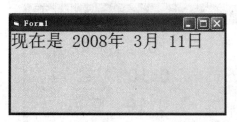
图 2.14

图 2.15

2. 日期时间函数的应用

设有如下程序段：

```
C=date()                    '设当前系统日期是 2008 年 3 月 11 日
Print Year(C);Month(C);Day(C)  '显示:2008 3 11
```

设当前系统日期是 2008 年 3 月 11 日，设计程序编写代码，程序运行后，单击窗体，在窗体上显示当前系统日期格式如下：

"现在是 2008 年 3 月 11 号"

要求：

（1）年月日数值的截取必须使用 Year( )、Month( )、Day( )这三种日期函数来实现。

（2）截取后各部分的连接用连接运算符"&"和分号运算符"；"这两种方式完成。采用分号运算符"；"连接后的输出格式外观如图 2.16 中第一行，注意在所有数字前后都带有空格；采用连接运算符"&"连接后的输出格式外观如图 2.16 中第二行，注意在所有字符和数字前后都没有空格。

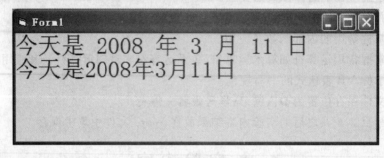

图 2.16

3. 随机函数的应用

编写程序代码，要求在程序窗口完成下列各小题的要求：

（1）利用 RND 函数产生 0～1 的小数。

（2）利用 RND 函数产生 0～10 的数。

（3）利用 RND 函数产生 0～10 的整数。

（4）利用 RND 函数产生 10～20 的整数。

（5）利用 RND 函数产生 13～45 的整数。

（6）利用 RND 函数产生 0～100 的整数。

（7）利用 RND 函数产生 1～100 的整数。

程序运行后的输出界面如图 2.17 所示。

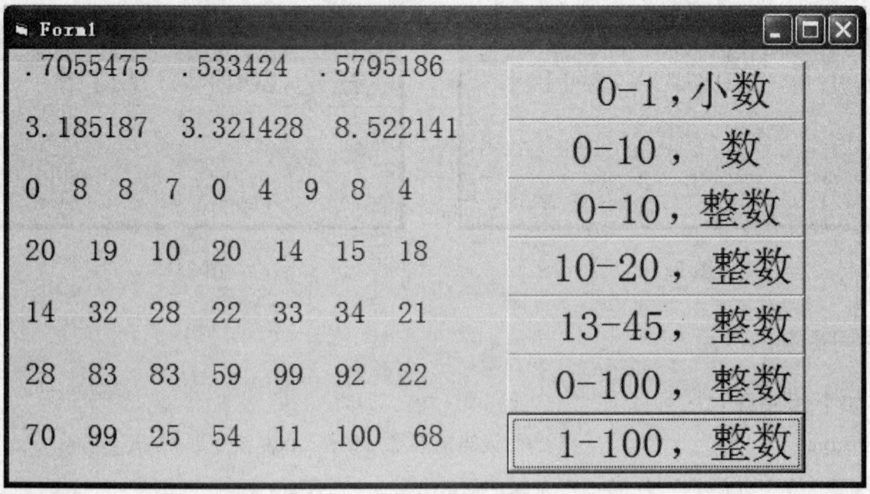

图 2.17

提示说明：

（1）使用 Print 语句和相应函数表达式完成。

（2）每小题要求产生不少于 3 个数，可连续单击相应按钮完成。注意 Print 语句后用分号 ";"结尾。

（3）每小题数据之间的空行可以在窗体的单击事件中来实现，即增加代码：

```
Private Sub Form_Click()
    Print
End Sub
```

4．字符串连接运算符的应用

（1）"12" & "3"+45=

（2）"12"+3 & "45"=

（3）12&"3" & "45"=

设计建立程序窗体，要求单击**计算**按钮在窗体上显示如图 2.18 所示的计算结果。

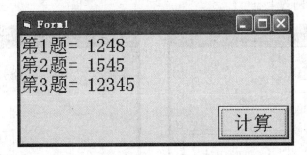

图 2.18

注意：每个算式的前面部分（包括"="号）是直接输出的字符串，后面 1248，1545 和 12345 是字符串连接运算符的应用计算结果。

5．取模运算符"Mod"和取余运算符"\"的应用

Mod 运算符用于两数相除的整数运算，结果是取被除数的整数余数部分；\运算符用于两数相除的整数运算，结果是取商的整数部分。这两个运算符配合使用，可以很便捷地对数值型数据进行取出各位上数字的操作。

例如，374 这个数，要取出其个位、十位、百位上的数字，可以进行如下的运算操作：

令 x＝374，则有

取出个位数字：

    x Mod 10　或　x−(x\10)∗10（两种方法）

取出十位数字：

    (x\10) Mod 10　或　(x Mod 100)\10　或　Int(x/10) Mod 10（三种方法）

取出百位数字

    x\100　或　Int(x/100)（两种方法）

由上可知，利用各种运算符，可以有多种方式来截取数值数据各位上的数字。实际上，取出一个数各位上数字的操作还有许多其他的方法可以采用，有兴趣的读者可以尝试一下。下

面要求应用上面的取数方法来实现操作:

(1) 任意输入一个 4 位数,如 3268,要求将其输出表示成 3000　200　60　8。

(2) 任意输入一个 5 位数,如 12345,要求将其输出表示成反向排列形式,即 5 4 3 2 1。

(3) 任意输入一个多位数,如 83,求出它的反序排列数,就是 38;然后两数相减得到数 45。将数 45 的各位上数字相加,即 4+5 得到最后结果数值为 9。结论是,这个结果数值一定是 9 的倍数。

下面,在程序中来实现这种判断,如图 2.19 所示,参考程序代码如下:

```
x=83                        '输入初始数 x,83
y=x\10+ (x Mod 10) * 10     '求出反序数 y,38
z=x-y                       '求两数差结果数 z,45
Sum=z\10+ (z Mod 10) * 10   '求出 z 数各位数字和 sum,9
Print Sum Mod 9=0           '如 Sum Mod 9=0,结果一定是 True
Print x;y;z ;sum
```

说明:Sum Mod 9=0 是一个关系表达式,其中的"="是关系运算符。如果关系成立,表达式的值为 True,否则为 False。

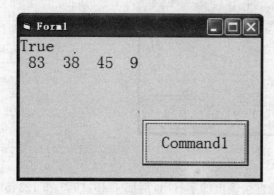
图 2.19

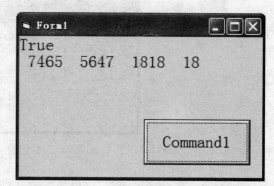
图 2.20

以上的结论对任意多位数都有效,下面要求大家任意输入一个 4 位数,并编写程序代码证明上面的结论。程序的参考输出界面如图 2.20 所示。

6. 选择题

完成下面各选择题,并在程序窗口进行验证。

(1) 代数式 $\dfrac{a+b}{\sqrt{c+\ln a}+\dfrac{c}{d}}$ 的 VB 表达式为(　　)。

A. a+b/Sqr(c+Log(a))+c/d　　　　　B. (a+b)/Abs(c+Log(a))+c/d

C. (a+b)/(Abs(c+Log(a))+c/d)　　　D. (a+b)/(Sqr(c+Log(a))+c/d)

(2) 条件"x 能被 m 整除、但不能被 n 整除"的 VB 表达式为(　　)。

A. x Mod m=0 & x Mod n<>0　　　　B. x\m * m=x\n * n<>x

C. (x\m) * m=x And (x\n) * n<>x　　D. x Mod m=0And x Mod n! =0

(3) 能正确表示条件"整型变量 x 值大于等于−5 并且小于等于 5"的逻辑表达式(　　)。

A. −5<x<5　　　　　　　　　　　　B. −5<=x<=5

C. −5<=x and x<=5　　　　　　　　D. −5<=x && x<=5

(4) 不能正确表示条件"两个整型变量 A 和 B 之一为 0,但不能同时为 0"的表达式为( )。

A. A * B＝0 and A＋B<>0

B. (A＝0 or B＝0)and (A<>0 Or B<>0)

C. not(A＝0 And B＝0) and (A＝0 or B＝0)

D. A * B＝0 and (A＝0 or B＝0)

(5) 4 个字符"D","z","A","9"的 ASCII 码值最大的是( )。

A. "D"   B. "z"   C. "A"   D. "9"

(6) 设 a＝4,b＝3,c＝2,d＝1,表达式 a>b+1 Or c<d And b Mod c 的值是( )。

A. True   B. 1   C. −1   D. 0

(7) 表达式 4＋5\6 * 7/8 Mod 9 的值是( )。

A. 4   B. 5   C. 6   D. 7

(8) "x 是小于 105 的非负数",下列 VB 表达式正确的是( )。

A. 0<＝x<105   B. 0<＝x and x<105

C. 0<＝x or x<105   D. 0<>x and x<105

(9) 数学式 tg45°的 VB 表达式是( )。

A. tan(45°)   B. tan(45 * 180/3.14159)

C. tan45   D. tan(45 * 3.14159/180)

(10) 表达式 4＋5\6 * 7/8 mod 9 的值是( )。

A. 4   B. 5   C. 6   D. 7

(11) 函数 Int(Rnd() * 100)是在( )范围内的整数。

A. (0,1)   B. (0,100)   C. (0,99)   D. (1,100)

(12) 如果 x 是一个正实数,对 x 的第二位小数四舍五入的表达式是( )。

A. 0.1 * Int(x＋0.5)   B. 0.1 * Int(10 * (x＋0.05))

C. 0.1 * Int(100 * (x＋0.5))   D. 0.1 * Int(x＋0.05)

7. 填空题

完成下面各填空题,并在程序窗口进行验证。

(1) 设有 VB 表达式 5 * x^2−3 * x−2 * Sin(a)/3,它相当于代数式_____。

(2) 数学式|3ycos(w＋p)|的 VB 表达式为_____。

(3) 4 个字符串"XY","XYZ","ab"和"abc"中的最大者为_____。

(4) 将数学代数式|x|≤8 写成 VB 的关系表达式_____。

(5) 表达式 34 MOD (1−3^3)的值为_____。

(6) 表达式 INT(1.6)＝FIX(1.6)的值为_____。

(7) 表达式 Fix(−32.68)＋Int(−23.02)的值为_____。

8. 计算题

完成下面各题,求出各函数或表达式的值,并在程序窗口进行验证。

(1) 写出下列表达式的值:

A. 10>＝2 * 4   B. "ABCD"<＝"ABCDE"

C. "ABC" & "ABC"<>"ABC"   D. 13<>12 Or Not 15>19−2

E. (−1 OR 1<>1)+1   F. Not10−5<>5

G. (−1 And 1<>1)−1   H. 3>5 And 4<9

(2) 写出下列函数的值：

A. Int(45)   B. Int(Abs(1−11)/2)

C. Fix(−5.2)   D. Sqr(2^3)

E. Sgn(5 * 2−2 * 6)   F. Right("vbName",4)

G. Ucase("vbName")   H. Val("105th")

I. Str("123.45")   J. Len("vbName")

9. 编写程序代码或表达式

用运算符组成表达式，完成下面各题的命题，并在程序窗口进行验证。

(1) a 是 b 或 c 的倍数。

(2) a 是 100 以内的正整数，且是偶数。

(3) |a|>|b| 或者 a<=b。

(4) 表示 15<=x<20 的关系表达式。

(5) x,y 中有一个不等于 z。

(6) 产生 A～P 范围内(包括 A 和 P)的大写字母。

(7) 表示 x 是 3 或 13 的倍数。

实 验 三

✿ 实 验 要 求

(1) 学习了解 VB 程序代码语句的基本规则。

(2) 学习并熟悉掌握 VB 中字体、字号、颜色及有关属性的设置方法。

(3) 熟练掌握输出函数 MsgBox 和输入函数 InputBox 的使用方法。

(4) 掌握赋值语句的基本概念，熟悉语句的书写规则。

(5) 熟练掌握简单顺序结构程序的基本设计过程。

(6) 了解并熟悉 VB 算法的基本概念，并在编写具体程序事件代码过程中正确使用。

(7) 实验文件保存位置为 **D:\练习\学号姓名**文件夹。

(8) 实验题目 2_6 及之后的实验内容结果放在 Word 文件中集中保存。

✿ 实 验 内 容

1. 改变窗体中的显示属性

设计窗口程序代码，实现改变窗体的前景、背景颜色及改变窗体显示字体大小的功能。程序运行后，单击窗口按钮，将窗体的背景颜色改为黄色，前景颜色改为红色，字体大小改为 24 号，并在窗体上显示文字 Wellcome！。窗口的界面设计运行后的情况如图 2.21 所示。

图 2.21

控件的主要属性见表 2.3。

表 **2.3**

属性 控件名称	Name	Font	Caption
窗体	Form1		Form1
按钮	Cmd1	楷体五号	显示窗体颜色及文字

参考代码如下：

```
Form1.BackColor=&HFFFF&
Form1.ForeColor=&HFF&
Form1.FontSize=24
Form1.Print "Wellcome!"
```

程序运行、调试修改，正确后保存。

2. 改变文字颜色

设计程序，改变窗体 **Form1** 上显示文字的颜色，如图 2.22 所示。

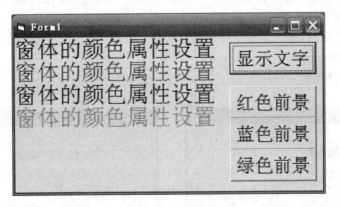

图 2.22

前景属性：ForeColor
背景颜色：BackColor
红色：&H0000FF&

绿色:&H00FF00&

蓝色:&HFF0000&

属性设置语句:Form1. ForeColor＝&H00FF00&(绿色)等

3. 改变文字字体

编写程序代码,要求能在窗体上显示三种字体、三种字号。如图 2.23 所示是程序运行以后的界面,即有楷体、隶书和宋体(默认字体)三种字体,15 号、25 号和 9 号(默认字号)三种字号。窗口中第 1 个按钮**显示字符**,作用是在窗体上显示字符**改变字体、字型字号**;第 2～5 个按钮设置不同的字体、字号;第 6 个按钮功能是显示当前的字体及字号,即显示属性值FontName、FontSize 的当前值。

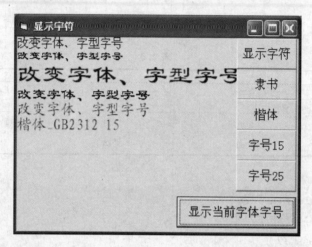

图 2.23

4. 转换字母大小写

程序窗口有 Text1,Text2,Text3 三个文本框。程序运行后,在 Text1 中输入若干个大小写英文字母,并将字母全部转换为小写字母,显示在 Text2 中;全部转换为大写字母,显示在Text3 中。要求编写两组程序代码,用两种方式来完成此题任务。

(1) 添加一个按钮,输入完成后单击**转化**按钮,完成转化任务,如图 2.24 所示。

```
Private Sub Command1_Click()
    (编写转换事件代码)
End Sub
```

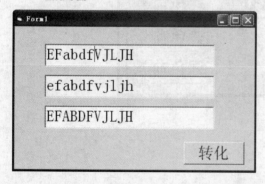

图 2.24   图 2.25

（2）直接使用文本框的 change 事件，在输入的同时就完成转化工作，如图 2.25 所示。

```
Private Sub Text1_Change()
    (编写转换事件代码)
End Sub
```

注意：用方法（2）进行转换，在窗体上是没有设置命令按钮的。

5. 设置输出格式

（1）创建工程程序窗口，使用 Print 方法输出日期格式，如图 2.26 所示。

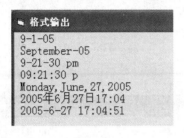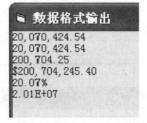

图 2.26   图 2.27

（2）创建工程程序窗口，使用 Print 方法和 Format( )函数输出数值格式，如图 2.27 所示。

6. 设计显示对话框

使用 MsgBox 函数，设计显示如图 2.28 ~2.31 的对话框窗口（注意默认按钮位置），并要求在单击各个默认按钮时，在窗体上输出该按钮对应的返回值。例如，单击**否**在窗体输出数值**7**；单击**重试**输出数值**5** 等。

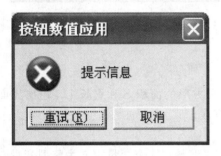

图 2.28   图 2.29

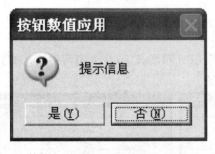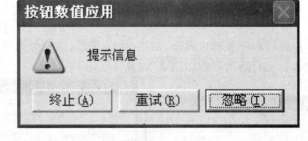

图 2.30   图 2.31

7. 使用 Print 方法语句

使用 Print 方法语句输出图 2.32 所示的格式数据。

```
Private Sub Command1_Click()
Print 100+20*3                      '输出:160
Form1.Print "Hello";                '输出:Hello
Picture1.Print "Morning";           '图片框上输出:Morning
Print "圆的面积是:"; 3.14*10*10      '输出:圆的面积是:314
Print "圆半径 R="; R,"圆面积 S=";S   'R 和 S 均没有赋值
                                    '设半径为 10,面积为 314

Print 1; 2; 3; 4; 5; 6; 7
Print 10, 20, 30, 40, 50
Print 1; 2; 3; 4;
Print 5; 6; 7
Print
End Sub
```

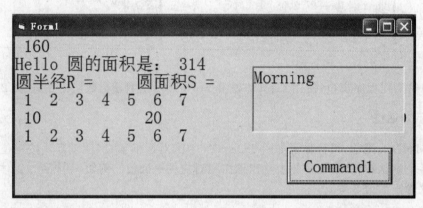

图 2.32

8. 综合设计训练 1

已知长方形的长 A 是 100,宽 B 是 50,求长方形的面积 S 和周长 L。输出界面如图2.33所示,设计程序及窗体界面,要求用两种方式完成。

(1) 不使用变量完成任务。

(2) 使用变量完成任务。变量使用前要定义变量;长、宽变量定义为整型变量,面积、周长变量要定义为长整型类型。

9. 综合设计训练 2

设计程序及窗口界面,如图 2.34 所示,求长方形的面积 S 和周长 L,要求用两种输入方式完成。运行后的界面如图 2.35 所示。

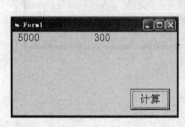

图 2.33

图 2.34

图 2.35

（1）在文本框中直接输入长、宽的值。

（2）使用 InputBox 函数输入长、宽的值。

说明：要求输入的长、宽值带有小数时，如 3.5、2.8 也能得到正确的结果。

10. 综合设计训练3

求解一元二次方程的根，界面如图 2.36 所示。输入 a，b，c 后，用下面公式求解。运行后输入数据和计算的结果显示如图 2.37、图 2.38 所示。

$$x_1 = -b + \frac{\sqrt{b^2 - 4ac}}{2a} \quad x_2 = -b - \frac{\sqrt{b^2 - 4ac}}{2a}$$

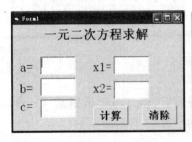

图 2.36

图 2.37

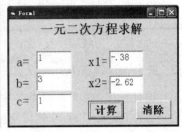

图 2.38

解题过程如下：

（1）定义变量 a，b，c，x1，x2。

（2）用文本框或者输入函数 InputBox 为变量 a，b，c 赋值。用文本框如 a＝Val(Text1. Text)等；输入函数如 a＝Val(InputBox("输入二次项系数 a"，"解一元二次方程"))。

（3）计算求解 x1，x2。

x1＝(−b＋Sqr(b^2−4＊a＊c))/(2＊a)

x2＝(−b−Sqr(b^2−4＊a＊c))/(2＊a)

（4）输出结果 x1，x2。

注意：输入时注意根判别式值不能小于 0；输入数据后，要用 Val( )函数转化后再赋值。

11. 综合设计训练4

设计程序，输入两个变量值，然后交换它们的值。

说明：要求直接在程序中输入 a，b 的值交换，交换后，在窗体上打印输出 a，b 两个变量的值，如图 2.39 所示。

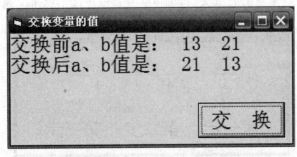

图 2.39

12. 综合设计训练 5

设计程序,定义两个变量,输入变量值,并交换它们的值。

说明:在文本框中输入两个数值,单击**交换**按钮后,分别将两个数值赋值给变量 a,b,然后交换 a,b 两个变量的值,并在文本框中显示交换的结果,如图 2.40~2.42 所示。

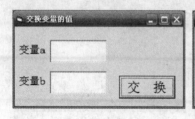  

图 2.40   图 2.41   图 2.42

13. 综合设计训练 6

设计程序,在文本框 1,2 中输入要交换的数,单击**交换**按钮后,将 Text1 值赋给 Text3,Text2 的值赋给 Text4,然后交换文本框 3,4 中的值,如图 2.43~2.45 所示。

说明:本题不使用变量,直接用文本框属性值交换。

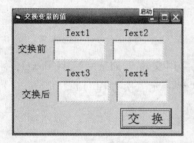 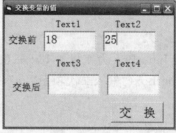 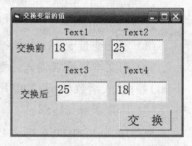

图 2.43   图 2.44   图 2.45

14. 综合设计训练 7

设计程序,输入两个交换的值,然后交换它们的值,要求分三步完成。

界面设置要求如图 2.46 所示,设置三个文本框,在 Text1,Text2 中输入交换的值,Text3 作为辅助交换用。要求使用三个命令按钮,即分三步来完成交换操作。每单击一步按钮,完成交换中的一步,并在文本框中作相应显示。

说明:可以设置变量来辅助完成交换,也可以直接使用文本框来交换。

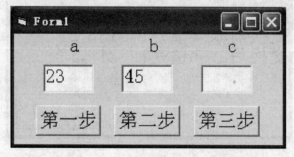

图 2.46

实 验 四

❋ 实验要求

(1) 熟悉并掌握选择结构的各种基本语句结构。

(2) 熟练掌握并应用单行及多行 IF 语句设计程序、解决问题。

(3) 掌握多分支选择语句的基本使用方法。

(4) 熟练掌握并运用各种选择结构语句来解决比较复杂的问题。

(5) 实验文件保存位置为 **D:\练习\学号姓名**文件夹。

❋ 实验内容

(1) 任意输入三个数 a,b,c,要求输出其中数值最大的一个数,用三种不同的方法来做题:①将最大数放入辅助变量 Max 中,最后输出 Max;②不设辅助变量,将最大数放在变量 a 中,最后输出 a(允许丢失变量值);③固定输出 a,但不能丢失三个变量值;要求用文本框输出 a,b,c 的值,用文本框输出最大的数值。

(2) 定义两个变量 x,y,输入 x 的值,y 值为

$$y=\begin{cases} 2x+10 & (x>0) \\ 10-x & (x=0) \\ x & (x<0) \end{cases}$$

要求用下面几种方法做,界面如图 2.47 所示:①用单分支 If 语句实现;②用 If 嵌套实现,嵌套在语句 2 位置,条件 1 用"x>0";③用 If 嵌套实现,嵌套在语句 1 位置,条件 1 用"x<=0";④先直接给 y 赋值:y=2*x+10,然后用两个单分支 If 语句完成;⑤先直接给 y 赋值:y=2*x+10,然后用 If 嵌套语句完成。

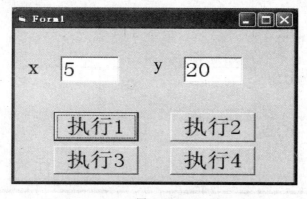

图 2.47

(3) 定义两个变量 x,y,输入 x 的值,y 值为

$$y=\begin{cases} 2x+10 & (x>=10) \\ 10-x & (-3=<x<10) \\ x & (x<-3) \end{cases}$$

要求用下面几种方法做,界面如图 2.48 所示:①用单分支 If 语句实现;②用 If 嵌套实现,嵌套在语句 2 位置,条件 1 用"x>=10";③用 If 嵌套实现,嵌套在语句 1 位置,条件 1 用"x<10";④先直接给 y 赋值:y=2*x+10,然后用两个单分支 If 语句完成;⑤先直接给 y 赋值:y=2*x+10,然后用 If 嵌套语句完成。

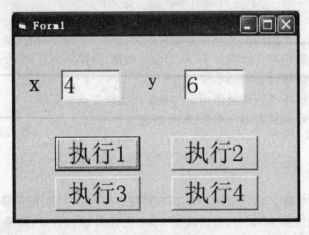

图 2.48

(4) 求解一元二次方程,输入方程系数 a,b,c,求出根的判别式

$$D=b*b-4*a*c$$

针对下面三种情况求方程的解:①如果 d>0,有两个不同的根;②如果 d=0,有两个相同的根;③如果 d<0,无解或者有两个虚根。用文本框输入 a,b,c 的值,X1,X2 也用文本框输出,界面如图 2.49 所示。

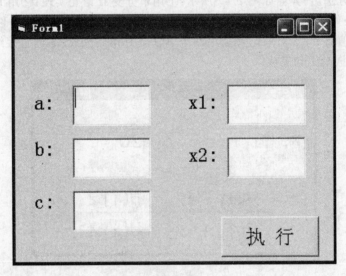

图 2.49

(5) 输入任意三个整数 a,b,c,要求按从小到大顺序将三个数排顺放入 a,b,c,最后输出三个数。

(6) 用 Rnd() 函数产生一个 100 以内的整数,判断是奇数或偶数,并用 Print 语句输出相应说明信息。

（7）任意输入一个整数，并判断该数是否为 3 或者 5，或者同时是 3 和 5 的倍数，并对上述 4 种情况输出相应说明信息。

（8）任意输入一个年份，判断该年份是否为闰年。闰年的条件有如下两种：①该年份能被 4 整除，但不能被 100 整除；②该年份能被 400 整除。

（9）任意输入 4 个数，要求按从小到大顺序输出 4 个数。

（10）用多分支选择结构编写程序计算下面表达式的值。

$$y=\begin{cases} x & (x<0) \\ 2x+1 & (0\leqslant x<20) \\ 3x+5 & (20\leqslant x<40) \\ 0 & (x\geqslant 40) \end{cases}$$

（11）任意输入两个整数 m，n，判断大数 m 是否为小数 n 的倍数，并作出相应说明信息。

（12）用 Rnd() 函数产生两个整数 m，n，如果 m<n 先交换两个数，再判断大数 m 是否为小数 n 的倍数，并作出相应说明信息。

（13）输入一个位数不多于 4 位正整数：①求出它是几位数；②分别打印出每一位数字；③按逆序输出该数字，如原数是 123，则输出 321。

说明 1：对任意一个正整数 X，取出各位数字的方法如下：

取个位　X Mod 10

取十位　(X\10) Mod 10；(X Mod 100)\10；Int(X/10) Mod 10；

取百位　(X\100) Mod 10；(X Mod 1000)\100；Int(X/100) Mod 10；

说明 2：判断一个正整数 X 是几位数，用相应的 10 的几次方幂去整除它为零。例如，

X=345，　X\10^3=0

If x\10^3=0 Then Print "X 是 3 位数"

实　验　五

❋ 实 验 要 求

（1）了解并熟悉循环结构的各种基本语句结构。

（2）掌握 FOR 循环语句的基本使用和解决问题方法。

（3）了解熟悉 DO，WHILE 循环语句的使用方法。

（4）运用各种循环结构语句解决问题。

（5）实验文件保存位置为 **D:\练习\学号姓名** 文件夹。

❋ 实 验 内 容

1. 累加、累乘程序设计

在程序中，用 12 个按钮，并设计代码分别完成以下累加、累乘计算，参考窗口输出界面如图 2.50 所示。

（1）S=1+2+3+4+5+6+7+8+9+10。

（2）S=1+2+3+4+…+98+99+100，要求初值为 1，终值为 100。

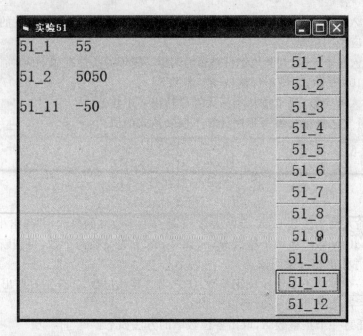

图 2.50

(3) S=1+2+3+4+…+98+99+100,要求初值为100,终值为1。

(4) S=1+3+5+7+…+95+97+99。

(5) S=$1^2+2^2+3^2+4^2+5^2+6^2+7^2+8^2+9^2+10^2$。

(6) S=$1^3+2^3+3^3+4^3+5^3+6^3+7^3+8^3+9^3+10^3$。

(7) S=1+1/2+1/3+1/4+1/5+1/6+1/7+1/8+1/9+1/10,保留两位小数。

(8) S=(1+2)+(2+3)+(3+4)+(4+5)+…+(8+9)+(9+10)。

(9) S=1*2*3*4*5*6*7*8*9*10。

(10) S=1/(1+2)+1/(2+3)+1/(3+4)+…+1/(8+9)+1/(9+10)+1/(10+11)。

(11) S=1-2+3-4+…-98+99-100。

(12) S=1+(1*2)+(1*2*3)+(1*2*3*4)+…+(1*2*3*4*5*6*7*8*9*10)。

2. 查找符合要求的数

设计程序,完成下面各题(做在一个程序中,用三个按钮分别完成),参考窗口输出界面如图2.51所示。

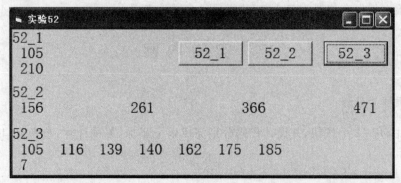

图 2.51

(1) 找出 1~300 以内所有能同时被 3,5,7 整除的正整数,要求每行打印 1 个数。

(2) 找出 100~500 以内所有被 3 除为 0、被 5 除余 1、被 7 除余 2 的正整数,要求按分区格式打印输出。

(3) 找出 100~200 以内所有能同时被 5 和 7 整除,或者被 23 除余 1 的正整数,并用 N 记录满足该条件的数的个数,要求按紧凑格式打印输出。

3．编程题

(1) 设计程序,完成下面各题(做在一个程序中,用三个按钮分别完成),程序输出窗口界面参考图 2.50、图 2.51:①找出 100~500 以内所有能同时被 3,5,7 整除的数,并用变量 N 记录有多少个数;②打印输出 100~500 之间第一个能同时被 3,5,7 整除的正整数;③打印输出 100~500 之间第二个能同时被 3,5,7 整除的正整数。

(2) 设计程序,完成下面各题(做在一个程序中,用两个按钮分别完成),程序输出窗口界面参考图 2.50、图 2.51:①计算 S＝1＋2＋3＋4＋…＋n＋(n＋1)＋(n＋2)＋…的值,在累加过程中,求当 S 的值首次大于 3000 时的 n 值;②计算 S＝1＋2＋3＋4＋…＋n＋(n＋1)＋(n＋2)＋…的值,在累加过程中,求当 S 的值不大于 1000 时的最大 n 值。

(3) 设计程序,计算 S＝1＋2＋3＋4＋…＋98＋99＋100 的值。要求输出打印显示每次循环得到的 S 值,并按每行 6 个数打印输出。程序输出窗口界面参考图 2.50、图 2.51。

(4) 任意输入一个正整数,判断该数是否为素数(一个数为素数的条件是该数只能被 1 和它自身整除)。程序输出窗口界面参考图 2.50、图 2.51。

算法:输入一个数 n,然后用 2~(n-1)的循环数整除 n,只要发现能有一次被整除,就不是素数。

(5) 设计程序,找出 50~300 以内的所有素数。要求每行 6 个数打印输出,每列数字对齐输出。程序输出窗口界面参考图 2.50、图 2.51。

实 验 六

❀ 实验要求

(1) 熟悉选择、循环结构的各种基本语句。
(2) 熟练掌握单行、多行 IF 语句及多分支选择语句的基本使用方法。
(3) 熟练掌握 FOR 循环语句的使用方法。
(4) 掌握 DO,WHILE 循环语句的使用方法。
(5) 熟练掌握并运用各种选择、循环结构语句来解决比较复杂的问题。
(6) 实验文件保存位置为 **D:\练习\学号姓名**文件夹。

❀ 实验内容

(1) 编写程序,实现登录教务管理系统的功能,界面设置如图 2.52 所示。在窗体上建立 3 个文本框、2 个命令按钮、4 个标签。程序运行后,输入姓名、学号和密码三项内容,单击**登录**按钮,程序对姓名和密码两项进行判断。输入正确时,给出提示**系统登录成功!**;输入错误时,给出提示**请重新输入!**。

　　说明:①必须姓名和密码两项同时输入正确,才能通过;②可以提高系统的功能,如设计当姓名密码输入三次不正确,则将自动结束操作,退出程序。

　　要实现这个功能,需要设置一个窗体级变量或静态变量,使其能在程序中完成累计次数的功能。设置窗体级变量要在**代码窗口**的**通用段**(程序代码顶部)定义一个计数变量 N(Dim N As Integer);设置静态变量要在**登录按钮**的事件代码中定义一个静态计数变量 N(Static N As Integer)。程序中使用的控件见表 2.4。

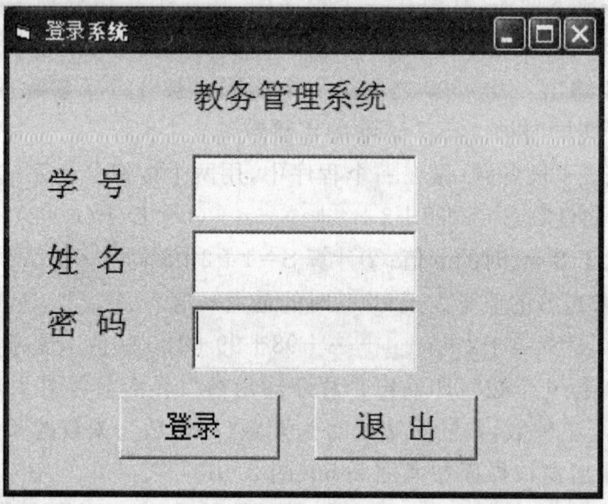

图 2.52

表 2.4

控件	属性	设置值
Form1	Caption	登录系统
Label1	Caption	教务管理系统
Label2	Caption	学号
Label3	Caption	姓名
Label4	Caption	密码
Command1	Caption	登录
Command2	Caption	退出
Text1	Text	空
Text2	Text	空
Text3	Text	空
Text3	Passwordchar	*

　　(2) 编写程序模拟交通信号灯的切换,界面如图 2.53 所示。程序功能为程序运行后,信号灯 1(红灯)亮;单击**切换**按钮,信号灯 2(绿灯)亮;再单击**切换**按钮,信号灯 3(黄灯)亮。依此顺序将三种颜色信号灯循环点亮,这里三个信号灯使用了三个 ico 图标,也可以用其他类型图片。程序控件基本属性见表 2.5。

图 2.53

表 2.5

控件	属性	设置值
图像框 1	Picture	D:\素材库\1. ico
	Name	Image1
图像框 2	Picture	D:\素材库\2. ico
	Name	Image2
图像框 2	Picture	D:\素材\3. ico
	Name	Image3
命令按钮 1	Caption	切换信号灯
	Name	Command1
命令按钮 2	Caption	程序结束
	Name	Command2

程序参考代码如下：

```
Private Sub Command1_Click()
 If Image1.Visible=True Then
   Image1.Visible=False
   Image2.Visible=True
 ElseIf Image2.Visible=True Then
   Image2.Visible=False
   Image3.Visible=True
 Else
   Image3.Visible=False
   Image1.Visible=True
 End If
End Sub
```

```
Private Sub Command2_Click( )
    End
End Sub
Private Sub Form_Load( )
    Image2.Visible=False
    Image3.Visible=False
End Sub
```

（3）设计一个 For 循环程序,在循环体中改变循环变量 I 的值,观察因循环变量改变循环次数的变化情况。程序如下,程序运行后的界面显示如图 2.54 所示。

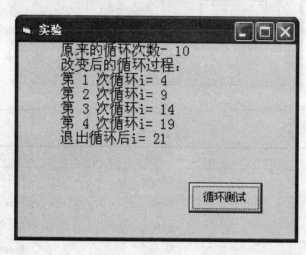

图 2.54

程序参考代码如下：

```
Private Sub Command1_Click( )
    Dim i As Integer,j As Integer
        For i=1 To 20 Step 2
            i=i+3
            j=j+1
            Print Spc(6);"第";j;"次循环 i=";i
        Next i
        Print Spc(6);"退出循环后 i=";i
End Sub
```

（4）若 $A^2+B^2=C^2$,则 A,B,C 称为一组勾股数。编写程序,找出 50 以内的所有勾股数,程序运行后的界面显示如图 2.55 所示。

说明：①不要将重复数据打印出来,如"3 4 5"和"4 3 5"；②所有大于 50 的 A,B,C 都不要打印在其中；③如果不能实现上下行,数据对齐也可以,如图 2.56 所示；④注意每行打印三组数据（每行打印一组数据也可以）。

（5）运用循环程序编写一个打印 ASC 码对照表,其显示结果如图 2.57 所示。

（6）用双重循环打印九九乘法表,注意数据对齐,界面如图 2.58 所示。

（7）编写程序,在窗体上打印输出图 2.59 所示图形。

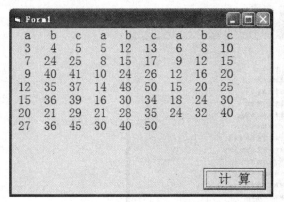

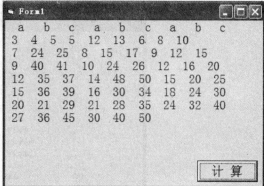

Form1
a b c a b c a b c
3 4 5 5 12 13 6 8 10
7 24 25 8 15 17 9 12 15
9 40 41 10 24 26 12 16 20
12 35 37 14 48 50 15 20 25
15 36 39 16 30 34 18 24 30
20 21 29 21 28 35 24 32 40
27 36 45 30 40 50
计 算

图 2.55

Form1
a b c a b c a b c
3 4 5 5 12 13 6 8 10
7 24 25 8 15 17 9 12 15
9 40 41 10 24 26 12 16 20
12 35 37 14 48 50 15 20 25
15 36 39 16 30 34 18 24 30
20 21 29 21 28 35 24 32 40
27 36 45 30 40 50
计 算

图 2.56

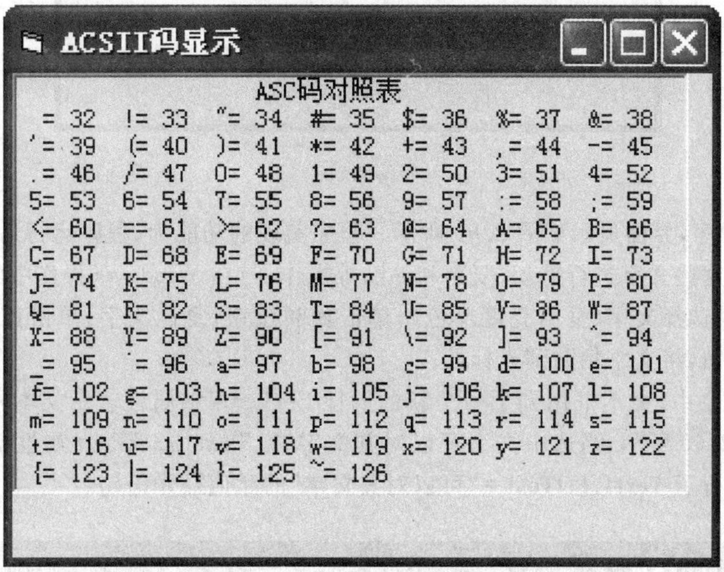

ACSII码显示
ASC码对照表
= 32 != 33 "= 34 #= 35 $= 36 %= 37 &= 38
'= 39 (= 40)= 41 *= 42 += 43 ,= 44 -= 45
.= 46 /= 47 0= 48 1= 49 2= 50 3= 51 4= 52
5= 53 6= 54 7= 55 8= 56 9= 57 := 58 ;= 59
<= 60 == 61 >= 62 ?= 63 @= 64 A= 65 B= 66
C= 67 D= 68 E= 69 F= 70 G= 71 H= 72 I= 73
J= 74 K= 75 L= 76 M= 77 N= 78 O= 79 P= 80
Q= 81 R= 82 S= 83 T= 84 U= 85 V= 86 W= 87
X= 88 Y= 89 Z= 90 [= 91 \= 92]= 93 ^= 94
_= 95 `= 96 a= 97 b= 98 c= 99 d= 100 e= 101
f= 102 g= 103 h= 104 i= 105 j= 106 k= 107 l= 108
m= 109 n= 110 o= 111 p= 112 q= 113 r= 114 s= 115
t= 116 u= 117 v= 118 w= 119 x= 120 y= 121 z= 122
{= 123 |= 124 }= 125 ~= 126

图 2.57

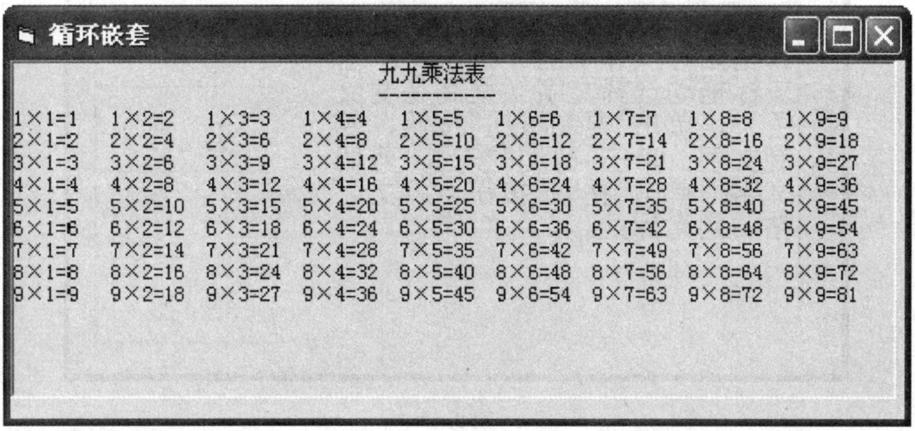

循环嵌套
九九乘法表
1×1=1 1×2=2 1×3=3 1×4=4 1×5=5 1×6=6 1×7=7 1×8=8 1×9=9
2×1=2 2×2=4 2×3=6 2×4=8 2×5=10 2×6=12 2×7=14 2×8=16 2×9=18
3×1=3 3×2=6 3×3=9 3×4=12 3×5=15 3×6=18 3×7=21 3×8=24 3×9=27
4×1=4 4×2=8 4×3=12 4×4=16 4×5=20 4×6=24 4×7=28 4×8=32 4×9=36
5×1=5 5×2=10 5×3=15 5×4=20 5×5=25 5×6=30 5×7=35 5×8=40 5×9=45
6×1=6 6×2=12 6×3=18 6×4=24 6×5=30 6×6=36 6×7=42 6×8=48 6×9=54
7×1=7 7×2=14 7×3=21 7×4=28 7×5=35 7×6=42 7×7=49 7×8=56 7×9=63
8×1=8 8×2=16 8×3=24 8×4=32 8×5=40 8×6=48 8×7=56 8×8=64 8×9=72
9×1=9 9×2=18 9×3=27 9×4=36 9×5=45 9×6=54 9×7=63 9×8=72 9×9=81

图 2.58

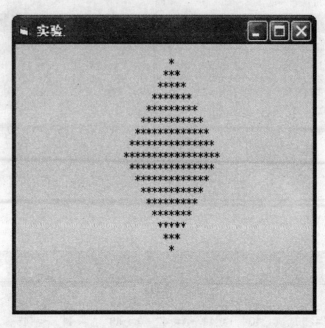

图 2.59

(8) 设计程序,界面显示如图 2.60 所示。程序实现的功能为,程序运行后,在文本框中输入文字,可以对这些文字进行剪切、复制和粘贴等操作,与在 Windows 操作中的功能类似。方法是用鼠标拖动选择文字(呈高亮度反色),单击**复制**按钮,复制文字;单击**剪切**按钮,剪切文字;单击**粘贴**按钮,将文字粘贴到光标处。

说明:在程序中,文本框用到了一个新的属性 SelText,该属性表示文本框中被选择的文字内容。如图 2.60 所示,当选中文字**可以对其文字**时,Text1. SelText 属性值就是**可以对其文字**,相当于执行了 **Text1. SelText＝"可以对其文字"**的赋值操作语句。

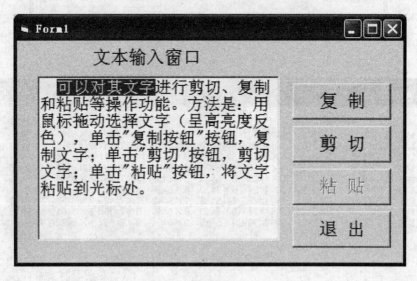

图 2.60

主要控件基本属性见表 2.6。

表 2.6

属性 控件名称	Name	Caption	Fontsize	MultiLine
Form1	Form1			
Command1	CmdCopy	复制	14	
Command2	CmdCut	剪切	14	
Command3	CmdPaste	粘贴	14	
Command4	CmdExit	退出	14	
Text1	Text1		14	True

程序代码如下(在下划线处填入正确的代码)：

```
Dim st As String
Private Sub cmdCopy_Click()
    st=Text1.SelText            '将选定的内容存放到 st 变量中
End Sub
Private Sub cmdCut_Click()
    st=Text1.SelText            '将选定的内容存放到 st 变量中
    Text1.SelText=""            '将选定的内容清除,实现了剪切
    cmdCopy.Enabled=False       '剪切操作完成后,复制按钮应无效
    cmdCut.Enabled=_____      '剪切操作完成后,剪切按钮应?
    cmdPaste.Enabled=_____    '剪切操作完成后,粘贴按钮应?
End Sub
Private Sub cmdPaste_Click()
    Text1.SelText= st           '将 st 变量中的内容插入光标所在的位置,实现了粘贴
End Sub
Private Sub cmdExit_Click()
    End
End Sub
Private Sub Text1_MouseMove(Button As Integer,Shift As Integer,X As Single,Y As Single)
    If Text1.SelText< >"" Then
        cmdCut.Enabled=True         '当拖动鼠标选定要操作的文本后,剪切、复制按钮有效
        cmdCopy.Enabled=True
        cmdPaste.Enabled=False
    Else
        cmdCut.Enabled=False        '当拖动鼠标未选定文本,剪切、复制按钮无效
        cmdCopy.Enabled=_____
        cmdPaste.Enabled=_____
    End If
End Sub
```

(9)实验阅览欣赏程序事例。星座测试,程序窗口界面如图 2.61 所示。程序代码如下：

```
Private Sub Command1_Click()
    y1=Val(Text1.Text)
```

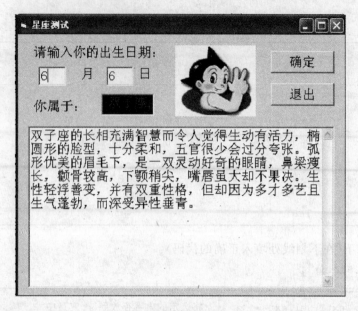

图 2.61

```
d1=Val(Text2.Text)
If d1>31 Then Exit Sub
Select Case y1
Case 3,4
 If y1=3 And d1>=21 Then
   Label5.Caption="白羊座"
   Text3.Text="白羊座给人精力旺盛和办事能力很强的印象,脸部特征为轮廓深刻鲜明,额头和颧
骨高耸,下巴结实有力,唇形紧闭,眉毛浓密,眼光锐利、直接,鼻子较长;性格善变、易怒;是个天生的
斗士,身手矫健;在意中人面前会流露出孩子气。"
   Image1.Picture=LoadPicture("d:\素材库\实验 6\3.jpg")
 ElseIf y1=3 And d1<21 Then
   Label5.Caption="双鱼座"
   Image1.Picture=LoadPicture("d:\素材库\实验 6\2.jpg")
   Text3.Text="双鱼座多半有浓密的棕色头发,而其温和、敏感的特质则全都显现在椭圆形的脸孔
上。有弧形优美的额头、一双大而温润的眼睛、小巧的鼻子、丰满的双颊、尖型的下巴和充满感性的嘴
唇以及优美的颈项,四肢匀称而纤细。"
 End If
 If y1=4 And d1<=19 Then
   Label5.Caption="白羊座"
   Image1.Picture=LoadPicture("d:\素材库\实验 6\3.jpg")
   Text3.Text="白羊座给人精力旺盛和办事能力很强的印象,脸部特征为轮廓深刻鲜明,额头和
颧骨高耸,下巴结实有力,唇形紧闭。眉毛浓密,眼光锐利、直接,鼻子较长;性格善变、易怒;是个天生
的斗士,身手矫健;在意中人面前会流露出孩子气。"
 ElseIf y1=4 And d1>19 Then
   Label5.Caption="金牛座"
   Image1.Picture=LoadPicture("d:\素材库\实验 6\4.jpg")
   Text3.Text="金牛座的长相整体而言显得精壮结实,一头浓密的头发,眼光稳定,脖子像公牛一
```

般粗壮,再配上坚定的嘴唇及下巴,看来世故而稳重。正面性格有耐性、持久、实际、热情;负面性格则有懒惰、贪婪、顽固。"

```
    End If
Case 5,6
    If y1=5 And d1>=21 Then
      Label5.Caption="双子座"
      Image1.Picture=LoadPicture("d:\素材库\实验 6\5.jpg")
```

Text3.Text="双子座的长相充满智慧而令人觉得生动有活力,椭圆的脸型十分柔和,五官很少会过分夸张.弧线优美的眉毛下,是一双灵动好奇的眼睛,鼻梁瘦长,颧骨较高,下颚稍尖,嘴唇虽大却不果决.生性轻浮善变,并有双重性格,但却因为多才多艺且生气蓬勃,而深受异性垂青。"

```
    ElseIf y1=5 And d1<21 Then
      Label5.Caption="金牛座"
      Image1.Picture=LoadPicture("d:\素材库\实验 6\4.jpg")
```

Text3.Text="金牛座的长相整体而言显得精壮结实,一头浓密的头发,眼光稳定,脖子像公牛一般粗壮,再配上坚定的嘴唇及下巴,看来世故而稳重.正面性格有耐性、持久、实际、热情;负面性格则有懒惰、贪婪、顽固。"

```
    End If
    If y1=6 And d1<=20 Then
      Label5.Caption="双子座"
      Image1.Picture=LoadPicture("d:\素材库\实验 6\5.jpg")
```

Text3.Text="双子座的长相充满智慧而令人觉得生动有活力,椭圆形的脸型,十分柔和,五官很少会过分夸张。弧线优美的眉毛下,是一双灵动好奇的眼睛,鼻梁瘦长,颧骨较高,下颚稍尖,嘴唇虽大却不果决。生性轻浮善变,并有双重性格,但却因为多才多艺且生气蓬勃,而深受异性垂青。"

```
    ElseIf y1=6 And d1>20 Then
      Label5.Caption="巨蟹座"
      Image1.Picture=LoadPicture("d:\素材库\实验 6\6.jpg")
```

Text3.Text="巨蟹座的标准性格为坚贞与毅力,脸型圆圆的、肉肉的,眉头经常深锁,因而有明显的纹路,可充分看出其忧郁的天性。眼睛充满感情,狮子鼻、嘴角略微下垂,粗短的颈子和圆圆的下巴给人善解人意的母性感觉。"

```
    End If
Case 7,8
    If y1=7 And d1>=22 Then
      Label5.Caption="狮子座"
      Image1.Picture=LoadPicture("d:\素材库\实验 6\7.jpg")
```

Text3.Text="狮子座的前额宽广,眉骨突出,鹰钩鼻,下巴线条清楚,嘴型宽而坚毅,整张脸孔给人的第一个印象是蕴涵着力量,特别是他的双眼总是炯然有神,透露着坚忍不拔的神情、庄重而高贵的态度、俨然有王者之风。"

```
    ElseIf y1=7 And d1<22 Then
      Label5.Caption="巨蟹座"
      Image1.Picture=LoadPicture("d:\素材库\实验 6\6.jpg")
```

Text3.Text="巨蟹座的标准性格为坚贞与毅力,脸型圆圆的、肉肉的,眉头经常深锁,因而有明显的纹路,可充分看出其忧郁的天性。眼睛充满感情,狮子鼻、嘴角略微下垂,粗短的颈子和圆圆的下巴给人善解人意的母性感觉。"

```
    End If
```

```
   If y1=8 And d1<=22 Then
      Label5.Caption="狮子座"
      Image1.Picture=LoadPicture("d:\素材库\实验 6\7.jpg")
```

Text3.Text="狮子座的前额宽广,眉骨突出,鹰钩鼻,下巴线条清楚,嘴型宽而坚毅,整张脸孔给人的第一个印象是蕴涵着力量,特别是他的双眼总是炯然有神,透露着坚忍不拔的神情,庄重而高贵的态度,俨然有王者之风。"

```
   ElseIf y1=8 And d1>22 Then
      Label5.Caption="处女座"
      Image1.Picture=LoadPicture("d:\素材库\实验 6\8.jpg")
```

Text3.Text="处女座的人看起来干干净净、伶俐过人,拥有一双眼神柔和且观察入微的眼睛,嘴型优美,下颚宽阔,整体而言散发着清新而高雅的气质,喜欢批评他人。"

```
   End If
Case 9,10
   If y1=9 And d1>=23 Then
      Label5.Caption="天秤座"
      Image1.Picture=LoadPicture("d:\素材库\实验 6\9.jpg")
```

Text3.Text="天秤座大多目光柔和、鼻子略尖、嘴巴宽阔但唇型优美,头发柔而细软,颈部线条优雅,五官细致,整体长相给人协调的印象。"

```
   ElseIf y1=9 And d1<23 Then
      Label5.Caption="处女座"
      Image1.Picture=LoadPicture("d:\素材库\实验 6\8.jpg")
```

Text3.Text="处女座的人看起来干干净净、伶俐过人,拥有一双眼神柔和且观察入微的眼睛,嘴型优美,下颚宽阔,整体而言,散发着清新而高雅的气质,喜欢批评他人。"

```
   End If
   If y1=10 And d1<=22 Then
      Label5.Caption="天秤座"
      Image1.Picture=LoadPicture("d:\素材库\实验 6\9.jpg")
```

Text3.Text="天秤座大多目光柔和、鼻子略尖、嘴巴宽阔但唇型优美,头发柔而细软,颈部线条优雅,五官细致,整体长相给人协调的印象。"

```
   ElseIf y1=10 And d1>22 Then
      Label5.Caption="天蝎座"
      Image1.Picture=LoadPicture("d:\素材库\实验 6\10.jpg")
```

Text3.Text="天蝎座天生由于皮肤颜色比较黑,因而凸显出眼光特别锐利、明亮.他们的额头宽阔,眉毛粗浓,颧骨平坦而多肉,嘴型明显而看来坚毅,下巴则坚硬有力。整体而言,其长相容易给人精力旺盛、果决、热情的印象。"

```
   End If
Case 11,12
   If y1=11 And d1>=22 Then
      Label5.Caption="射手座"
      Image1.Picture=LoadPicture("d:\素材库\实验 6\11.jpg")
```

Text3.Text="射手座的眼睛灵活生动而有神,鼻子具有希腊鼻直而长的特征,唇型优美,下巴较尖,圆圆的脸上五官精致,头发鬈曲浓密,气质高贵不凡。思想开明且能兼容并蓄,但有时则不够圆滑和喜欢渲染夸大,充分表现出极不传统的射手座性格。"

```
   ElseIf y1=11 And d1<22 Then
```

```
        Label5.Caption="天蝎座"
        Image1.Picture=LoadPicture("d:\素材库\实验 6\10.jpg")
      Text3.Text="天蝎座天生由于皮肤颜色比较黑,因而凸显出眼光特别锐利、明亮。他们的额头宽
阔,眉毛粗浓,颧骨平坦而多肉,嘴型明显而看来坚毅,下巴则坚硬有力。整体而言,其长相容易给人
精力旺盛、果决、热情的印象。"
    End If
    If y1=12 And d1<=21 Then
        Label5.Caption="射手座"
        Image1.Picture=LoadPicture("d:\素材库\实验 6\11.jpg")
      Text3.Text="射手座的眼睛灵活生动而有神,鼻子具有希腊鼻直而长的特征,唇型优美,下巴较
尖,圆圆的脸上五官精致,头发鬈曲浓密,气质高贵不凡。思想开明且能兼容并蓄,但有时则不够圆滑
和喜欢渲染夸大,充分表现出极不传统的射手座性格。"
    ElseIf y1=12 And d1>21 Then
        Label5.Caption="摩羯座"
        Image1.Picture=LoadPicture("d:\素材库\实验 6\12.jpg")
      Text3.Text="摩羯座额头上的皱纹、蹙紧的浓眉及锐利的眼神,使他看来严肃而略显阴沉,令人
有难以亲近的印象。"
    End If
  Case 1,2
    If y1=1 And d1>=20 Then
        Label5.Caption="水瓶座"
        Image1.Picture=LoadPicture("d:\素材库\实验 6\1.jpg")
      Text3.Text="水瓶座大多有着灵动的眼睛、高耸的鼻子和面积不小的嘴唇,下颚线条柔和,略呈
圆形,外表综合来说堪称英俊美丽,却并不特别突出。生性悲天悯人,富有改革精神及高贵的情操,可
惜缺乏热情。"
    ElseIf y1=1 And d1<20 Then
        Label5.Caption="摩羯座"
        Image1.Picture=LoadPicture("d:\素材库\实验 6\12.jpg")
      Text3.Text="摩羯座额头上的皱纹、蹙紧的浓眉及锐利的眼神,使他看来严肃而略显阴沉,令人
有难以亲近的印象。"
    End If
    If y1=2 And d1<=18 Then
        Label5.Caption="水瓶座"
        Image1.Picture=LoadPicture("d:\素材库\实验 6\1.jpg")
      Text3.Text="水瓶座大多有着灵动的眼睛、高耸的鼻子和面积不小的嘴唇,下颚线条柔和,略呈
圆形,外表综合来说堪称英俊美丽,却并不特别突出。生性悲天悯人,富有改革精神及高贵的情操,可
惜缺乏热情。"
    ElseIf y1=2 And d1>18 Then
        Label5.Caption="双鱼座"
        Image1.Picture=LoadPicture("d:\素材库\实验 6\2.jpg")
      Text3.Text="双鱼座多半有浓密的棕色头发,而其温和、敏感的特质则全都显现在椭圆形的脸
孔上。有弧形优美的额头、一双大而温润的眼睛、小巧的鼻子、丰满的双颊、尖型的下巴和充满感性的
嘴唇以及优美的颈项,四肢匀称而纤细。"
    End If
```

```
     Case Else
        Label5.Caption="月不对"
        Text3.Text=""
        Image1.Picture=LoadPicture("")
        Text1.SetFocus
     End Select
   Text1.SetFocus
   End Sub
   Private Sub Command2_Click( )
      End
   End Sub
   Private Sub Form Load( )
    Text1.Text=""
    Text2.Text=""
    Text3.Text=""
    Label5.Caption=""
   End Sub
   Private Sub Text1_Change( )
      Label5.Caption=""
      Text3.Text=""
      Image1.Picture=LoadPicture("")
   End Sub
   Private Sub Text2_Change( )
   Label5.Caption=""
   Text3.Text=""
   Image1.Picture=LoadPicture("")
```

（10）实验阅览欣赏程序。该程序为一个游戏，玩家选择游戏方法，"翻牌"、"比大"或"比小"。程序将随机产生两张不同花色的牌，根据玩家选择的游戏，从而显示不同的结果。程序界面如图 2.62 所示。

图 2.62

主要控件属性如下表 2.7。

表 2.7

控件名称 \ 属性	Caption	borderstyle	Autosize	font
Form1				
Picture1		0-None	True	
Picture2		0-None	True	
Picture3		1-Fixed single	True	
Picture4		1-Fixed single	True	
Label1	庄家			楷体 5 号
Label2	玩家			楷体 5 号
Lable3				楷体 5 号
Command1	翻牌			
Command2	比大		*	
Command3	比小			

程序代码如下:

```
Dim a,b,c,d As Integer
Dim ch1$ ,ch2$
Private Sub Command1_Click( )
  Command2.Enabled=True
  Command3.Enabled=True
  Randomize
  Picture1.Picture=LoadPicture("d:\实验 6\实验 211.bmp")
  Picture2.Picture=LoadPicture("d:\实验 6\实验 201.bmp")
  Picture3.Picture=LoadPicture("d:\实验 6\000.bmp")
  Picture4.Picture=LoadPicture("d:\实验 6\000.bmp")
  a=Int((13*Rnd)+1)
  b=Int((13*Rnd)+1)
  c=Int((4*Rnd)+1)
  d=Int((4*Rnd)+1)
  Select Case c
    Case 1
      ch1="s"
    Case 2
      ch1="h"
    Case 3
      ch1="d"
    Case 4
      ch1="c"
  End Select
  Select Case d
```

```vb
      Case 1
          ch2="s"
      Case 2
          ch2="h"
      Case 3
          ch2="d"
      Case 4
          ch2="c"
    End Select
End Sub
Private Sub Command2_Click()
  If a>=b Then
      Command3.Enabled=False
      Picture3.Picture=LoadPicture("d:\实验 6\" & ch1 & a & ".bmp")
      Picture4.Picture=LoadPicture("d:\实验 6\" & ch2 & b & ".bmp")
      Picture1.Picture=LoadPicture("d:\实验 6\实验 212.bmp")
      Picture2.Picture=LoadPicture("d:\实验 6\实验 203.bmp")
      Label3.Caption="庄家赢了!"
    Else
      Command3.Enabled=False
      Picture3.Picture=LoadPicture("d:\实验 6\" & ch1 & a & ".bmp")
      Picture4.Picture=LoadPicture("d:\实验 6\" & ch2 & b & ".bmp")
      Picture1.Picture=LoadPicture("d:\实验 6\实验 213.bmp")
      Picture2.Picture=LoadPicture("d:\实验 6\实验 202.bmp")
      Label3.Caption="恭喜玩家赢了!"
    End If
End Sub
Private Sub Command3_Click()
  If a<=b Then
      Command2.Enabled=False
      Picture3.Picture=LoadPicture("d:\实验 6\h" & a &".bmp")
      Picture4.Picture=LoadPicture("d:\实验 6\h" & b &".bmp")
      Picture1.Picture=LoadPicture("d:\实验 6\实验 212.bmp")
      Picture2.Picture=LoadPicture("d:\实验 6\实验 203.bmp")
      Label3.Caption="庄家赢了!"
    Else
      Command2.Enabled=False
      Picture3.Picture=LoadPicture("d:\实验 6\h" & a & ".bmp")
      Picture4.Picture=LoadPicture("d:\实验 6\h" & b & ".bmp")
      Picture1.Picture=LoadPicture("d:\实验 6\实验 213.bmp")
      Picture2.Picture=LoadPicture("d:\实验 6\实验 202.bmp")
      Label3.Caption="恭喜玩家赢了!"
    End If
End Sub
```

```
Private Sub Form_Load()
    Picture1.Picture=LoadPicture("d:\实验 6\实验 211.bmp")
    Picture2.Picture=LoadPicture("d:\实验 6\实验 201.bmp")
    Picture3.Picture=LoadPicture("d:\实验 6\000.bmp")
    Picture4.Picture=LoadPicture("d:\实验 6\000.bmp")
End Sub
```

实 验 七

❋ 实 验 要 求

（1）学习了解 VB 中常用控件的基本概念和用途。

（2）熟练掌握控件的基本属性和设置方法。

（3）学习并熟练掌握控件在程序设计中的基本使用方法。

（4）结合前面学习的程序三种基本结构，配合使用控件编写更高质量的程序代码。

（5）实验文件保存位置为 **D:\练习\学号姓名**文件夹。

❋ 实 验 内 容

（1）在名称为 **Form1** 窗体中有一个文本框、两个命令按钮和一个计时器，程序功能是在运行程序时，单击**开始计数**按钮，开始计数，每隔 1 秒文本框数值加 1；单击**停止计数**按钮，则停止计数，如图 2.63 所示。

注意：要求适当修改控件的属性，实现以上的计数功能。该程序是不完整的，请在下划线处填入正确代码。

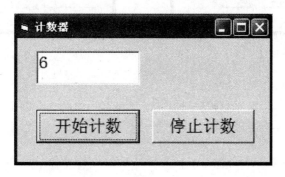

图 2.63

```
Private Sub Cmd1_Click()
    _____

End Sub
Private Sub Cmd2_Click()
    _____

End Sub
Private Sub Form_Load()
```

```
        Timer1.Interval=1000
    End Sub
    Private Sub Timer1_Timer()
        Text1.Text=Val(Text1.Text)+1
    End Sub
```

（2）在名称为 **Form1** 的窗体上画一个名为 **Picture1** 的图片框、一个名为 **VScroll1** 的垂直滚动条和一个名为 **Command1**、标题为**设置属性**的命令按钮，通过属性窗口在图片框中装入一个图形（可以选择任意的图片文件装入），图片框的宽度与图形的宽度相同，高度任意。编写适当的事件过程，程序运行后，设置滚动条的属性：

```
    Min=100;Max=2400;LargeChange=200;SmallChange=20
```

之后就可以通过移动滚动条上的滚动块来增加或减少图片框的高度，运行后的窗体如图 2.64、图 2.65 所示。该程序是不完整的，请在下划线处填入正确代码。

图 2.64   图 2.65

```
    Private Sub Command1_Click()
        VScroll1.Max=_____:VScroll1.Min=_____
        VScroll1._____=200 :_____.SmallChange=20
    End Sub
    Private Sub VScroll1_Change()
        Picture1.Height=VScroll1.Value
    End Sub
```

（3）在名称为 **Form1** 窗体中画三个名称分别为 **B1**、**B2** 和 **L1**，标题分别为**字号**、**字体**和**计算机等级考试**的标签，其中 **L1** 的高为 500，宽为 3000；在 **B1**、**B2** 标签的下面有两个名称分别为 **Cb1**、**Cb2** 的组合框，并为 **Cb1** 添加项目 **10**、**20**、**30**，为 **Cb2** 添加项目**黑体**、**隶书**、**宋体**，以上请在设计时实现。编写 **Cb1**、**Cb2** 两个组合框事件过程，使在运行时，当在 **Cb1** 中选一个字号、在 **Cb2** 中选一个字体，标签 **L1** 中的文字变为选定的字号和字体。如图 2.66 所示。该程序是不完整的，请在下划线处填入正确代码。

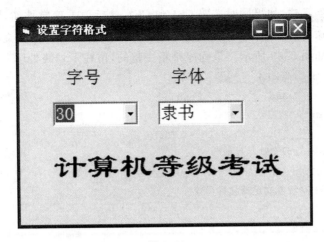

图 2.66

```
Private Sub Cb1_Click( )
    L1.FontSize=Cb1.Text
End Sub
Private Sub Cb2_Click( )
    _____
End Sub
```

（4）在窗体上有一个名称为 **Text1** 的文本框、一个名称为 **L1** 的列表框、三个命令按钮。通过**属性**窗口向列表框中添加**早上好、中午好、下午好**和**晚上好** 4 个项目。编写适当的事件过程，要求程序运行后，实现以下功能：①在文本框中输入一个字符串如姓名"李刚"，如图 2.67 所示，单击"添加"按钮，则把文本框中的字符串添加到列表框中；②在文本框中输入一个字符串如姓名**李刚**，并在列表框中选择一个字符项目，单击**组合**按钮，则把文本框中的字符串和列表框中的字符组合在一起，显示在文本框中，如图 2.68 所示；③单击**清除**按钮，则把文本框中的字符内容清除。

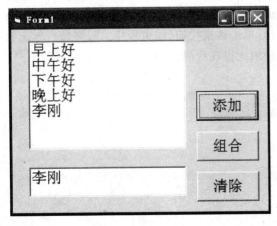

图 2.67

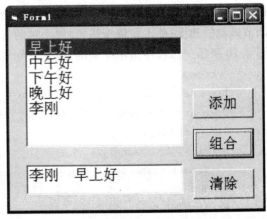

图 2.68

（5）窗体上有一个名称为 **Text1** 的文本框，两个名称分别为 **Ch1** 和 **Ch2**、标题分别为**足球**和**乒乓球**的复选框，一个名称为 **C1**、标题为**确定**的命令按钮。要求程序运行后，如果只选定**Ch1**，单击**确定**按钮，则在文本框中显示**我喜欢足球**；如果只选定 **Ch2**，单击**确定**按钮，则在文本框中显示**我喜欢乒乓球**；如果同时选定 **Ch1** 和 **Ch2**，然后单击**确定**按钮，则在文本框中显示
我喜欢足球和乒乓球；如果 **Ch1** 和 **Ch2** 都不选，然后单击**确定**按钮，则在文本框中什么都不显
示。程序运行界面如图 2.69 所示。该程序是不完整的，请在下划线处填入正确代码。

```
Private Sub C1_Click()
    If Ch1.Value= 1 And _____ Then
        Text1.Text="我喜欢足球"
    Else If _____ And Ch1.Value=0 Then
        Text1.Text="我喜欢乒乓球"
    _____ Ch1.Value=1 And Ch2.Value=1 Then
        Text1.Text="我喜欢足球和乒乓球"
    Else
        Text1.Text=""
    _____
End Sub
```

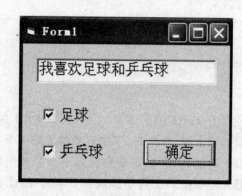

图 2.69

（6）窗体中有一个名称为 **Picture1** 的图片框，一个名称为 **HScroll1** 的滚动条，三个名称分
别为 **Command1**、**Command2** 和 **Command3**，标题分别为**运行**、**暂停**和**结束**的命令按钮，一个名
称为 **Timer1** 的计时器控件。程序运行后，单击**运行**按钮，使小球围绕大球转动，并使用滚动条
调节转动的速度；单击**暂停**按钮，暂停小球的转动；单击**结束**按钮，结束程序。程序运行界面如
图 2.70 所示。该程序是不完整的，请在下划线处填入正确代码。

```
Option Explicit
Dim c As Single,r As Single 'r为小球到大球的球心的距离,c为小球的角度
Dim x As Single,y As Single 'X,Y为小球移动时的圆心
Dim st As Single
Private Sub Command1_Click()
    Timer1.Enabled=_____
End Sub
Private Sub Command2_Click()
    Timer1.Enabled=_____
End Sub
Private Sub Command3_Click()
    _____
End Sub
```

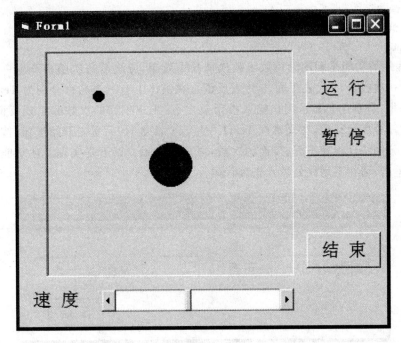

图 2.70

```
Private Sub Form_Load( )
    r=20
    c=0
    st=0.063
    HScroll1.Min=1          '设置最小值
    HScroll1.Max=100        '设置最大值
End Sub
Private Sub HScroll1_Change( )
    Timer1.Interval=200-HScroll1.Value
        '根据滚动条的数值设置时间间隔,速度越快,间隔越小
End Sub
Private Sub Picture1_Paint( )
    Picture1.FillColor=&HFF&
    Picture1.ForeColor=&HFF&
    Picture1.Circle (0,0),4
    x=Cos(c)*r
    y=Sin(c)*r
    Picture1.FillColor=&HFF0000
    Picture1.ForeColor=&HFF0000
    Picture1.Circle (x,y),1
    c=c+st
    If c>=2*3.14159 Then
        c=c Mod (2*3.14159)
    End If
End Sub
```

```
Private Sub Timer1_Timer()
    Picture1.Refresh        '重画图片框
End Sub
```

（7）本程序的功能是利用随机数函数模拟投币效果，方法是每次随机产生一个 0 或 1 的整数，相当于一次投币，1 代表正面，0 代表反面。在窗体上有三个名称分别为 **Text1**、**Text2** 和 **Text3** 的文本框，分别用于显示用户输入投币总次数、出现正面的次数和出现反面的次数，如图 2.71 所示。程序运行后，在文本框 **Text1** 中输入总次数，然后单击**开始**按钮，按照输入的次数模拟投币，分别统计出现正面、反面的次数，并显示结果。以下是实现上述功能的程序。该程序是不完整的，请在下划线处填入正确代码。

图 2.71

```
Private Sub Command1_Click()
    Randomize
    n=Val(Text1.Text)
    n1=0
    n2=0
    For i=1 To n
        r=Int(Rnd*2)
        If r=1 Then
            _____

        Else
            n2=n2+1
        End If
    Next
    Text2.Text=_____
    Text3.Text=_____
End Sub
```

（8）程序功能是在文本框 **Text1**、**Text2**、**Text3** 输入三角形的三个边长，当单击**计算**按钮时，计算三角形的面积，三角形面积在 **Label6** 中显示。如果输入的三个数不能构成三角形，则通过 MsgBox 函数给出**无法构成三角形**的提示信息，对话框标题为**输入错误**，对话框按钮样式为**确定**。程序正常运行时的界面如图 2.72 所示。该程序是不完整的，请在下划线处填入正确代码。

注意：构成三角形的条件是任意两边之和大于第三边。

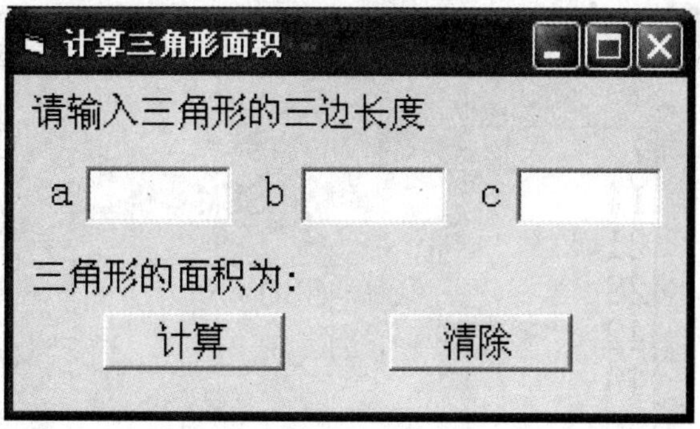

图 2.72

```
Private Sub Command1_Click()                    '计算面积
Dim a As Single,b As Single,c As Single,s As Single
Dim x As Single
    a= _____
    b=Val(Text2.Text)
    c=Val(Text3.Text)
    If a+b>c and a+c>b and _____ Then
        x=(a+b+c)/2
        s=Sqr(x*(x-a)*(x-b)*(x-c))
        label6.caption= _____
    Else
        MsgBox"无法构成三角形",vbOKOnly+vbCritical,"输入错误"
    End If
End Sub
Private Sub Command2_Click()                    '清除
    txt1.Text=""
    txt2.Text=""
    txt2.Text=""
    Label6.Caption=""
End Sub
```

（9）窗体上有一个名称为 **List1** 的列表框，一个名称为 **Text1** 的文本框，一个名称为 **Label1**、Caption 属性为 **Sum** 的标签，一个名称为 **Command1**、标题为**计算**的命令按钮。程序运行后，将把 1～100 之间能够被 7 整除、但不能被 5 整除的数添加到列表框中。如果单击**计算**按钮，则对 **List1** 中的数进行累加求和，并在文本框中显示计算结果，如图 2.73 所示。以下是实现上述功能的程序，该程序是不完整的，请在下划线处填入正确代码。

```
Private Sub _____
For i=1 To 100
  If i Mod 7=0 And i Mod 5<>0 Then
    List1.AddItem i
  End If
Next
```

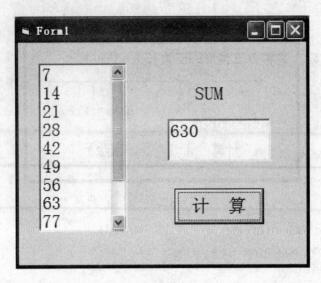

图 2.73

```
End Sub
Private Sub Command1_Click()
Sum=0
For i=0 To _____
    Sum=Sum+List1.List(i)
Next
Text1.Text=Sum
End Sub
```

(10) 在名称为 **Form1** 的窗体上画一个名称为 **Label1**、标题为**输入信息**的标签,一个名称为 **Text1**、Text 属性为**空白**的文本框和两个名称分别为 **Cmd1** 和 **Cmd2**、标题分别为**显示**和**恢复**的命令按钮,如图 2.74 所示。然后编写两个命令按钮的 Click 事件过程代码。程序运行后,在文本框中输入内容如**计算机考试**,如图 2.75 所示。然后单击**命令按钮**,则标签和文本框消失,并在窗体上显示输入到文本框中的内容,如图 2.76 所示。再单击**恢复**按钮,窗口恢复到初始状态,如图 2.74 所示。该程序是不完整的,请在下划线处填入正确代码。

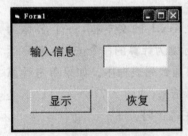

图 2.74

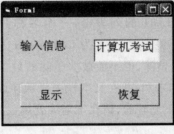

图 2.75

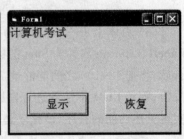

图 2.76

```
Private Sub _____
    Print Text1.Text
    Label1.Visible=False
    Text1.Visible=False
```

• 66 •

```
      End Sub
   Private Sub Cmd2_Click( )
      Label1.Visible=_____
      Text1.Visible=_____
      Text1.Text=_____
      Cls
   End Sub
```

(11) 实验阅览欣赏程序事例。有一个名称为 **Command1**、标题为**读取字型**的命令按钮，一个名称为 **Combo1** 的下拉组合框和一个名称为 **Label1** 的提示标签。该程序的功能是，程序运行后，单击**命令按钮**，程序将读取系统中的所有字体名称，列表显示在组合框中，如图 2.77 所示。

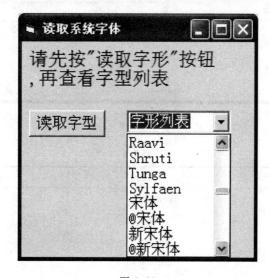

图 2.77

程序代码如下：

```
   Private Sub Command1_Click( )
      Dim I As Long
      For I=0 To Screen.FontCount-1
         Combo1.AddItem Screen.Fonts(I)
      Next
   End Sub
```

(12) 实验阅览欣赏程序事例。下面是一个调色板应用程序，程序运行后，窗口界面如图 2.78 所示。实现功能是，选择**背景颜色**单选按钮后，改变三个水平滚动条的值，可以调整 **Label1** 标签中文字的背景颜色；选择**文字颜色**单选按钮后，改变三个水平滚动条的值，可以调整 **Label1** 标签中**调制颜色** 4 个字的颜色。在调制颜色的过程中，三个文本框将随着滚动条数值的变化而改变颜色的深浅，紧接在后面的三个标签将显示出颜色改变的具体数值。**Label1** 标签中文字的背景颜色和文字颜色（前景色）将是下面三种颜色值的组合效果。程序中使用的控件及主要属性见表 2.8。

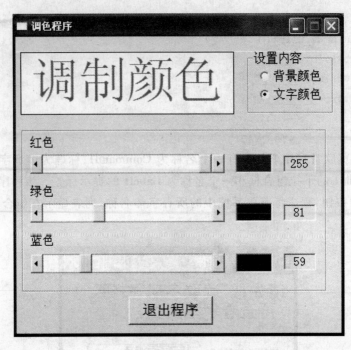

图 2.78

表 2.8

控件	属性	设置值
form1	name	frmMain
	Caption	调色程序
label1	name	lblTexto
	Caption	调制颜色
label2	name	lblRojo
	Caption	
label3	name	lblVerde
	Caption	
label4	name	lblAzul
	Caption	
label5	name	label5
	Caption	红色
label6	name	label6
	Caption	绿色
label7	name	label7
	Caption	蓝色
Frame1	name	Frame1
	Caption	设置内容
Frame2	name	Frame2
command1	name	cmdSalir

控件	属性	设置值
	Caption	退出程序
text1	name	txtRojo
text2	name	txtVerde
text3	name	txtAzul
Option1	name	optFondo
	Caption	背景颜色
Option2	name	optTexto
	Caption	文本颜色

程序代码如下：

```
Option Explicit
Private mFondoRojo          As Integer
Private mFondoVerde         As Integer
Private mFondoAzul          As Integer
Private mTextoRojo          As Integer
Private mTextoVerde         As Integer
Private mTextoAzul          As Integer
Private mValorRojo          As Integer
Private mValorVerde         As Integer
Private mValorAzul          As Integer
Private mValorColorTexto    As Long
Private mValorColorFondo    As Long
Private Sub cmdSalir_Click()
    Unload Me
End Sub
Private Sub FrmMain_Load()
    On Error GoTo errorHandler
    Me.ScaleMode=vbPixels
    Me.Top= (Screen.Height-Me.Height)/2
    Me.Left= (Screen.Width-Me.Width)/2
    hscrRojo.Min=0
    hscrRojo.Max=255
    hscrVerde.Min=0
    hscrVerde.Max=255
    hscrAzul.Min=0
    hscrAzul.Max=255
    hscrRojo.SmallChange=1
    hscrRojo.LargeChange=20
    hscrVerde.SmallChange=1
    hscrVerde.LargeChange=20
    hscrAzul.SmallChange=1
```

```
        hscrAzul.LargeChange=20
        txtRojo.BackColor=RGB(hscrRojo.Value,0,0)
        txtVerde.BackColor=RGB(0,hscrVerde.Value,0)
        txtAzul.BackColor=RGB(0,0,hscrAzul.Value)
        lblRojo.Caption=hscrRojo.Value
        lblVerde.Caption=hscrVerde.Value
        lblAzul.Caption=hscrAzul.Value
        mValorRojo=hscrRojo.Value
        mValorVerde=hscrVerde.Value
        mValorAzul=hscrAzul.Value
        mValorColorTexto=RGB(mValorRojo,mValorVerde,mValorAzul)
        mValorColorFondo=RGB(255,255,255)
        mFondoRojo=255
        mFondoVerde=255
        mFondoAzul=255
        mTextoRojo=0
        mTextoRojo=0
        mTextoRojo=0
        optTexto.Value=True
          Exit Sub
    errorHandler:
        MsgBox "Error en frmMain.Form_Load ; " & Err.Number & vbCrLf & _
                Err.Description
    End Sub
    Private Sub hscrAzul_Change()
        On Error GoTo errorHandler
        mValorAzul=hscrAzul.Value
        lblAzul.Caption=hscrAzul.Value
        txtAzul.BackColor=RGB(0,0,hscrAzul.Value)
        If optTexto=True Then
           mTextoAzul=hscrAzul.Value
           lblTexto.ForeColor=RGB(mTextoRojo,mTextoVerde,mTextoAzul)
         Else
           mFondoAzul=hscrAzul.Value
           lblTexto.BackColor=RGB(mFondoRojo,mFondoVerde,mFondoAzul)
        End If
        Exit Sub
     errorHandler:
        MsgBox "Error en frmMain.hscrAzul_Change ; " & Err.Number & vbCrLf & _
                Err.Description
    End Sub
    Private Sub hscrRojo_Change()
        On Error GoTo errorHandler
        mValorRojo=hscrRojo.Value
```

```vb
        lblRojo.Caption=hscrRojo.Value
        txtRojo.BackColor=RGB(hscrRojo.Value,0,0)
            If optTexto=True Then
                mTextoRojo=hscrRojo.Value
                lblTexto.ForeColor=RGB(mTextoRojo,mTextoVerde,mTextoAzul)
            Else
                mFondoRojo=hscrRojo.Value
                lblTexto.BackColor= RGB(mFondoRojo,mFondoVerde,mFondoAzul)
                End If
        Exit Sub
errorHandler:
        MsgBox "Error en frmMain.hscrRojo_Change ; " & Err.Number & vbCrLf & _
                Err.Description
End Sub
Private Sub hscrVerde_Change()
        On Error GoTo errorHandler
        mValorVerde=hscrVerde.Value
        lblVerde.Caption=hscrVerde.Value
        txtVerde.BackColor=RGB(0,hscrVerde.Value,0)
            If optTexto=True Then
                mTextoVerde=hscrVerde.Value
                lblTexto.ForeColor=RGB(mTextoRojo,mTextoVerde,mTextoAzul)
            Else
                mFondoVerde=hscrVerde.Value
                lblTexto.BackColor=RGB(mFondoRojo,mFondoVerde,mFondoAzul)
        End If
        Exit Sub
errorHandler:
        MsgBox "Error en frmMain.hscrVerde_Change ; " & Err.Number & vbCrLf & _
                Err.Description
End Sub
Private Sub mnuFileExit_Click()
        Unload Me
End Sub
Private Sub optFondo_Click()
        hscrRojo.Value=mFondoRojo
        hscrVerde.Value=mFondoVerde
        hscrAzul.Value=mFondoAzul
End Sub
Private Sub optTexto_Click()
        hscrRojo.Value=mTextoRojo
        hscrVerde.Value=mTextoVerde
        hscrAzul.Value=mTextoAzul
End Sub
```

实 验 八

🌸 实验要求

(1) 了解并熟悉数组和数组元素的基本概念。

(2) 掌握一维、二维数组的基本定义方法,了解嵌套数组的概念。

(3) 掌握数组初始化的基本方法。

(4) 熟悉动态数组的定义方法,了解控件数组的基本概念。

(5) 熟练掌握数组的排序、插入、删除等基本操作,运用数组来解决较复杂的数学问题。

(6) 实验文件保存位置为 **D:\练习\学号姓名**文件夹。

🌸 实 验 内 容

(1) 从键盘上输入 10 个整数,并放入一个数组中,然后将前 5 个元素与后 5 个元素对换,即第 1 个元素与第 10 个元素互换,第 2 个元素与第 9 个元素互换……第 5 个元素与第 6 个元素互换。分别输出数组原来的值和对换后的值,运行结果如图 2.79 所示。

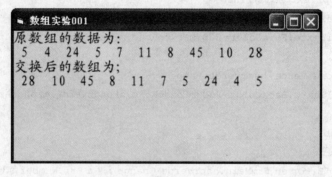

图 2.79

(2) 编写一个程序,把下面的数据输入一个二维数组中:

$$72\ 57\ 61\ 35$$
$$36\ 78\ 11\ 77$$
$$82\ 73\ 14\ 46$$
$$86\ 80\ 43\ 95$$

然后执行下列操作:①输出矩阵两个对角线上的数,即 72,78,14,95,35,11,73,86;②分别输出各行和各列的和;③交换第 1 行和第 3 行的位置;④交换第 2 列和第 4 列的位置。输出上述处理后的数组,运行结果如图 2.80 所示。

(3) 编写程序,实现矩阵转置,即将一个 n×m 的矩阵的行和列互换后得到一个 m×n 的矩阵。例如,a 矩阵为

$$\begin{vmatrix} 1 & 2 & 3 \\ 4 & 5 & 6 \end{vmatrix}$$

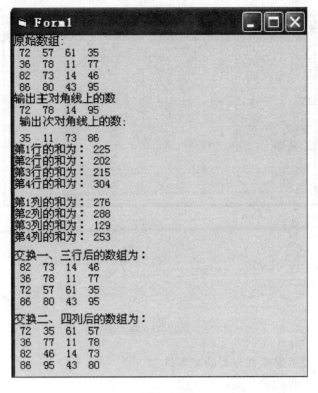

图 2.80

转置后的矩阵 b 为

$$\begin{vmatrix} 1 & 4 \\ 2 & 5 \\ 3 & 6 \end{vmatrix}$$

此题运行结果如图 2.81 所示。

图 2.81

（4）小猴子到山上去摘了若干个桃子,回家后开始吃。它第一天吃掉桃子的一半还多一个;以后每天都吃掉尚有桃子的一半还多一个;到第七天要吃时只剩下一个桃子,问小猴子共摘了多少个桃子? 编写程序求出共摘了多少个桃子,并显示每天吃的桃子数量及尚存的数量。程序运行结果如图 2.82 所示。

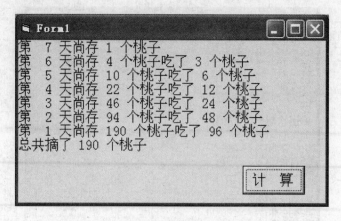

图 2.82

实 验 九

❋ 实 验 要 求

(1) 了解并熟悉过程及函数过程的基本概念。

(2) 熟练掌握子过程的建立及调用方法。

(3) 熟练掌握函数过程的建立及调用方法。

(4) 熟悉过程及函数调用时参数的传递形式。

(5) 熟悉变量和过程的作用域概念。

(6) 了解鼠标及键盘过程的基本概念和应用方法。

(7) 实验文件保存位置为 **D:\练习\学号姓名**文件夹。

❋ 实 验 内 容

(1) 编写程序,求 S＝10!＋21!－7!。阶乘的计算分别用 Sub 过程和 Function 过程两种方法来实现。界面设置如图 2.83 所示。

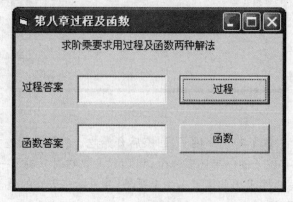

图 2.83

程序中使用的控件属性见表 2.9。

表 2.9

控件	属性	设置值
窗体	Name form1	Caption 第八章过程及函数
文本框 1	Name Text1	
文本框 2	Name Text2	
命令按钮 1	Name Command1	Caption 过程
命令按钮 2	Name Command2	Caption 函数
标签 1	Name Label1	Caption 求阶乘要求用过程及函数两种解法
标签 1	Name Label2	Caption 过程答案
标签 1	Name Label3	Caption 函数答案

根据题目要求,完成下面程序中的部分代码设计。

解法 1 Sub 过程

```
Sub jch(n As Single,p As Single)
    Dim i%
    p=_____
    For i=1 To _____
      p=_____
    Next i
End Sub
Private Sub Command1_Click()
  Dim a As Single,b As Single,c As Single
  Dim x As Single,y As Single,z As Single,s As Single
  x=10
  y=21
  z=7
  Call _____
  Call _____
  Call _____
  s=_____
  Text1.Text=_____
End Sub
```

解法 2 Function 过程

```
Private Sub Command2_Click()
  Dim a As Single,b As Single,c As Single,s As Single
  x=10
  y=21
  z=7
  s=_____
  Text2.Text=_____
End Sub
```

```
Function jch1(n As Single) As Single
    Dim i%
    jch1=_____
    For i=1 To _____
        jch1=_____
    Next i
End Function
```

（2）建立一个工程文件，其窗体的 Caption 为**实验八过程及函数**，在窗体上建立一个名称为 **Text1** 的文本框和一个名称为 **Cmd1**、标题为**计算**的命令按钮，如图 2.84 所示。程序运行后，单击**计算**命令按钮，通过在对话框输入整数 **12**，放入整型变量 a 中，然后计算 a!（运算结果应放入 Long 型变量中），在文本框中显示结果，并把结果存入文件 **out. txt** 中。在下面有一个标准模块 **mode. bas**，该模块中提供了保存文件的过程 putdata，可根据题意填写形参后，再直接调用。

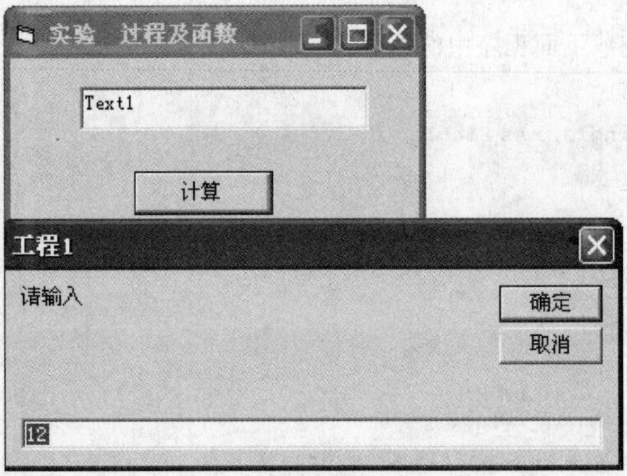

图 2.84

分析：在窗体上建立好控件后，先设置控件属性，再编写事件过程。运行程序后所弹出的对话框是由 VB 系统本身提供的，通过调用函数 InputBox 来实现，本题的主要思想是考查循环语句的应用。计算一个数值的阶乘时使用了 for 循环，最后调用了所给模块中的过程将结果进行保存。

解题步骤如下：①建立界面并设置控件属性，本题用到了一个文本框和一个命令按钮，将命令按钮的 Caption 属性设置为**计算**，Name 属性设置为 **Cmd1**，文本框属性为默认设置；②编写程序代码，在编写程序代码时要注意变量范围的设定，题目要求将计算结果存入 Long 变量中，所以把最后放入文本框内的变量设置为长整型，然后保存结果。

程序代码如下，该程序是不完整的，请在下划线处填入正确代码。

```
Private Sub Cmd1_Click()
    Dim a As Integer
    Dim temp As Long
    Dim i As Integer
    a=Val(InputBox("请输入",,"12"))
    temp=1

    _____

    _____
```

```
            _____
            _____
    putdata "out.txt",Text1.Text
End Sub
```

标准模块代码如下：

```
Option Explicit
Sub putdata(_____,_____)
    Dim sFile As String
    sFile="\" & t_FileName
    Open App.Path & sFile For Output As #1
    Print #1,T_Str
    Close #1
End Sub
```

（3）在名称为 **Form1** 的窗体上有两个名称分别为 **Opt1** 和 **Opt2**、标题分别为 **100～200 之间素数**和 **200～400 之间素数**的单选按钮，一个名称为 **Text1** 的文本框和两个名称分别为 **Cmd1** 和 **Cmd2**、标题分别为**计算**和**存盘**的命令按钮，如图 2.85 所示。程序运行后，如果选中一个单选按钮并单击**计算**按钮，则计算出该单选按钮标题所指明的所有素数之和，并在文本框中显示出来；如果单击**存盘**按钮，则把计算结果存入 **out.txt** 文件中。设计程序，要求使用子过程或函数方法求解。该子过程或函数可以判断输入的整数是否为素数，如果是素数，则返回相应提示。

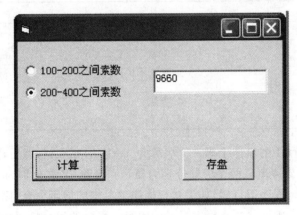

图 2.85

实 验 十

✳ 实 验 要 求

（1）了解菜单的基本概念。
（2）掌握菜单设计的基本方法。
（3）在程序中会使用简单的菜单设计功能，来完成设计任务工作。
（4）实验文件保存位置为 **D:\练习\学号姓名**文件夹。

❋ 实验内容

（1）在窗体上建立一个二级菜单，该菜单含有标题分别为**文件**和**帮助**、名称分别为 **vbFile** 和 **vbHelp** 的两个主菜单项，其中**文件**菜单包括标题分别为**打开**、**关闭**和**退出**，名称分别为 **vbOpen**、**vbClose** 和 **vbExit** 的三个子菜单，如图 2.86 所示。只建立菜单，不必定义其事件过程。建立界面并设置控件属性，编写程序代码。

图 2.86

程序中用到的控件及其属性见表 2.10。

表 2.10

控件	属性	设置值
菜单 名称	标题	menufile 文件
菜单 名称	标题	menuopen 打开
菜单 名称	标题	mneucolse 关闭
菜单 名称	标题	mneuexit 退出
菜单 名称	标题	mneuhelp 帮助

（2）在名称为 **Form1** 的窗体上画一个名称为 **Text1** 的文本框，然后建立一个标题为**操作**、名称为 **Op** 的主菜单，该菜单有两个标题分别为**显示**和**清除**、名称分别为 **Dis** 和 **Cle** 的子菜单，编写适当的事件过程。程序运行后，如果执行**操作**菜单中的**显示**命令，则在文本框显示**菜单制作**；如果执行**清除**命令，则清除文本框中显示的内容。程序的运行情况如图 2.87 和图 2.88 所示。请根据以上要求设计 VB 应用程序，建立界面并设置控件属性。

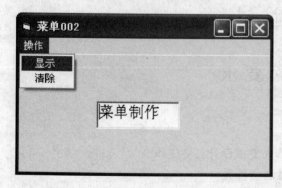

图 2.87

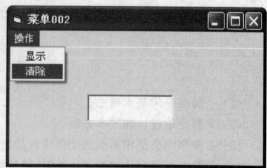

图 2.88

程序中用到的控件及其属性见表 2.11。

表 2.11

控件	属性	设置值
菜单 名称	标题	Op 操作
菜单 名称	标题	Dis 显示
菜单 名称	标题	Cle 清除
文本框 Name	Text1	

完成以下程序代码：

```
Private Sub Cle_Click( )
End Sub
Private Sub Dis_Click( )
End Sub
```

（3）建立一个弹出式的菜单，用来改变文本框中字体的属性。建立界面并设置控件属性如图 2.89 所示。

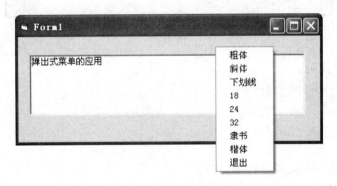

图 2.89

程序中用到的控件及其属性见表 2.12。

表 2.12

控件	属性	设置值
菜单 名称	标题	popformat 字体格式化
菜单 名称	标题	popBold 粗体
菜单 名称	标题	popItalic 斜体
菜单 名称	标题	popUnder 下划线
菜单 名称	标题	font18 18
菜单 名称	标题	font24 24
菜单 名称	标题	font32 32
菜单 名称	标题	fontls 隶书
菜单 名称	标题	fontkt 楷体
菜单 名称	标题	quit 退出

按以上要求设置,首先用菜单编辑器建立菜单后,将主菜单项字体格式化设置成不可见,如图 2.90 所示。

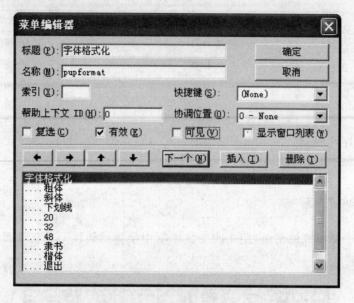

图 2.90

完成以下程序代码:

```
Private Sub font18_Click()

End Sub

Private Sub font24_Click()

End Sub

Private Sub font32_Click()

End Sub

Private Sub fontls_Click()

End Sub

Private Sub Form_MouseDown(Button As Integer,Shift As Integer,X As Single,Y As
Single)
    If Button=2 Then
    End If
End Sub

Private Sub fortkt_Click()

End Sub

Private Sub popBold_Click()

End Sub

Private Sub popItalic_Click()

End Sub

Private Sub popUnder_Click()

End Sub

Private Sub quit_Click()

End Sub
```

实 验 十 一

❈ 实 验 要 求

（1）了解对话框的基本概念和基本分类。
（2）掌握各种对话框的基本设计过程及方法。
（3）能运用对话框解决简单的程序设计问题。
（4）实验文件保存位置为 **D:\练习\学号姓名**文件夹。

❈ 实 验 内 容

1. 新建工程

新建一个标准 EXE 类型的工程，并将窗体 **Form1** 作为应用程序的主窗体。

（1）设计的窗体界面如图 2.91 所示，在窗体 **Form1** 中，有两个命令按钮和三个标签。

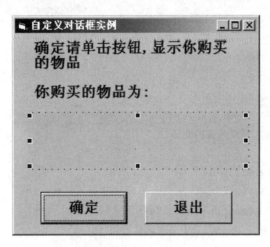

图 2.91

（2）设置窗体各控件的相关属性，窗体 **Form1** 的 Caption 为**自定义对话框实例**，三个标签的 Caption 分别为**确定请单击按钮，显示你购买的物品**、**你购买的物品为：**和空串。

（3）单击**工程**菜单，执行**添加工程**命令，在打开的对话框中，选择**窗体**图标，再单击**打开**按钮，即在当前工程中添加了一个名称为 **Form2** 的窗体。

（4）设置新窗体 **Form2** 的属性。将 BorderStyle 属性设置为 **1-Fixed single**，Control 属性设置为 **False**，MaxBoutton 和 MinBoutton 属性设置为 **False**，将 Caption 属性设置为**对话框**。

（5）新窗体 **Form2** 的界面如图 2.92。在窗体 **Form2** 中，有两个命令按钮、一个文本框和一个标签。

（6）添加应用程序代码。

（7）调试、运行程序。

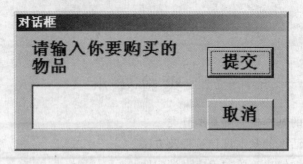

图 2.92

(8) 主窗体 **Form1** 程序代码如下：

```
Private Sub Form_Load()
  Command1.Default=True
  Form2.Text1.TabIndex=0
End Sub
Private Sub Command1_Click()
  Form2.Show
End Sub
Private Sub Command2_Click()
  End
End Sub
```

对话框窗体程序代码如下：

```
Private Sub Command1_Click()
  If Text1.Text="" Then
    MsgBox "请输入你要购买的物品!"
  Else
    Form1.Label2.Visible=True
    Form1.Label3.Visible=True
    Form1.Label3.Caption=Text1.Text
    Unload Me '用 unload 方法卸载对话框窗体
  End If
End Sub
Private Sub Command2_Click()
  Unload Me
End Sub
```

(9) 运行结果为，程序运行时，当用户单击主窗体上**确定**按钮时，程序将弹出自定义对话框，如图 2.93 所示，当用户在对话框窗体中的文本框中输入购买的物品名称后，单击**提交**按钮，程序将在主窗体中显示如图 2.94 所示界面。

2. 建立对话框

编写程序，建立**打开**和**保存**对话框。在窗体上画一个通用对话框控件，其 Name 属性为 **CommonDialog1**(默认值)，再建立一个菜单如图 2.95 所示。

(1) 创建菜单，其菜单项及名称见表 2.13。

表 2.13

标题	名称	标题	名称
文件	menuFile	保存	menuSave
打开	menuOpen	退出	menuExit

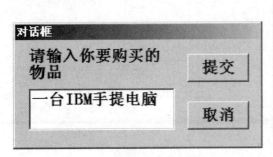

图 2.93

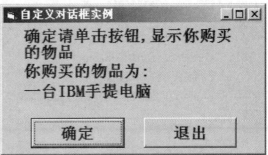

图 2.94

（2）执行**工程**菜单中**部件**命令，打开**部件**对话框，如图 2.96 所示。

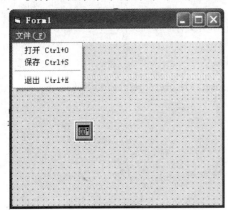

图 2.95

图 2.96

（3）在对话框中选择**控件**选项卡，然后在控件列表框中选择 **Microsoft Commmon Dialog Control6.0**，如图 2.97 所示。

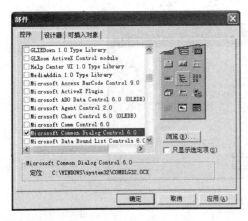

图 2.97

图 2.98

（4）单击**确定**按钮，通用对话框即被加到工具箱中，如图 2.98 所示。

（5）程序代码如下：

```
Private Sub menuopen_Click()
    Dim b
    CommonDialog1.FileName=""
    CommonDialog1.Flags=vbofnfilemustExist
    CommonDialog1.Filter="程序文件|*.exe|所有文件|*.*"
    CommonDialog1.Action=1
    On Error GoTo aaaa
    b=Shell(CommonDialog1.FileName,1)
aaaa:
End Sub
Private Sub menuSave_Click()
    CommonDialog1.CancelError=True
    CommonDialog1.DefaultExt="txt"
    CommonDialog1.FileName="law.txt"
    CommonDialog1.Filter="程序文件|*.exe|所有文件|*.*|文本文件|*.txt"
    CommonDialog1.FilterIndex=1
    CommonDialog1.DialogTitle="保存文件类型*.txt"
    CommonDialog1.Flags=vbofnoverwriteprompt Or vbofnpathmustexist
    On Error GoTo AAAA
    CommonDialog1.Action=2
AAAA:
End Sub
Private Sub menuExit_Click()
    End
End Sub
```

（6）单击**取消**按钮后会产生出错信息，如图 2.99 所示，为了解决事先可预料的出错，可采取上述程序中的处理方法，即 On Error GoTo AAAA 语句。当程序出错时，就跳到程序结束，就像什么事情都没有发生的一样，从而巧妙地解决了这一问题。

图 2.99

实验十二

✿ 实验要求

（1）了解 VB 中文件的基本概念。

（2）熟悉顺序文件的建立、打开及写入等基本操作方法。

（3）熟悉随机文件的建立、打开及写入等基本操作方法。

（4）掌握文件操作中常用函数的基本使用方法。

（5）实验文件保存位置为 **D：\练习\学号姓名**文件夹。

✿ 实验内容

窗体上有三个名称分别为 **Read、Calc** 和 **Save**，标题分别为**读入数据、计算并输出**和**存盘**的菜单，一个名称为 **Text1** 的文本框，MultiLine 属性设置为 **True**，ScrollBars 属性设置为 **2**，界面如图 2.100 所示。

图 2.100

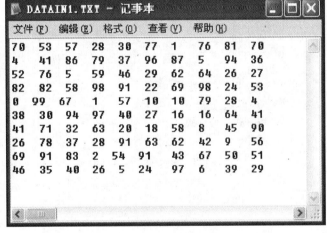

图 2.101

程序运行后，如果执行**读入数据**命令，则读入 **datain1.txt** 文件中的 100 个整数，如图 2.101 所示，放入一个数组中，数组的下界为 1；如果单击**计算并输出**按钮，则将该数组中可以被 3 整除的元素在文本框中显示出来，求出它们的和，并把所求得的和在窗体上显示出来；如果单击**存盘**按钮，则把所求得的和存入学生文件夹下的 **dataout.txt** 文件中。

窗体文件 ReadData 过程可以把 **datain1.txt** 文件中的 100 个整数读入 **Arr** 数组中；而 WriteData 过程可以把指定的整数值写到学生文件夹下指定的文件中，整数值通过计算求得，文件名为 **dataout.txt**。建立菜单项、建立界面并设置控件属性。

程序中用到的菜单项及其控件属性见表 2.14。

表 2.14

标题	名称	内缩符号
读入数据	Read	0
计算并输出	Calc	0
存盘	Save	0
Text	Name(Text1)	

程序代码如下,该程序是不完整的,请在下划线处填入正确代码。

```
Option Base 1
Dim Arr(100) As Integer
Dim temp As Integer
Sub ReadData()
    Open App.Path & "\" & "datain1.txt" For Input As #1
    For i=1 To 100
        Input #1,Arr(i)
    Next i
    Close #1
End Sub
Sub WriteData(Filename As String,Num As Integer)
    Open App.Path & "\" & Filename For Output As #1
    Print #1,Num
    _____ #1
End Sub
Private Sub Calc_Click()
    Text1._____ =""
    For i=1 To 100
        If Arr(i) Mod 3=0 Then
            Text1.Text=Text1.Text & Arr(i) & Space(5)
                temp=temp+_____
        End If
    Next i
    Print temp
End Sub
Private Sub Read_Click()
    ReadData
End Sub
Private Sub Save_Click()
    WriteData "dataout.txt",temp
End Sub
```

第**3**部分 习题参考解答

第1章参考答案

一、选择题

(1) B

解题要点 "控件"是在图形用户界面(GUI)上进行输入、输出信息、启动事件程序等交互操作的图形对象,是进行可视化程序设计的基础和重要工具,VB中的控件分为两类,一类是标准控件,也称内部控件;另一类是ActiveX控件。启动VB后,工具箱中只有标准控件,共有20个。

(2) D

解题要点 工程文件的扩展名为vbp、工程组文件的扩展名为vbg、程序模块文件的扩展名为bas;类模块文件的扩展名为cls、相关资源文件的扩展名为res,窗体文件的扩展名为frm。

(3) B

解题要点 属性是一个对象的特性,不同的对象有不同的属性,故选项C是不正确的;引用属性的一般格式为对象名.属性名称,故选项A不正确;对象的属性值可以在属性窗口中设置,也可以在程序语句中设置,故选项D是不正确的;对象是有特殊属性和行为方法的实体,不同的对象有不同的属性,故选项B是正确的。

(4) C

解题要点 任何一个窗体中,在一般情况下,只能有一个控件是活动控件,所以选项C是正确的;活动控件上有8个黑色的小方块,所以选项B说有4个黑色的小方块是不正确的;活动窗体的缩放可以通过拖动4个角的小方块来调整控件的大小,即宽度和高度,所以选项A是不正确的;在窗体上的非活动控件不是隐藏的,所以选项D不正确。

(5) C

解题要点 窗体和控件被称为VB中的对象,而属性是针对具体对象来说的,离开对象谈属性没有任何意义,所以选项D是不正确的;选项A和选项B都只谈了其中的一个方面,不全面;故选项C是正确的。

(6) D

解题要点 标题栏是位于屏幕顶部的水平条,它显示应用程序的名字,启动VB后,标题栏中出现的信息是"工程1-Microsoft Visual Basic[设计]","设计",表示设计状态,随着状态的不同而不同,只有名称是固定的,故标题栏上显示了应用程序的名称,并没有显示大小和位置,大小和位置在布局窗口中显示。

(7) C

解题要点 可视化是一种程序设计技术,它把烦琐、复杂的工作交由系统完成,从而减轻程序设计人员编写代码的工作量。面向对象是一种程序设计方法,这种方法将数据和代码封装起来而成为对象;事件驱动是一种编程机制,它由事件而驱动程序调用通用过程来执行指定的操作;过程结构化则是传统的面向过程程序设计语言的编程思想。

(8) D

解题要点 VB包括学习版、专业版和企业版三种版本。学习版是最基本、最便宜的版本,包括创建 Windows 应用程序所需要的内部控件及数据网格、数据绑定控件等;专业版包括学习版中的全部内容,又增加了立体控件、动画按钮、通信控件、进度条、工具栏和 Internet 控件等开发应用程序所需要的全套工具,功能更强大;企业版包括专业版中的全部内容,是最强的版本,为软件开发团队开发大型的网络环境应用软件体系提供了强有力的支持。

(9) C

解题要点 控制窗体启动位置的是 StartUpPositon,所以选项 C 是正确的;而 Width 和 Height 用来控制窗体的大小,所以选项 A 和 B 不正确;Top 和 Left 用来控制窗体左上角离屏幕顶边和左边的距离,所以选项 D 不正确。

(10) B

解题要点 如果窗体的 BorderStyle 属性设置为 **Fixed Single**,则窗体为固定单边框,可以包含控制菜单框、标题栏、最大化和最小化按钮,但要注意的是,如果窗口的 MaxButton 和 MinButton 属性设置为 **True**,则可以使用,运行时显示最大化和最小化按钮;如果设置为 **False**,则运行时不显示。

(11) C

解题要点 标准模块不仅可以用来定义一些通用的过程,还可以用来声明一些全局变量,所以 C 是不正确的;标准模块也称为程序模块文件,其扩展名是 bas,所以选项 A 是正确的;正因为标准模块是程序模块文件,必然是程序代码组成,所以选项 B 是正确的;标准模块不属于任何一个固定的窗体,在工程中公用的,所以选项 D 是正确的。

(12) C

解题要点 **工程资源管理器**窗口在屏幕的右上角,由**查看代码、查看对象**和**切换文件夹**三个按钮组成。系统启动后就显示在屏幕上,所以选项 A 不正确;工具栏窗口用于界面设计,其窗口由工具图标组成,通常位于窗体的左侧,显示的是 VB 中的内部控件,所以选项 B 也不正确;窗体布局窗口允许使用屏幕的小图像来布置应用程序中的各窗体的位置,一般在屏幕右下角,所以选项 D 也不正确;双击窗体上的某个控件可以打开其代码窗口,编写事件过程,所以选项 C 是正确的。

(13) A

解题要点 Caption 不是只读属性,在设计阶段可以在属性窗口中设置,也可以用代码在运行时设置,不同的运行状态可以有不同的 Caption 属性值,所以选项 A 的表述是不正确的;Height 和 Width 的默认单位是 twip,1twip 等于 1/1440 英寸,是 1 点的 1/20,故选项 B 是正确的;Icon 属性是用来设置窗体最小化图标的,所以选项 C 的表述是正确的;用来激活属性窗口的快捷键是 F4 键,所以选项 D 也是正确的。

(14) B

解题要点 对象的操作可由对象的属性、事件和方法来描述,所以选项 A 正确;在 VB 中的对象除了窗体和控件外还有其他的一些对象,如打印机、调试、剪贴板等,所以选项 B 说只有窗体和控件两种对象是不正确的;属性是对象的特征,不同的对象有不同的属性,所以选项 C 的表述是正确的;事件是通过代码来实现的,所以选项 D 对象事件在代码窗口中体现过程是正确的。

(15) A

解题要点 在 VB 中,建立一个新的标准模块应执行**工程**菜单中**添加模块**命令,弹出**添加模块**对话框,在**新建**选项中选择**模块**选项,然后单击**打开**按钮,打开标准模块代码窗口,在这个窗口中就可以输入标准模块代码。所以本题的正确答案是选项 A。

(16) D

解题要点 启动 VB 有 4 种方式:①打开**我的电脑**,找到存放 VB 所在的系统文件的硬盘及文件夹,双击 **VB6.exe** 图标,即可进入 VB 编程环境,所以选项 A 是正确的;②利用**开始**菜单中**程序**命令方式进入,所以选项 C 也是正确的;③执行**开始**菜单中**运行**命令,在**打开**栏中键入 VB6.exe 的存放路径,单击**确定**按钮即可;④将 VB6.exe 文件直接拖到桌面可建立启动 VB 的快捷方式,双击该执行文件即可。

(17) B

解题要点 在 VB 中,F10 键用来激活菜单栏,F4 键用来激活属性窗口,F5 键用来启动运行程序,Ctrl 键作为辅助键必须和其他键一起使用才能起作用。

(18) A

解题要点 一个工程中可以包含 7 类文件,其中,工程文件、窗体文件和窗体的二进制数据文件是一个工程不可缺少的文件,这 7 类文件的扩展名及含义如下:

vbp 是 Visual Basic Project 的缩写,表示工程文件。

frm 是 Form 的缩写,表示窗体文件。

frx 表示窗体的二进制数据文件。

cls 是 class 的缩写,表示类模块文件。

bas 是 Basic 的缩写,表示标准模块文件。

ocx 表示 ActiveX 控件的文件。

res 是 resource 的缩写,表示资源文件。

(19) A

解题要点 一般情况下,输入程序的语句要求一句一行,一行一句,但 VB 允许使用续行符把程序分在几行中书写,但所使用的下划线要注意与它前面的字符之间至少有一个空格,这样书写有助于程序的条理性和可读性。

(20) C

解题要点 标准模块不仅可以用来定义一些通用的过程,还可以用来声明一些全局变量,所以选项 C 是不正确的;标准模块的扩展名是 bas,所以选项 A 是正确的;正因为标准模块是程序模块文件,所以必然是程序代码组成,所以选项 B 是正确的;标准模块不属于任何一个固定的窗体,在工程中是公用的,所以选项 D 是正确的。

二、填空题

(1) 3 种、Visual Basic 6.0 学习版、Visual Basic 6.0 企业版、Visual Basic 6.0 专业版

(2) 面向对象编程、事件驱动机制

(3) 工程资源管理器窗口、属性窗口

(4) 窗体、事件、消息

(5) 设计状态、执行状态、断点状态

第 2 章参考答案

一、选择题

（1）C

解题要点 Top 和 Left 属性决定了控件在窗体中的位置，Top 表示控件到窗体顶部的距离，Left 表示到窗体左边框的距离。

（2）C

解题要点 Text 是文本框的默认属性。Me.Text1 等价于 Text1.Text。

（3）B

解题要点 标签 **Label** 主要用来显示一小段不需要用户修改的文本，被显示文本内容只能由 Caption 属性来定义和修改，因此选项 B 是正确的；选项 A 确定标签标题的放置方式；选项 C 决定程序运行后，控件是否在屏幕上显示出来；BorderStyle 属性返回或设置对象的边框样式。

（4）C

解题要点 在 VB 中，可以用 Cls 方法清除用 Print 方法在窗体显示的文本或图片框中显示的图形，并把光标定位到对象的左上角，所以选项 D 是正确的；Cls 方法不能清除用 Picture 属性装入的图形，所以选项 B 是正确的；用 Move 方法可以移动控件和窗体，并可以调节对象的大小，所以选项 C 不正确；Cls 方法中的对象可以是窗体或图片框，如果省略对象，则清除当前窗体内显示的内容，所以选项 A 正确。

（5）B

解题要点 在一个窗体中，只能有一个命令按钮的 Default 属性设为 **True**，当一个命令按钮的 Default 属性被设置为 **True** 时，单击该命令按钮与按回车键的作用是相同的。

（6）C

解题要点 文本框没有 Caption 属性，所以选项 B 肯定不对；Text 属性返回或设置控件中包含的文本，所以选项 D 也不对；Name 属性是标志对象的名称，故选项 A 也不正确，只有选项 C 是设置文本框内容格式的，即用什么字符显示，符合本题的意思。

（7）A

解题要点 Picture.Print **计算机技术**语句实现的功能是将字符串**计算机技术**在图片框上显示出来，所以选项 A 不正确；Print **计算机技术**语句的作用是将字符串**计算机技术**直接输出到当前窗体上，所以选项 A 正确；Printer.Print **计算机技术**语句实现的功能是将字符串**计算机技术**输出到打印机上，所以选项 C 不正确；Debug.Print **计算机技术**语句实现的功能是将字符串**计算机技术**在立即窗口中显示出来，所以选项 D 也不正确。

（8）A

解题要点 本题中 4 个选项都是用来设置文本框属性的，它们的作用分别是：

① MultiLine 用来决定控件是否允许接收多行文本，如果设置为 **False**，文本框中只能输入一行文本，如果设置为 **True**，则可以输入多行文本；

② SelLength 表示当前选中文本的字符数，只能在运行期间设定或者返回；

③ SelText 表示当前所选取的文本字符串，如果没有选取文本，则返回一个空字符串；

④ ScrollBars 中 0 表示没有滚动条，默认值，1 表示空间中只有水平滚动条，2 表示控件中只有垂直滚动条，3 表示同时具有水平和垂直滚动条。

（9）D

解题要点　在一个窗体中,只能有一个命令按钮的 Cancel 属性设为 **True**。当一个命令按钮的 Cancel 属性被设置为 **True** 时,单击该命令按钮与按 Esc 键的作用是相同的,答案 D 是正确的。另外三个属性的作用分别是：

① Style 决定按钮显示方式,分标准和图形两种方式；

② Defalt,当命令按钮的 Defalt 属性设置为 **True** 时,若焦点不在任何命令按钮上,则单击命令按钮与按 Enter 键的作用相同；

③ Caption 用来设置显示在命令按钮上的文本。

（10）C

解题要点　本题考查的是标签的 Alignment 属性的设置。Alignment 属性用来设置标签中标题的位置,可将其设置为 0,1,2,0 表示标题靠左显示(默认),1 表示标题靠右显示,2 表示标题居中显示。

（11）A

解题要点　在 VB 中,BorderColor 属性的作用是设置直线的颜色或形状边界线的颜色,所以选项 A 是正确的。直线或形状的背景颜色通过 BackColor 属性来设置,线型通过 BorderStyle 属性设置,形状内部颜色通过 FillColor 属性设置。

（12）B

解题要点　打开对象的属性列表,从中选择 Picture 属性栏,单击后面的"…",将弹出**加载图片**对话框,用户选择相应的路径和文件名,图形就显示在当前对象中了,可见选项 B 是正确的；而 CurrentY 和 CurrentX 用来设置光标当前位置；Stretch 决定图像是否可以伸缩。

（13）A

解题要点　从编程的角度上,命令按钮、复选框和单选按钮十分相似,但对于用户来说,它们的用途不同。在应用程序中,命令按钮通常用来在单击时执行指定的操作,而复选框和单选按钮用来表示选或不选两种状态。复选框用"√"表示被选中,在一个运行窗体上可以同时选取多个复选框；单选按钮不同,在一组单选按钮中只能选择其中一个。当选中一个单选按钮后,其他单选按钮都处于关闭状态。

（14）A

解题要点　Print 方法可以在窗体、立即窗口、图片框、打印机这些对象上输出数据。

（15）B

解题要点　Picture. Print **Microsoft** 语句实现的功能是将字符串 **Microsoft** 在图片框上显示出来,所以选项 A 不正确；Print **Microsoft** 语句的作用是将字符串 **Microsoft Visual Basic** 直接输出到当前窗体上,所以选项 B 正确；Printer. Print **Microsoft** 语句实现的功能是将字符串 **Microsoft** 输出到打印机上,所以选项 C 不正确；Debug. Print **Microsoft** 语句实现的功能是将字符串 **Microsoft** 在立即窗口中显示出来,故选项 D 也不正确。

（16）C

解题要点　ScrollBars 有 4 个值：0 表示没有滚动条,默认值；1 表示控件中只有水平滚动条；2 表示控件中只有垂直滚动条；3 表示同时具有水平和垂直滚动条。

二、填空题

（1）预定义对象和自定义对象

解题要点 VB 中,对象分为两种:一种是系统设计好的,称为预定义对象,用户可以直接调用或对其进行操作;另一种是由用户自定义的,称为自定义对象。

(2) 属性

(3) 在属性窗口、通过程序代码

(4) 事件过程

(5) 对象名、下划线、事件名

解题要点 事件过程代码设计格式为

```
Private sub 对象名_事件名()
```

事件过程代码

```
End sub
```

(6) Form_Click

(7) Hide、Form1. Hide

解题要点 对象与方法的典型语法结构为

$$对象名称. 方法名称[参数]$$

三、操作题

(1) **解题要点** 利用工具箱中的控件工具在窗体上画出各个控件,并改变按钮控件的名称为 **Cmd1**,Caption 属性为**输出**。双击按钮控件,在 Cmd1_Click 事件过程中写入以下代码:

```
Print Text1.Text
```

其中,Print 方法前的对象名因为默认的是 **Form1**,所以 **Form1** 可省略不写。

(2) **解题要点** 利用工具箱中的控件工具在窗体上画出各个控件。将 Command1 的名称改为 **Cmd1**,Caption 的名称改为**按钮一**,Command2 的名称改为 **Cmd2**,Caption 改为**按钮二**。双击**按钮一**,在其 Command1_Click( )事件过程中写入如下代码:

```
Private Sub Command1_Click()
    Command2.Top=Command1.Top
    Command2.Left=Command1.Left
End Sub
```

其中,Top 和 Left 属性分别是控件的 y 轴坐标位置和 x 轴坐标位置的,一旦两个按钮的坐标一致,则两按钮重合。

第 3 章参考答案

一、选择题

(1) C

解题要点 VB 中变量命名规则为:①以字母或汉字开头;②由字母、汉字、数字、下划线组成;③不能使用 VB 中的关键字,C 不满足这个条件;④可以在变量名后带有类型说明符,如 B。

(2) B

解题要点 同(1)。

(3) A

解题要点 同(1)。

(4) D

解题要点 在 Dim 语句中使用类型关键字 Variant 定义变体类型变量。在 Variant 变量中，可以存放任何类型的数据。隐式声明的变量，系统默认为变体类型变量。

(5) B

解题要点 VB 中以符号"♯"括起来的符合一定规律的数据被认作是日期型数据。

(6) D

解题要点 双精度数据可用 D 表示指数。

(7) B

解题要点 逻辑运算符中，And 表示两个操作数均为真时，结果才为真；Or 表示两个操作数有一个为真时，结果为真；Eqv 表示两个操作数相同时，结果才为真。

(8) D

解题要点 同(5)。

(9) A

解题要点 双精度数据可以用 E 表示指数，但 VB 中一个数不能既有正号也有负号。

(10) D

解题要点 A 是一个表达式；用双精度的指数来表示数据时，数值部分和指数部分都不可省略，故 B 和 C 不正确。

(11) B

(12) D

(13) B

(14) A

(15) B

解题要点 表达式 a＞b 为假，c＜＝d 为真，z＊a＞c 为假。故 False AND True OR False 结果值为 False。

(16) C

(17) D

(18) B

解题要点 整型常数有十进制、八进制和十六进制三种形式。十进制整型数由一个或几个十进制数字(0～9)组成，可以带有正号或者负号；十六进制整型数由一个或几个十六进制数字(0～9 及 A～F)组成，前面以 ＆H 开头；八进制整型数由一个或几个八进制数字(0～7)组成，前面以 ＆O 开头。

(19) C

(20) A

解题要点 在 VB 中，系统提供了多种数据类型，有字符串类型、数值型、货币型、布尔型、日期型等，此外还有一种变体类型，Variant 是一种特殊的数据类型，Variant 变量中可以存放任何类型的数据，如数值、文本字符串、日期和时间等，向 Variant 变量赋值时不必进行任何转换，系统将自动进行必要的转换。如果变量未经定义就直接使用，则该变量为 Variant 类型。

二、填空题

(1) 字符型、数值型、逻辑型、日期型、对象型、变体型

（2）Const 表达式

（3）(8＋6)^(4/(−2))＋Sin(2＊3.14159)

解题要点　"÷"不是 VB 中的合法运算符，换成"/"；π 也不是 VB 中合法的变量名或符号常量名，换成 π 的近似值 3.14159；另外，−2 在运算中加上括号比较明确。

（4）((x＋y)＋z)＊80−5＊(C＋D)

解题要点　VB 运算符中没有"［　］"这种符号，应改为圆括号"(　)"，也没有"×"这种符号，应改为"＊"。另外，VB 中运算符不能省略，所以补上"＊"。

（5）(cos(c＋d))^2

解题要点　VB 中表示 m 的 n 次方，是用乘方符号表示的，即 m^n。

（6）5＋(a＋b)^2

解题要点　同（5）。

（7）Cos(x)＊(sin(x)＋1)

若 x 为度数而不是弧度，应为 Cos(x＊3.14159/180)＊(sin(x＊3.14159/180)＋1)

解题要点　三角函数的自变量是一个数值表达式。Sin、cos、tan 的自变量是以弧度为单位的角度，所以需转换。另外，VB 中运算乘法时，乘号不可省略。

（8）Exp(2)＋2

解题要点　Exp(x)函数返回以 e 为底、以 x 为指数的值，即求 e 的 x 次方。

（9）2＊a＊(7＋b)

解题要点　VB 中运算乘法时，乘号不可省略。

（10）8＊exp(3)＊log(2)

（11）3 77.7

解题要点　Len( )函数求出其字符串型自变量的长度，由 Str( )函数转换为字符型数据，Str(77.7)将数值型数据 77.7 转换为字符型数据" 77.7"。同时，"＋"在这里是字符运算中的连接符而不是数学运算中的加号，注意 3 和 77.7 间有一个空格，是符号位。

（12）x＞y and y＞z

解题要点　VB 中两个关系表达式必须通过一个逻辑运算符来连接，逻辑运算符 And（与）对两个关系表达式的值进行比较，如果两个表达式的值均为 True，结果才为 True。

（13）168

解题要点　VB 中"＋"既可作为算术运算符的加号，也可作为字符串连接符。这取决于"＋"两边的数据类型。当运算"12"＋"3"时，是将字符串"12"与"3"连接为一个字符串"123"，运算第二个"＋"时，由于左右两边数据类型不一致，根据 VB 表达式运算的类型转换原则，将字符串"123"转换为数值型数据，再与 45 相加。

（14）参看《Viaual Basic 程序设计教程》中的变量类型表。

（15）True

解题要点　逻辑运算符的运算顺序是 Not→And→Or→Xor→Eqr→Imp。而此表达式中第一个逻辑运算符 Or 的前半部分为 X＝2，成立，故另一部分不用计算即可知整个表达式成立，值为 True。

（16）GoodMorning、ning

解题要点　print 语句有计算功能，故 a＋b 将两个字符串连接起来，由 print 输出。Right（字符串，n）函数有两个参数，功能是从字符串的右边开始取 n 个字符作为返回值。

(17) ABCD、HIJK

解题要点 left(字符串,n)函数有两个参数,功能是从字符串的左边开始取 n 个字符作为返回值。而 Right(字符串,n)函数有两个参数,功能是从字符串的右边开始取 n 个字符作为返回值。

(18) CDEF、11

解题要点 Mid(字符串,p,n)函数有三个参数,功能是从第 p 个字符开始,向后截取 n 个字符作为返回值。Len(字符串)函数功能是返回字符串的长度。

(19) 0、abcdefghijk

解题要点 instr(n,字符串1,字符串2,m)函数功能为从字符串1中的第 n 个字符开始找字符串2,n 和 m 可以省略。省略 n 则从头开始找;省略 m 或 m=0 则在查找时区分大小写;参数 m 为 1 时,不区分大小写。LCase(字符串)函数功能为将字符串中的大写转换为小写。

(20) 5、11、2009、5

解题要点 day()函数计算日期值;month()函数计算月份值;year()函数计算年号;weekday()函数计算星期值,返回的是一个整数,1 代表星期日,2 代表星期一,3 代表星期二……7 代表星期六。最后一个数值 5 表示为星期四。

第 4 章参考答案

一、选择题

(1) C

解题要点 算法是计算机解决问题的具体步骤。对于同一个问题,可能有多种不同的算法,通常需要从众多算法中,选择较好的一种算法。一个正确的算法,应具备如下的基本特征:

① 算法的有穷性,即应在有限步骤内结束;

② 算法的确定性,即只要初始条件相同,就可以得到相同的、确定的结果;

③ 算法的有效性,即算法中的每一个操作必须是可执行的;

④ 有零个或多个输入,即一个算法可以有输入数据,也可以没有输入数据;

⑤ 至少有一个输出,即算法的目的就是求问题的解,求解的结果必须向用户输出。

常用的算法描述工具有自然语言、图示法(包括流程图、N-S 图)、伪代码。

(2) D

解题要点 控件在窗体上的位置是由 Top 和 Left 两个属性决定的。Top 确定的是控件纵向的位置,即垂直方向的位置;Left 属性确定的是横向的位置,即水平方向的位置。控件的另两个属性 Width 和 Height 分别确定窗体的宽度和高度。

(3) D

解题要点 InputBox 函数产生一个对话框,这个对话框作为输入数据的界面,等待用户输入数据或按下按钮,并返回所输入的内容。函数格式为

InputBox[$](prompt,[title],[default],[xpos,ypos])

(4) D

解题要点 InputBox 函数的返回值为字符型数据。Val( )函数用于将字符型数据转换为数值型数据。

（5）B

解题要点　要在一行中书写多条语句,各语句间应加"："作为分隔符,如 a＝1：b＝4。A 选项(')是作为注释语句的分隔符的;C 选项(!)在 VB 中是单精度数数据类型说明符。

（6）C

解题要点　Date＄( )函数用于提取计算机系统的当前日期,由于此函数无参数,故使用时可以省略"( )",返回值类型为字符串型,所以通常有＄符号,＄符号也可省略不写。Time＄( )函数的功能是提取计算机系统中的当前时间,同样也没有参数,返回值为字符串型数据,"＄"和"( )"也可省略不写。

（7）C

解题要点　print 方法可以在窗体上显示文本字符串和表达式的值,并可在其他图形对象或打印机上输出信息。所以,其对象为窗体(form)、图片框(picturebox)、打印机(printer)和立即窗口(debug)。

（8）B

解题要点　Spc 函数与 Space 函数均生成空格,但 Space(n)函数既能用于 Print 方法中,也能用于表达式,其功能是返回 n 个空格;而 spc(n)函数只能用于 print 方法中,其功能是在 print 输出中跳过 n 个空格。

（9）B

解题要点　tab(n)函数功能是把光标移到由参数 n 指定的位置,从这个位置开始输出信息。要输出的内容放在 tab 函数的后面,并用分号隔开。如 print tab(10);2。在 VB 中,对参数 n 的取值范围没有具体限制。当 n 比行宽时,显示位置为 n Mod 行宽;如果 n＜1,则把输出位置移到第一列。

（10）B

解题要点　在默认情况下,InputBox 函数的返回值是一个字符串。即如果没有事先声明返回值变量的类型或声明为变体类型,则当把该函数的返回值赋给这个变量时,VB 总是把它作为字符串来处理。

（11）D

解题要点　MsgBox 函数的格式为

$$MsgBox(提示[,按钮数值][,标题])$$

该函数第一个参数是字符串,该字符串在 MsgBox 函数产生的对话框中显示;第二个参数为整数,用于控制在对话框中显示的按钮、图标的种类及数量;第三个参数为字符串,用来显示对话框的标题;MsgBox 语句的格式为 MsgBox 提示[,按钮数值][,标题]。其参数的意义与作用与 MsgBox 函数相同,但是 MsgBox 语句没有返回值。

（12）A

解题要点　赋值语句格式有 2 种形式:

变量名＝表达式

对象名.属性名＝表达式

其中表达式包括变量、表达式、常量及带有属性的对象。

（13）C

解题要点　Right(字符串,n)函数有两个参数,功能是从字符串的右边开始取 n 个字符作为返回值。Mid＄(字符串,p,n)函数有三个参数,功能是从第 p 个字符开始,向后截取 n 个字

符作为返回值。MsgBox 函数的格式为

$$MsgBox(提示[,按钮数值][,标题])$$

该函数第一个参数是字符串,该字符串在 MsgBox 函数产生的对话框中显示;第二个参数为整数,用于控制在对话框中显示的按钮、图标的种类及数量;第三个参数为字符串,用来显示对话框的标题;第四、五个参数用于表示相关帮助文件。

题目中 MsgBox a$,,b$,c$,1,由于第三、四、五个参数没有省略,只是省略第二个参数,故用逗号隔开,留出第二个参数的位置。

(14) A

解题要点 InputBox 函数的返回值在默认时,类型为字符型,由于此题中,a,b 两个变量并未声明类型,在获取 InputBox 函数返回值时也没有类型转换,故运算 b+a 时,是字符的连接运算,故答案为 A。

(15) C

解题要点 参看(13)题。

(16) C

解题要点 按钮右移即改变一个控件的 Left 属性,故 A,B 肯定不是。在 VB 中,Left 值由左至右逐渐增大。故向右移动,控件的 Left 值应加 200 为正确。

(17) D

解题要点 参看(14)题。

(18) B

解题要点 Move 方法功能为移动窗体或控件,并改变其大小。格式为

$$对象名.Move\quad Left,Top,Width,Height$$

其中,4 个参数分别表示对象的 X 坐标、Y 坐标、宽度和高度;后三个参数可省略,当对象名省略时,表示的是当前窗体。故此题选 B。

(19) B

解题要点 format 函数功能为将数值按格式输出,当数值位数大于指定的长度时,数值按原样显示,所以,题目中虽然 format 函数指定整数部分为三位(三个 0),但 a 的值还是被完整显示,而小数点后的两个 0 表示了小数点后保留两位,故结果为 12345.00。

(20) C

解题要点 窗体 **Form1** 的标题栏中显示的是 Caption 属性值,故选择 C。

(21)B

解题要点 (略)

(22) B

解题要点 此题考查的是

Do until 条件
循环体
Loop

结构的循环语句条件成立时对循环体循环次数的影响。实际上,在这种结构下,条件不成立时循环才进行,直到条件成立时才停止循环。当条件是一个为 0 的常数时,0 对应的布尔量为 false,即条件不成立,故循环条件满足,会进行循环,若此时循环体内无跳出循环的语句,循环将一直进行下去,即我们通常所说的死循环。

（23）A

解题要点　此题为两层嵌套循环,根据循环次数的公式,外层循环的循环次数为3,内层循环的循环次数为5,则总循环次数为3×5＝15,即语句 Print i * j 的执行次数为15。

（24）C

解题要点　在情况语句 select case 语句中,case 后的表达式不能为逻辑表达式,它只有三种表示形式:①表达式1,表达式2,…,表达式 ncase 3,5;②表达式1 to 表达式2,如 Case 0 to 10;③Is 关系表达式,如 case Is＞10。也可以将以上三种综合使用,如 case 3,5,Is＞10。

（25）A

（26）D

解题要点　循环停止的条件是循环变量超出终值,并不是达到或等于终值。此题中 i 的值就不可能等于终值。计算可知,循环次数为4次,每次 i 的值增加4,i 的初始值为1,故循环结束时,i 的值为1＋4×4,i 的值为17。

（27）B

（28）B

（29）B

（30）B

解题要点　a＝10,b＝20,满足条件 a＜＞b,所以执行 a＝a＋b 语句,a＝a＋b＝30,故输出结果为 30 20。

（31）A

解题要点　题中是条件语句 If J1＜J2 Then Print J2 Else Print J1,即 J1＜J2 时输出 J2,否则输出 J1,即输出两者的最大者。

（32）D

解题要点　如果 a＞60,则 degree＝1;如果 a＞70,则 degree＝2;如果 a＞80,则 degree＝3;如果 a＞90,则 degree＝4。

（33）A

（34）C

解题要点　此题是考查 For 循环结构语句。For 循环有两种格式,其中一种格式是

For 循环变量＝初值 To 终值 Step[步长]
　　　语句[Exit For]
　　　语句
Next[循环变量]

此循环语句的执行过程为**循环变量**首先取得**初值**,检查是否超过**终值**,如果超过,就一次也不循环而跳出循环,属于"先检查后执行"的类型。现在来看程序段,For k＝1 To 0 中,初值为1,终值为0,显然当**循环变量**首先取得**初值**1,检查后超过**终值**0,所以一次也不执行,即最后执行 Print 时,k＝1,a＝6。所以选项 C 为正确答案。

（35）A

解题要点　此题考查字符串函数与循环语句的嵌套使用,s 用来记录找到指定字符串的次数,在"A WORKER IS HERE"中,只出现一次,所以返回值是1。

（36）C

解题要点　本题中考查 While…Wend 循环语句,条件是 I＜＝1,当运行一次之后,I＝I＋3,

I变为3了,不满足条件了,所以在运行中,只运行了一次就停止了,最终输出结果为3。

(37) B

解题要点 本题考查 DO…LoopUntil 结构的循环语句,不管满不满足条件,都要先执行一次。经分析,当 I>7(或 8,9)都满足执行三次的条件,但题目要求最小的,所以应该是 7。

(38) C

解题要点 此题考查的是一个求素数的算法。只能被 1 和本身整除的正整数称为素数,要判断一个数 n 是否为素数,可以将 n 被 2~n 间的所有整数除,如果都除不尽,则 n 就是素数,否则 n 是非素数。本题的两层循环中,外层的 i 替换的是作为被除数的 2~n 的数,内层循环是用于判断 i 是否有可能被 2~n 的数整除,j 替换的是 2~n 的除数。

(39) A

解题要点 此题是一个 if 语句嵌套问题。首先判断 a>5 是否成立,条件不成立,故 then 后的条件判断 b<4 不会被执行,而直接执行 b>3 的 if 语句判断,b>3 条件不成立,故执行 c=a Mod b,取余,结果为 2。

(40) B

解题要点 在该题中,考查的知识点是 Do…Loop Until 语句,Number 记录循环次数,S>=30 为控制语句,当 Number=1 时,s=2;当 Number=2 时,s=12;当 Number=3 时,s=182>30,故结束运行。

(41) B

解题要点 此题考查的是 for 循环语句的应用。题目要求的是 1~100 中能被 4 整除的数字个数,答案为 25。

(42) D

解题要点 本题中的 Do—Loop Until 循环为直到型循环结构,直到条件 b>5 为止,此时 a=6,b=6,所以最后输出的结果是 k=6,b=12。正确答案是选项 D。

(43) C

解题要点 本题中可以看到 x=Int(Rnd()+3)语句,其中 Rnd 用来产生随机数,其值在 0~1 之间,而在(Rnd()+3)前面有 Int 进行强制转换,所以 x 为 3,执行 Print **pass** 语句。

(44) B

解题要点 此题比较简单,开始 a 为 1,b 为 5,执行 Do 语句,具体运行为执行 a=a+b,b=b+1 语句后,a 为 6,b 为 6。这样运行到 a=12,程序终止循环,此时 b=7。

(45) D

解题要点 此题考查的是结构 Do 循环结构,其格式为

Do

[语句块]

[Exit Do]

Loop Until 循环条件

此循环由于"先执行后检查",所以至少执行一次。本题中,程序运行到循环条件 I>=7 的值为 True,停止。所以程序结束运行后 I=7,x=390625。

(46) B

解题要点 此题考查的是循环语句中当循环与直到型循环的语法概念,参看配套教材。

二、填空题

(1) 自然语言、流程图、N-S 图

解题要点 在计算机程序设计中,要对算法进行描述,必须使用相应的工具:

① 自然语言,是人类在日常生活中进行交流的语言,当然可用于描述问题的求解的算法。但其存在文字冗长、有二义性、表达不确切等问题;

② 流程图,是描述算法过程的一种图形方法,具有直观、形象、易于理解等特点,应用广泛;

③ N-S 图,是流程图的发展,它去掉了流程图中的流程线,全部算法都表示在一个矩形框内。

(2) 顺序结构、选择结构、循环结构

(3) 变量、属性

解题要点 赋值语句格式为目标操作符＝源操作符。**目标操作符**指变量和带有属性的对象;**源操作符**包括变量、表达式、常量及带有属性的对象。

(4) 单撇号"'" 空格＋下划线"_" 冒号":"

解题要点 注释语句用来对程序或程序中的某些语句作注释,阅读程序时便于理解,注释语句格式为'注释内容。要在一行中书写多条语句,则各语句间应加":"作为分隔符,如 a＝1：b＝4。

(5) InputBox 函数、String 类型、Val 函数

解题要点 InputBox 函数产生一个对话框,这个对话框作为输入数据的界面,等待用户输入数据或按下按钮,并返回所输入的内容。函数格式为

InputBox(prompt,[title],[default],[xpos,ypos])

函数返回值为 string 类型,故如需接收数值型数据,必须利用类型转换函数 val()对其返回值进行转换,将字符型数据转换为数值型数据。

(6) MsgBox

解题要点 MsgBox 语句可以向用户传送信息,它和 MsgBox 函数功能类似,但没有返回值,所以常被用于简单的信息显示。

(7) Debug. Print

解题要点 Print 方法的格式为

[对象名.]Print[表达式表]

其中,对象名可以是窗体(Form)、立即窗口(Debug)、图片框(Picturebox)、打印机(Printer)等,若省略对象名则在当前窗体上输出。所以要在立即窗体上输出,就在 Print 方法前将对象名写出。

(8) N Mod 100 列

解题要点 Tab(n)函数与 Print 方法一起使用,用于指定输出的位置。当 Tab 的参数小于 1 时,则 Tab 将输出位置移动到第 1 列,当 n 比行宽大时,显示位置为 n mod 行宽。例如,当行宽为 100 时,执行 Print Tab(110),则输出位置从第 10 列开始。

(9) Label1. FontName＝"宋体"

解题要点 VB 中很多控件对象都有字体设置的相应属性,既可以通过属性框来设置,也可以通过程序来修改。Fontname 属性在程序中使用时格式为

[窗体.][控件.]Fontname[＝"字体类型"]

窗体省略时,即为当前窗体;控件省略时即为 Form 对象;故指定 Label 控件字体属性时,需将控件名写出,再对其 Fontname 属性赋值。

（10）显示串、原位数

解题要点 函数 Format［＄］（数值表达式、格式字符串）用于使数值表达式的值按"格式字符串"指定的格式输出。其中"＃"表示一个数字位，其个数决定了显示串的长度，如果要显示的数据位数多于"＃"号个数，则保持原位数显示；若要显示的数据位数少于"＃"号个数，则在指定区域段内左对齐显示数据项。

（11）Val、Val、num1＋num2、Str(chenji)

解题要点 文本框（text）的 text 属性的数据类型为字符型的，当需要将由文本框输入的数据进行算术运算时，需将该字符型数据转换为数值型。当要将一个数值型数据通过文本框显示出来时，需将该数据转换为字符型。val（）函数用于将字符型数据转换为数值型数据；str（）函数用于将数值型数据转换为字符型。

（12）a－b

解题要点 在 VB 中不区分大小写

a＝a＋b	'a 的值为 55
b＝a－b	'b 的值为 20,正好为 a 的原值
a＝a－b	'a 的值为 35,正好为 b 的原值

（13）12

解题要点 此题为一个 for 循环语句,i 的初始值为 2,循环终值值为 10,故循环次数为 9 次,循环体内的 If i Mod 2＜＞0 And i Mod 3＝0 Then sum＝sum＋i,即当 i 为不能整除 2 且能被 3 整除的数时,对 i 进行累加,2～10 的数中,只有 3 和 9,故结果为 12。

（14）A

解题要点 iif 函数的格式为 iif（条件,true 部分,false 部分）,该函数共三个参数。当条件为 true 时,返回值为 true 部分;当条件为 false 时,返回值为 false 部分。题目中 iif 函数条件是 a＜＞d,由于变量 a,d 是字符型变量,值分别为 a,d;所以判断的是字符 a 是否不等于 d,条件成立,值为 true,所以 iif 函数返回的值为 A。

（15）18

解题要点 此题中 for 循环变量 i 的初始值为 20,终值值为 1,步长为－2。由公式循环次数＝（（终值值－初始值）/步长）＋1 得出循环次数为 10 次,10 次循环中 i 的值分别为 20,18,16,14,12,10,8,6,4,2。循环体 x＝x＋i\5,"\"号为整除,只取商的整数部分,故循环中 i\5 的值依次为 4,3,3,2,2,2,1,1,0,0。累加结果为 18。

（16）1,2,3,4

解题要点 根据公式循环次数＝（（终值值－初始值）/步长）＋1 得出循环次数为 4 次,每循环一次即输出一个 n 的值,n 的值为本次的循环次数,故结果为 1,2,3,4

（17）5

解题要点 此题使用的循环结构为

do
Loop until 条件

这种结构的循环是先执行一次循环体,再判断循环条件是否成立。第一次进入循环时,n＝5,不能整除 2,故不满足 if 条件,执行 n＝n＊3＋1,n 的值为 16,n 不为 1;进入第二次循环,16 可整除 2,故执行 n＝n\2,整除,只取商的整数部分,故 n 值为 8;不满足循环结束条件,进行第三次循环,n 值为 8,仍满足 if 语句条件,执行 n＝n\2,得 n 的值为 4。以此类推,进行第四次循环,n 的值为 2;进行第五次循环,n 的值为 1,先执行完循环体,再判断循环结束条件,满足条件,结束循环。故循环次数为 5 次。

(18) 9

解题要点 由公式循环次数＝((终值值－初始值)/步长)＋1 得出循环次数为 4 次,加上 s 的初始值为 5,故最终 s 值为 9。但需要说明的是,此题中循环变量的初始值、终值值和步长均为单精度数,故没有出现取整的问题,在实际编程中,循环变量的初始值,终值值和步长尽量用整数,避免运算时产生误差。

(19) 1,2,3

解题要点 num 初始值为 0,循环终值条件是当 num 大于 2 时,每循环一次加 1,故循环次数为 3 次。

(20) 4

解题要点 此题为 If Then 结构的条件语句,如果 a＞60,则 I＝1;如果 a＞70,则 I＝2;如果 a＞80,则 I＝3;如果 a＜90,则 I＝4;本题的条件是 a＝75,所以输出结果应该是 I＝4。

(21) False

解题要点 Print 方法具有计算和输出双重功能,对于表达式,它先计算后输出,此题中经过第一步的条件语句后,Y 的数值为－1,则 Y－X 的值为－3,小于 0,所以 Y－X＞0 为逻辑假,故输出结果应该为 False。

三、简答题

(1) 对于没有赋值的变量,默认值根据其类型的不同有所不同,数值型数据默认值为 0;字符型数据默认值为空串;布尔型数据默认值为 false。

(2) ①整型;②字符串;③日期型;④布尔型;⑤整型;⑥字符型。

(3) 略

(4) 略

四、编程题

(1) 在窗体上画出一个名为 **Text1** 的文本框、一个名为 **Label1** 的标签、一个名为 **Command1** 的按钮。双击按钮,在代码窗口中输入如下代码:

```
Private Sub Command1_Click()
    Command1.Caption=Text1.Text
    Label1.Caption=Text1.Text
End Sub
```

(2) 在窗体上画出 4 个标签、4 个文本框、2 个按钮。label1 的 caption 属性为**单价**;label2 的 caption 属性为**数量**;label3 的 caption 属性为**折扣**;label4 的 caption 属性为**应付款**。4 个文本框分别为 **text1**、**text2**、**text3**、**text4**,text 属性均为空。按钮 command1 的 caption 属性为**计算**,default 属性为 **true**;按钮 command2 的 caption 属性为**清除**,cancel 属性为 **true**。程序代码如下:

```
Private Sub Command1_Click()
    Dim a as single
    a=val(text1.text)*val(text2.text)*val(text3.text)
    Text4.text=a
End Sub
Private Sub Command2_Click()
```

```
        Text1.text=""
        Text2.text=""
        Text3.text=""
        Text4.text=""
    End Sub
```

（3）程序代码如下：

```
    Private Sub Form_Click( )
        R=10
        Print "半径 R=10 :"
        Print "圆面积:",R*R*3.14
        Print "圆表面积:",4*R*R*3.14
        Print "圆体积:",3/4*R*R*R*3.14
    End Sub
```

（4）在窗体上添加两个命令按钮，在属性窗口中设置按钮的属性如下：

```
Command1.Enabled=False              Command2.Enabled=True
            Caption="确定"                    Caption="取消"
            FontSize=20                      FontSize=20
            FontItalic=True                  FontItalic=True
```

运行后即可得到要求的界面。

（5）**解析**　先使用 InputBox 函数，输入三个数，然后再通过 IF 判断函数比较大小。

解题步骤：

① 建立界面并设置控件属性，在窗口中建立一个 Command 按钮。

② 编写程序代码：

```
    Private Sub Command1_Click( )
        Dim a As Single,b As Single,c As Single,max As Single,min As Single
        a=Val(InputBox("请输入一个数"))
        b=Val(InputBox("请输入一个数"))
        c=Val(InputBox("请输入一个数"))
        max=a                    '先设定 a 为最大值
        If b>max Then max=b      '如果 b 比最大值大,则将 b 值赋值给最大值
        If c>max Then max=c      '如果 c 比最大值大,则将 c 值赋值给最大值
        Print "最大值为:";max     '输出最大值
        min=a                    '先设定 a 为最小值
        If b<min Then min=b      '如果 b 比最小值小,则将 b 值赋值给最小值
        If c<min Then min=c      '如果 c 比最小值小,则将 c 值赋值给最小值
        Print "最小值为:";min     '输出最小值
    End Sub
```

③ 调试并运行程序。

④ 按题目要求存盘。

（6）**解析**　先使用 InputBox 函数输入三角形的三条边，并用 Val 函数将输入的数字转换为数值型。然后先用 IF 函数判断三条边是否都大于零，再用 IF 函数判断每两条边之和是否大于第三条边。当两个 IF 函数条件都成立时，输出**可以组成三角形**。

解题步骤：

① 建立界面并设置控件属性，在窗口中建立一个 Command 按钮。

② 编写程序代码：

```
Private Sub Command1_Click()
    Dim a As Single,b As Single,c As Single
    a=Val(InputBox("请输入第一个数"))            '用 Val 函数将输入的转换为数值型
    b=Val(InputBox("请输入第二个数"))
    c=Val(InputBox("请输入第三个数"))
    If a>0 And b>0 And c>0 Then                '判断三条边是否都大于零
        If a+b>c And b+c>a And a+c>b Then      '判断每两条边之和,是否大于第三条
            Print"可以组成三角形"                 '当条件成立时,输出"可以组成三角形"
        Else
            Print"不能组成三角形"                 '当条件不成立时,输出"不能组成三角形"
        End If
    End If
End Sub
```

③ 调试并运行程序。

④ 按题目要求存盘。

(7) **解析**　先用 InputBox 函数输入 X 的值,并用 Val 函数转换为数值型。然后用 IF 函数判断 X 的范围,并进行相应的计算,最后输入 X、Y 的值。

解题步骤：

① 建立界面并设置控件属性,在窗口中建立一个 Command 按钮。

② 编写程序代码：

```
Private Sub Command1_Click()
    Dim x As Single,y As Single
    x=Val(InputBox("请输入 x 的值"))         '输入 X 的值,并转换为数值型
    If x>0 And x<100 Then y=0.9*x           '当 0<x<100,Y=0.9x
    If x>=100 And x<300 Then y= 0.85*x      '当 100≤x<300,Y=0.85x
    If x>=300 Then y=0.82*x                 '当 X≥300,Y=0.82x
    Print "x 等于";x,"y 等于";y             '输出 X,Y 的值
End Sub
```

③ 调试并运行程序。

④ 按题目要求存盘。

(8) **解析**　使用 InputBox 函数输入字符,并用 LCase 函数统一转换为小写字符,然后用选择语句判断输入"A","B","C"的个数。

解题步骤：

① 建立界面并设置控件属性,在窗口中建立一个 Command 按钮。

② 编写程序代码：

```
Private Sub Command1_Click()
    Dim x As String,i As Integer
    Dim n As Integer,n1 As Integer,n2 As Integer,n3 As Integer
    For i=1 To 10
    x=LCase(InputBox("请输入字符."))         '输入字符,放入 x 变量中
    If x<>"q" Then n=0                      '非连续输入字母 q 时 n 记数器清零
    Select Case x
```

```
      Case "a"                    'n1是输入字母 a 的记数器
        n1=n1+1
      Case "b"                    'n2是输入字母 b 的记数器
        n2=n2+1
      Case "c"                    'n3是输入字母 c 的记数器
        n3=n3+1
      Case "q"                    'n是输入字母 q 的记数器
        n=n+1
        If n=3 Then End           'n=3 即输入 q3 次退出
      End Select
    Next i
        Print "字符 A 输入:"; n1
        Print "字符 B 输入:"; n2
        Print "字符 C 输入:"; n3
    End Sub
```

③ 调试并运行程序。

④ 按题目要求存盘。

说明:对输入 q 的判断也可以从 Select Case 语句中单独列出来由下面语句完成:

```
  If x="q" Then
    n=n+1
    If n=3 Then End
  Else
    n=0
  End If
```

(9) **解析**　建立一个数组 a,用来存放序列。该序列的规律是前两项之和,等于第三项。

$$分数序列的和 = a(2)/a(1) + a(3)/a(2) + a(4)/a(3) + \cdots$$

利用 For 循环语句计算结果。

解题步骤:

① 建立界面并设置控件属性,在窗口中建立一个 Command 按钮。

② 编写程序代码:

```
Private Sub Command1_Click()
    Dim i As Integer,sum As Double,nAs Integer,mAs Integer
    sum=0
    n=2:m=1
    For i=1 To 20
    sum=sum+n/m
    n=n+m:m=n-m
  Next i
  Print sum
End Sub
```

③ 调试并运行程序。

④ 按题目要求存盘。

（10）**解析** 用 For 循环语句在 100～200 之间进行计算，再用 IF 语句判断条件满足的数。其中，"一次数 4 个，则剩 2 个"可以用取模函数（a Mod 4）＝2 表示。

解题步骤：

① 建立界面并设置控件属性，在窗口中建立一个 Command 按钮。

② 编写程序代码：

```
Private Sub Command1_Click( )
    Dim a As Integer
    For a=100 To 200              '计算范围是 100~200
        If a Mod 4=2 And a Mod 5=3 And a Mod 6=0 Then Print a
                            '如果满足条件则输出 a 值
    Next a
End Sub
```

③ 调试并运行程序。

④ 按题目要求存盘。

（11）**解析** 该题中，某乡镇企业现有产值对结果并没有影响，只需计算在保持年增长率不变的情况下，多少年后该企业的产值可以翻一番。可使用 While 循环语句计算。

解题步骤：

① 建立界面并设置控件属性，在窗口中建立一个 Command 按钮。

② 编写程序代码：

```
Private Sub Command1_Click( )
Dim x As Single, y As Single, n As Integer
x=2376000:y=0
n=1
Do While y<2*x
 y=x*(1+0.1345)^n
 n=n+1
Loop
Print "第";n;"年,产值";x;"翻一翻为";Int(y)
End Sub
```

③ 调试并运行程序。

④ 按题目要求存盘。

（12）**解析** 本题可以用 For 循环输出图形，控制输出的函数有 Tab、Spc 和 Print。Tab 函数的格式为 Tab[(n)]，在参数 n 指定的位置输入其后的表达式的值；Spc 函数的格式为 Spc(n)，使光标从当前位置跳过 n 个空格，对输出进行定位；Print 函数中，用分号分隔，则以紧凑格式输出。

解题步骤：

① 建立界面并设置控件属性，在窗口中建立两个 Command 按钮。

② 编写程序代码：

方法 1 使用两个内循环。

```
Dim m As Integer,n As Integer,iAs Integer
For i=1 To 5
  Print Tab(10+2*i);
  For n=11-2*i To 1 Step-1
    Print "*";
  Next n
  Print Tab(23);
  For m=1 To 2*i-1
    Print "*";
  Next m
  Print
Next i
```

方法 2　使用一个内循环。

```
Dim m As Integer,n As Integer
For n=1 To 5
  Print Tab(n*2);
  For m=10 To 1 Step-1
    If m=n*2-1 Then Print Spc(2);
    Print "*";
  Next
  Print
Next
```

③ 调试并运行程序。

④ 按题目要求存盘。

(13) **解析**　方法 1 中,使用 InputBox 输入函数,并用 Val 函数转换为数值型,然后用 Print 函数将计算结果输出到界面上。方法 2 中,用 Val 函数将文本框中的数值转换为数值型,然后将标签控件的 Caption 属性赋值为计算结果。

解题步骤:

① 建立界面如图 3.1 所示,并设置控件属性,见表 3.1。

图 3.1

表 3.1

控件名	属性	备注
Command1	Caption＝输入成绩、输出平均分	方法 1 计算平均分
Command2	Caption＝计算平均成绩	方法 2 计算平均分
Label1	Caption＝英语	
Label2	Caption＝计算机	
Label3	Caption＝数学	
Label4	Caption＝平均成绩：	
Label5	Caption 为空	用于输出平均分数
Text1	Text 为空	用于输入英语成绩
Text2	Text 为空	用于输入计算机成绩
Text3	Text 为空	用于输入数学成绩

② 编写程序代码：

```
Private Sub Command1_Click()                '方法 1
    Dim a As Single,b As Single,c As Single
    a=Val(InputBox("请输入英语成绩."))
    b=Val(InputBox("请输入计算机成绩."))
    c=Val(InputBox("请输入数学成绩."))
    Print "平均成绩为:";(a+b+c)/3
End Sub
Private Sub Command2_Click()                '方法 2
  Label5.Caption=(Val(Text1.Text)+Val(Text2.Text)+Val(Text3.Text))/3
End Sub
```

③ 调试并运行程序。

④ 按题目要求存盘。

（14）**解析**　IsNumeric 函数用来判断表达式是否为数字型；文本框的 MaxLength 属性用来设置输入长度；PasswordChar 属性用来设置屏幕上不显示输入的字符，而以"＊"代替。

解题步骤：

① 建立界面如图 3.2 所示，并设置控件属性，见表 3.2。

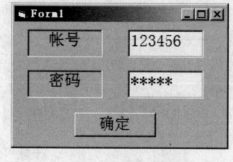

图 3.2

表 3.2

控件名	属性	备注
Label1	Caption＝帐号；BorderStyle＝1；Alignement＝2	
Label2	Caption＝密码；BorderStyle＝1；Alignement＝2	
Text1	Text 为空；MaxLength＝6	用于输入帐号
Text2	Text 为空；MaxLength＝4；PasswordChar＝ *	用于输入密码
Command1	Caption＝确定	

② 编写程序代码：

```
Private Sub Command1_Click( )
Dim msg,style,response
If IsNumeric(Text1.Text)＝False Or Text2.Text<>"Gong" Then
                                        'IsNumeric 函数用来判断是否为数字型
        msg="密码错误!"                   '文字显示内容
        style=5+48+0
                                        '5 表示:按钮为显示"重试"及"取消"按钮;
                                        '48 表示:显示图标"!"
                                        '0 表示:第一个按钮是默认值
        response=MsgBox(msg,style,"输入密码") '弹出错误界面显示信息
            If response=4 Then            '如果选择"重试"
                Text1.Text=""            '文本框 Text1 内容清空
                Text2.Text=""            '文本框 Text2 内容清空
                Text1.SetFocus           '文本框 Text1 获得焦点
            Else
                End                      '退出程序
            End If
    End If
    End Sub
```

③ 调试并运行程序。

④ 按题目要求存盘。

第 5 章参考答案

一、选择题

（1）D

解题要点 Value 属性用于表示复选框和单选框的状态。对于复选框，Value 的值有 0,1,2 三个选项。Value 值为 0 时，表示没选中该复选框；Value 值为 1 时，表示选中该复选框；Value 值为 2 时，表示该复选框被禁止，即显示为灰色。

（2）C

解题要点 对于一组单选按钮，可以多次点击不同按钮，但总是只有最后一次点击的按钮被选中。

(3) D

(4) C

(5) D

解题要点 窗体是对象的一种,是程序员的"工作平台",是控件的载体。VB控件分为两类,其中一类是标准控件,即在工具箱中可以找到的,A、B、C选项都是属于标准控件。

(6) B

解题要点 Visible属性和Enabled属性值为False时都会使按钮无效,但Enabled为False时,按钮只是变灰,还是可见的。Visible属性控制按钮是否可见,Visible值为false时,按钮不可见。Default属性值为True时,按回车和单击该命令按钮的效果是一样的;Cancled属性值为True时,按Esc键和单击该按钮的作用是一样的。

(7) A

解题要点 参看(6)题解题要点。

(8) B

解题要点 对象具有焦点时,它才可以接收用户的输入。有些控件不能接收焦点,如框架、标签、菜单、直线、形状、图像框和计时器等。

(9) C

(10) D

(11) D

(12) C

解题要点 图像框和图片框主要用于显示图片、图形、图像等,同时,图片框可以通过print方法接收文本;文本框可用于显示或接收字符型或数值型数据;标签框用于显示信息是通过其Caption属性,Caption属性只能接收并显示字符型数据。

(13) D

解题要点 窗体是所有控件的容器;框架是容器控件,用于将屏幕上的对象分组。图片框和图像框都是用来显示图形的控件,但其区别在于,图片框可以作为容器,而图像框不能作为容器控件,也不能通过print方法接收文本。

(14) B

解题要点 图片框有一个属性AutoSize用于自动调整图片框大小与其中的图形大小一致;图像框有一个属性Stretch用于自动调整图像框中图形内容的大小。

(15) A

解题要点 由于只有图片框可以作为容器,所以在界面设计时,手工在图片框中绘制图形可以将图形装入图片框中;但在图像框中绘制图形却无法将图形装入图片框中。

(16) A

(17) A

(18) C

解题要点 可以考虑到在计算器中,无论如何一定会有数值的输入和输出显示,在本题的4个选项中,能完成这一功能的控件只有文本框。

(19) A

（20）C

解题要点　文本框控件有一个 ScrollBars 属性可用于设置文本框中是否有滚动条,该属性有 4 个取值选项:0 表示文本框中没有滚动条;1 表示只有水平滚动条;2 表示只有垂直滚动条;3 表示同时具有水平和垂直滚动条。

（21）C

解题要点　4 个选项中,Value 属性用来表示复选框的选中状态;Fontcolor 属性表示的是复选框的前景色;Backcolor 属性表示复选框的背景色;Font 属性表示复选框的字体。

（22）D

解题要点　单选按钮没有最小值的属性;Enabled 属性表示的是单选按钮是否可用;Caption 属性是单选按钮显示的标题;Name 属性是单选按钮的名称。

（23）A

（24）A

解题要点　Name 属性是任何一个控件必定有的属性,在 VB 中就是靠 Name 属性来确定并区分各个不同控件。

（25）D

解题要点　图片框没有 Stretch 属性,该属性是图像框控件具有的。

（26）B

解题要点　list 属性用来列出列表项的内容,也可用于改变列表框中已有的值,格式为[列表框.]List(下标)=字符串;listcount 属性列出列表框中项目的数量。所以当修改的 list 属性的下标为列表项目个数时,必然是在列表的最后加入字符串"AAAA"。

（27）B

解题要点　此题中 C、D 选项不符合语法,A 选项会连同图片框一起删除,故 B 选项是正确的。

（28）D

解题要点　列表框的属性中,text 属性为最后一次选中的列表项的文本,在属性窗口中并没有这一项属性,只能在程序运行中应用这一属性,如给其他对象的 Caption 属性赋值。Listindex 属性是已选中的列表项的位置。另外,一个对象的 name 属性在运行过程中不可以修改。故答案 D 正确。

（29）D

解题要点　List 属性用来列出列表项的内容;ListIndex 的值是已选中的列表项的位置;Index 设置的是该控件在数组控件中的标志号;Text 属性是列表框中最后一次选中的列表项的文本内容。

（30）C

（31）B

解题要点　学生课程可任选,可以用 5 个选择框来实现;性别是二选一,用一组两个单选按钮实现;政治面貌是三选一,用一组三个单选按钮来实现。两组单选按钮必须用两个框架来隔离才能不相互影响。

二、填空题

（1）AddItem

解题要点　AddItem 方法用于在运行期间增加列表框的内容。其格式为

列表框. AddItem 项目字符串[,索引值]

AddItem 方法把**项目字符串**的文本内容放入**列表框**中。

（2）RemoveItem

解题要点　RemoveItem 方法用于在运行期间删除列表中指定的项目,格式为

列表框. RemoveItem 索引值

RemoveItem 方法从列表框中删除以**索引值**为地址的项目,该方法每次只能删除一个项目。

（3）Clear

解题要点　Clear 方法用于清除列表框中的全部内容,格式为

列表框. Clear

执行此方法后,ListCount 重新被设置为 0。

（4）LoadPicture

解题要点　在运行期间,LoadPicture 函数可以把图形文件装入窗体、图片框或图像框中,其格式为

[对象.]Picture＝LoadPicture("文件名")

文件名需包含完整文件路径。

（5）Interval

解题要点　Interval 属性指定时间间隔,即各计时器事件之间的时间,它以毫秒为单位,当 Interval 属性设置为 1000 时,即每隔 1 秒发生一个计时器事件。

（6）Enabled

控件的 Enabled 属性确定该控件是否可用,当 Enabled 值为 true 时,控件起作用;当 Enabled 值为 false 时,控件不起作用。就计时器而言,即关闭计时器。

（7）Picture

解题要点　Picture 属性把图形文件装入图片框、图像框中,它既可在属性窗口中使用,也可在程序运行时使用。

（8）Value

解题要点　滚动条中的 Value 属性表示滚动块在滚动条中的当前位置。

（9）Scroll

解题要点　此题考查的是滚动条中的主要事件之一 Scroll。当滚动块被拖动时会触发 Scroll 事件,但是单击滚动箭头或滚动条时并不触发 Scroll 事件。

（10）MultiSelect

解题要点　列表框的选择方式主要是指多选还是单选。MultiSelect 属性用于设置一次可选择的列表项数。它有三个值:0—None,表示每次只能选择一项;1—Simple 表示可同时选中多项;2—Extended 表示可以选择指定范围内的列表项。

（11）Enabled

解题要点　在框架的属性中,当 Enabled 属性值为 True 时,框架内的对象才是活动的;当 Enabled 属性值为 False 时,框架标题变灰,其中所有对象均被屏蔽。

（12）0,ListCount−1

解题要点　列表框中项目的排列是从 0 开始的,ListCount 属性的值是列表框中项目的数量,最后一项的序号就应该为 ListCount−1。

（13）2－Dropdown ListBox

解题要点　组合框有三种不同风格，都是由组合框的 Style 属性确定。Style 属性值有 0,1,2三个选项。Style 值为 0 时，是下拉式组合框（Dropdown ComboBox），可以输入文本也可以从下拉列表中选择表项；Style 值为 1 时，是简单组合框（Simple ComboBox），其列表不是下拉式的，同样可以输入文本也可以从下拉列表中选择表项；Style 值为 2 时，是下拉式列表框（Dropdown ListBox），它只能从下拉列表框中选择项目，不允许输入文本。

（14）Scroll 和 Change

解题要点　两者区别主要在于，只要滚动块位置改变，就会触发 Change 事件，但只有改变是由于拖动滚动块造成的才会触发 Scroll 事件，通过单击滚动箭头或滚动条造成滚动块位置改变不会触发 Scroll 事件。Scroll 事件用于跟踪滚动条中动态变化，Change 事件则用来得到滚动条的最后值。

（15）Change KeyPress

（16）Interval＝500

解题要点　Interval 属性是以毫秒为单位的，0.5 秒即 500 毫秒，故 Interval＝500。

（17）Picture1. Picture＝LoadPicture(" c:\moon. jpg ")

解题要点　参看(4)题解题要点。

（18）Alignment

解题要点　Alignment 用于设置复选框或单选框按钮控件标题的对齐方式，它可以在设计时设置，也可以在运行时设置，格式为对象. Alignment[＝值]。

（19）Asc(StrC) -1

（20）Text1　　　List1. List(k),n

三、编程题

（1）**解析**　可使用时间控件来计时，每隔 1 秒钟触发一次时间，获取当前机器时间的函数为 Time( )。

解题步骤：

① 建立界面如图 3.3 所示，并设置控件属性，见表 3.3。

图 3.3

表 3.3

控件名	属性	备注
Label1	Caption 为空；BorderStyle＝1	
Timer1	Interval＝1000	每隔 1 秒触发事件

② 编写程序代码：

```
Private Sub Timer1_Timer()
 Label1.FontName="Times New Roman"        '设置字体
 Label1.FontSize=48                       '设置字号
 Label1.Caption=Time()                    'Time 函数用于获取当前系统时间
End Sub
```

③ 调试并运行程序。

④ 按题目要求存盘。

（2）**解析** 随机函数初时化需使用 Randomize。随机生成一个 100 以内的整数可以用 Int(100 * Rnd)。可以使用单选按钮选择进行加减法运算。

解题步骤：

① 建立界面如图 3.4 所示，并设置控件属性，见表 3.4。

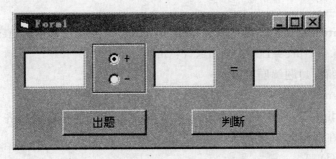

图 3.4

表 3.4

Text3	Text 为空	输入计算结果
Option1	Caption=＋；Value=true	默认被选中
Option2	Caption=－	
Command1	Caption=出题	
Command2	Caption=判断	

② 编写程序代码：

```
Private Sub Command1_Click()          '出题
 Randomize                            '随机函数初时化
 Text1.Text=Int(100*Rnd)             '文本框内随机产生一个数
 Text2.Text=Int(100*Rnd)
End Sub
Private Sub Command2_Click()          '进行判断
 Dim sum As Double
 Cls
 If Option1 Then                      '如果 Option1 被选中,进行加法运算
   sum=Val(Text1.Text)+Val(Text2.Text)
 Else                                 '如果 Option1 没被选中,进行减法运算
```

```
            sum=Val(Text1.Text)-Val(Text2.Text)
         End If
         If Val(Text3.Text)=sum Then
             Print"计算正确,请继续努力!"
         Else
             Print"计算错误,还要加强学习!"
         End If
      End Sub
```

③ 调试并运行程序。

④ 按题目要求存盘。

（3）解题步骤：

① 建立用户界面如图 3.5(a)所示,定时器 Timer1、标签 Label1、文本框 Text1 用于显示系统当前时间,其他控件用于完成本题任务,控件属性见表 3.5。程序运行后界面如图 3.5(b)所示。

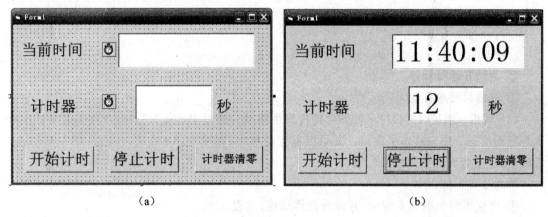

（a）　　　　　　　　　　　　　（b）

图 3.5

表 3.5　控件属性

控件名	属性	备注
Label1	Caption=当前时间	
Text1	Text=""	显示当前时间控件属性设置
Timer1	Interval=1000	
Label2	Caption=计时器	
Label3	Caption=秒	
Text2	Text=""	
Command1	Caption=开始	计时器控件属性设置
Command2	Caption=停止	
Command3	Caption=计时器清零	
Timer2	Interval=0	

② 编写程序代码：

```
Dim n As Integer
Private Sub Timer1_Timer()
 Text1=Time()
End Sub
Private Sub Command1_Click()
 Timer2.Interval=1000                '启动计时器
End Sub
Private Sub Command2_Click()
 Timer2.Interval=0                   '停止计时器
End Sub
Private Sub Command3_Click()         '计时器清零
 n=0
 Text2=""
End Sub
Private Sub Timer2_Timer()           '计时器计时显示
 n=n+1
 Text2=n
End Sub
```

③ 调试并运行程序。

④ 按题目要求存盘。

(4) **解析** 通过时钟控件来使图片控件发生移动。通过 Picture1. Left＋Picture1. Width＞0 来判断图片是否完全移出了窗口。如果没有完全移出,则用 Move 方法,使图片朝左移动 80; 否则,图片左边界位于窗口最右边。

解题步骤:

① 建立界面如图 3.6 所示,并设置控件属性,见表 3.6。

图 3.6

表 3.6

控件名	属性	备注·
Picture1	Picture 中设置要显示的图片	
Timer1	Enabled＝false；Interval＝100	时钟事件每 0.1 秒触发一次
Command1	Caption＝"开始"	

② 编写程序代码：

```
Private Sub Command1_Click()
  If Command1.Caption="开始" Then       '当按钮名称为"开始"时
    Command1.Caption="结束"             '设置按钮名称为"结束"
      Timer1.Enabled=True              '时钟事件被触发,图像开始运动
  Else
    Command1.Caption="开始"             '设置按钮名称为"开始"
    Timer1.Enabled=False               '时钟事件不被触发,图像停止运动
  End If
End Sub
Private Sub Timer1_Timer()             '时钟触发事件
  If Picture1.Left+Picture1.Width>0 Then  '当图片还没有完全超出左边界
    Picture1.Move Picture1.Left-80     '图像朝左边移动 80
  Else
    Picture1.Left=Form1.Width          '设置图片位于窗口右边
  End If
End Sub
```

③ 调试并运行程序。

④ 按题目要求存盘。

（5）解析　更改图片控件的方法为 Picture1. Picture＝LoadPicture(App. Path & "\1. gif")，App. Path 为当前所在路径。或者可以建立三个图片控件，分别设置 Visible 属性。

图 3.7

解题步骤：

① 建立界面如图 3.7 所示，并设置控件属性，见表 3.7。

表 3.7

控件名	属性	备注
Picture1	AutoSize＝True	
Option1	Caption＝哭脸；Value＝True	对应显示图片为 1. gif
Option2	Caption＝笑脸	对应显示图片为 2. gif
Option3	Caption＝大笑	对应显示图片为 3. gif

② 编写程序代码：

```
Private Sub Option1_Click()
  '如果 Option1 被选中,则显示 1.gif 图片
  If Option1.Value Then Picture1.Picture=LoadPicture(App.Path &"\1.gif")
End Sub
Private Sub Option2_Click()
  '如果 Option2 被选中,则显示 2.gif 图片
  If Option2.Value Then Picture1.Picture=LoadPicture(App.Path &"\2.gif")
End Sub
Private Sub Option3_Click()
  '如果 Option3 被选中,则显示 3.gif 图片
  If Option3.Value Then Picture1.Picture=LoadPicture(App.Path &"\3.gif")
End Sub
```

③ 调试并运行程序。

④ 按题目要求存盘。

(6) **解析**　在复选框的 Click 事件中,通过 IF 函数来判断复选框是否被选中,然后进行相应的设置。文字被设置加下划线的方法为 Text1.FontUnderline＝True;文字被设置为斜体的方法为 Text1.FontItalic＝True。

解题步骤:

① 建立界面如图 3.8 所示,并设置控件属性,见表 3.8。

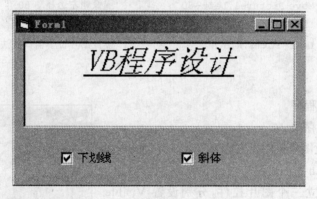

图 3.8

表 3.8

控件名	属性	备注
Text1		用于输入文字
Check1	Caption＝下划线	
Check2	Caption＝斜体	

② 编写程序代码:

```
Private Sub Check1_Click()
If Check1.Value=1 Then              '当下划线复选框被选中时
  Text1.FontUnderline=True          '给文本框中的文字添加下划线
Else
  Text1.FontUnderline=False         '复选框没被选中,文字无下划线
```

```
      End If
   End Sub
   Private Sub Check2_Click()
     If Check2.Value=1 Then            '当斜体复选框被选中时
        Text1.FontItalic=True          '设置文本框中的文字为斜体
     Else
        Text1.FontItalic=False         '复选框没被选中,文字不设为斜体
     End If
   End Sub
```

③ 调试并运行程序。

④ 按题目要求存盘。

(7) **解析**　列表框中,AddItem 方法格式为＜列表框名＞.AddItem＜项目字符串＞[,位置值]。该方法是将项目字符串制定的一个项目插入由位置值所指定的位置上。若省略位置值,则新项目添加到最后。Clear 方法格式为＜列表框名＞.Clear。该方法用于清除列表框中所有的项目。

RemoveItem 方法格式为＜列表框名＞.RemoveItem 位置值。该方法将指定位置上的项目从列表框中删除。

解题步骤:

① 建立界面如图 3.9 所示,并设置控件属性,见表 3.9。

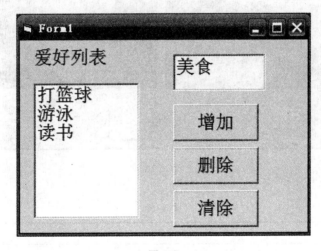

图 3.9

表 3.9

控件名	属性	备注
List1		
Text1		添加爱好文字
Command1	Caption＝添加	
Command2	Caption＝删除	
Command3	Caption＝清除	

② 编写程序代码：

```
Private Sub Command1_Click()
    List1.AddItem Text1.Text              '将文本框中的内容添加到 list1 中
End Sub
Private Sub Command2_Click()
    List1.RemoveItem List1.ListIndex      '将 list1 中被选定的项目删除
End Sub
Private Sub Command3_Click()
    List1.Clear                          '将 list1 中的所有项目清除
End Sub
```

③ 调试并运行程序。

④ 按题目要求存盘。

(8) **解析**　可增加一个图片框，设置为不可见，用于交换图片的中间媒介。

解题步骤：

① 建立界面如图 3.10 所示，并设置控件属性，见表 3.10。

图 3.10

表 3.10

控件名	属性	备注
Picture1		
Image1		
Image2	Visible=false	作为交换图片的载体
Command1	Caption=交换图片	

② 编写程序代码：

```
Private Sub Command1_Click()
    Image2.Picture=Image1.Picture        'Image2 控件中存放 Image1 的图片
    Image1.Picture=Picture1.Picture      '将 picture1 中的图片换至 Image1 中
    Picture1.Picture=Image2.Picture      '完成图片的交换
End Sub
```

③ 调试并运行程序。

④ 按题目要求存盘。

（9）**解析**　本题可考虑建立一个子过程，单选按钮的触发事件调用该子过程即可。首选根据选择的颜色，赋值给变量，再根据选择的字体或背景单选按钮来设置颜色。

解题步骤：

① 建立界面如图 3.11 所示，并设置控件属性，见表 3.11。

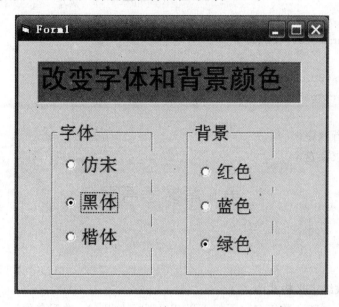

图 3.11

表 3.11

控件名	属性
Frame1	Caption＝字体
Frame2	Caption＝背景
Option1	Caption＝仿宋
Option2	Caption＝黑体
Frame1	Caption＝楷体
Option3	Caption＝红色
Option4	Caption＝蓝色
Option5	Caption＝绿色
Text1	Text＝"改变字体和背景颜色"

② 编写程序代码：

```
Private Sub Option1_Click()
    Text1.FontName="仿宋_gb2312"
End Sub
Private Sub Option2_Click()
    Text1.FontName="黑体"
```

```
    End Sub
    Private Sub Option3_Click()
        Text1.FontName="楷体_gb2312"
    End Sub
    Private Sub Option4_Click()
        Text1.BackColor=vbRed
    End Sub
    Private Sub Option5_Click()
        Text1.BackColor=vbBlue
    End Sub
    Private Sub Option6_Click()
        Text1.BackColor=vbGreen
    End Sub
```
③ 调试并运行程序。

④ 按题目要求存盘。

第 6 章参考答案

一、选择题

(1) D

解题要点 数组定义格式为

　　　　Dim 数组名[(下标下界 To)下标上界]As 类型名称

下标下界指定为−3,−3~5,共 9 个元素。

(2) C

解题要点 二维数组定义格式为

　　Dim 数组名[(下标下界 To)下标上界,(下标下界 To)下标上界] As 类型名称

故 $3 \times 5 = 15$,共 15 个元素。

(3) A

解题要点 此题中,循环体的作用是对 Arr1(i)每个元素赋值为 i,即 Arr1(1)=1,Arr1(2)=2,…,Arr1(5)=5。n 的初始值为 3,而且一直没有改变,最后一次循环时,i 的值为 5,故 Arr2(n)=2*n+i 的值为 Arr2(3)=2*3+5。

(4) D

解题要点 此题由三个 For 循环组成,第一个 For 循环语句为数组 a 赋值,第二个为数组 p 赋值,第三个循环语句对 p 数组元素进行运算并累加,最终结果 k 的值为 29。

(5) D

解题要点 此题中数组使用的是整体赋值的方法,先用 Dim a 语句定义一个数组,再用 Array()函数为数组元素赋值,此题中的循环语句中循环变量以递减方式改变,故数组元素的运算也是由 a(4)开始到 a(1)结束。运算结果为 110。

(6) C

解题要点 此题使用了二维数组并使用两层嵌套循环,这种嵌套循环在多维数组中使用极为普遍。内层循环中循环变量 j 控制的是数组的 1 维(行)的变换,外层循环中循环变量 i 控

制的是数组的 2 维（列）的变换。第一部分嵌套做数组元素的赋值，第二部分循环嵌套依次输出数组元素的值。结果为 C。

（7）A

解题要点 此题中内层循环变量控制的是数组的列变换，外层循环变量控制的是数组的行变化，先变化列，再变化行，即顺序为 $a(1,2)$，$a(1,3)$，$a(1,4)$，…，$a(3,2)$，$a(3,3)$，$a(3,4)$。运算结果为 12。

（8）B

解题要点 参看（7）题解题要点。

（9）C

解题要点 此题作用是将数组元素中能被 3 整除的数累加，结果为 27。

（10）A

解题要点 此题关键表达式在于 $a(i)=Chr(Asc("A")+(i-1))$，将 i 的值带入式中，$a(1)="A"$，$a(2)=chr(asc("A")+1)$，即 $a(2)="B"$。以此类推，得到 $a(i)$ 的值为 "A"，"B"，"C"，"D"，"E"，故答案为 A。

（11）B

解题要点 命令按钮数组的特别之处就在于每个按钮的名称是相同的，所有按钮可以使用同一事件过程，也可通过其名称和下标分别访问，但其标题可以设置不同。

（12）B

解题要点 参看（7）题解题要点。

（13）A

解题要点 此题中用到了动态数组，先定义了数组 arr 为 3 行 3 列，再定义数组为 3 行 4 列，但使用 redim 语句重新定义数组 arr 的维数时并没有释放其原有空间，即原来数组元素的值也保留下来，再第一段嵌套循环得到 $arr(3,2)=8$，再由第二段嵌套循环得到 $arr(3,4)=13$，故运行结果为 21。

（14）C

解题要点 解此题要注意随着循环的进行，数组元素依次与 C 比较，而 C 的值是在变化的，而 C 的变化也会导致 d 的运算变化。

（15）B

解题要点 参看（5）题解题要点。

（16）C

解题要点 此题考查的是数组控件，数组控件的 Index 属性一般以 0 开始，依次增加 1 为序，故答案为 C。

（17）D

（18）B

二、填空题

（1）Name，Index

解题要点 控件数组由一组相同类型的控件组成，这些控件用一个相同的控件名字（Name），数组中的每个控件都有唯一的索引号（Index）。

（2）变体（Variant）

解题要点 Array 函数可以将一个数据集读入某个数组中,格式为

数组变量名＝Array(数组元素初始值)

在初始化之前对数组变量的定义不能是具体的数据类型,只能是 Variant 型,即变体型。

(3) 4

解题要点 此题是考查对数组赋值及数组下标的应用。在循环体内,对数组 M 的第 1～10 个元素分别赋值为 11,10,9,8,7,6,5,4,3,2。用 print 方法输出时,对 M(2＋M(X))中的下标计算即 M(2＋M(6)),M(6)的值为 6,2＋6＝8;所以 M(2＋M(X))等同于 M(8),数组中 M(8) 的值为 4。

(4) 1 2 3 2 4 6

解题要点 此题为二维数组的应用,分两个部分的循环嵌套语句,前一个循环嵌套作用是为二维数组元素赋值,在循环中先改变列标,再改变行标,即赋值顺序为 a(1,1)＝1 * 1,a(1,2)＝1 * 2,…,a(1,5)＝1 * 5,a(2,1)＝2 * 1,…,a(3,4)＝3 * 4;后一个循环嵌套作用是为二维数组元素输出值,输出顺序是先改变行标,再改变列标,a(1,1)＝1 * 1,a(2,1)＝2 * 1,…,a(3,1)＝3 * 1,a(2,1)＝2 * 1,…,a(2,3)＝2 * 3。注意,此题中并没有对全部的数组元素赋值,也未输出全部数组元素。

(5) arr1(1),Min＝arr1(i)

解题要点 求最小(最大)数的算法中,最简单的一种就是拿第一个数当作最小(最大)数和其后的数进行比较,如果后面的数比它小(大),则将那个数作为最小(最大)数与其后的其他数进行比较,直到所有数都比完,则得到一组数中的最小值(最大值)。

(6) t,a(3),a(1)

解题要点 依据题目设计,三个数中,若 a(1)＜a(2),则两数互换,那么 a(2)必定是两数中较小的那个。所以当 a(2)＞a(3)成立时,a(2)是中间值,故 M＝a(2);当 a(2)＞a(3)不成立且 a(1)＞a(3)成立时,则 a(3)是中间值;否则 a(1)一定是中间值。

(7) 1,n＝n＋1

解题要点 此程序功能在于查找并输出该数组中能被 3 整除的元素及个数。循环语句的作用在于使数组一个接一个地被判断,由于有 8 个数组元素,数组元素下标由 1 开始,故 i＝1;在循环体内满足被 3 整除的条件的数需要计数,故 n＝n＋1。

(8) X,String,11,0,X(10)

解题要点 数组定义格式为

Dim 数组名[(下标下界 To)下标上界]As 类型名称

下标下界默认值为 0。

(9) Max＝Array(3,5,7)

(10) 内存,程序结束

三、编程题

(1) **解析** 定义两个具有 10 个元素的数组 a(10)和 b(10),对 a( )用 For 循环进行赋值,并输出。然后再用 For 循环进行数据交换,其中数组 b 中的第 i 个数等于数组 a 的第(11－i) 个数的值。

解题步骤:

① 建立界面并设置控件属性,在窗口中建立一个 Command1 按钮。

② 编写程序代码：

```
Private Sub Command1_Click( )
Dim a(10)As Integer,b(10)As Integer
Dim i As Integer
Cls                              '清屏
Print"输入的原始数组为:"
For i=1 To 10                    '输入 10 个数
a(i)=Val(InputBox("请输入第"& Format(i)&"个数:"))
Print a(i);
Next i
Print
Print"转换后的数组为:"
For i=1 To 10
b(i)=a(11-i)                     '数组 b 的第 i 个数,等于数组 a 的第 11-i 个数
Print b(i);
Next i
End Sub
```

③ 调试并运行程序。

④ 按题目要求存盘。

（2）**解析**　Array 函数可将一个数据集读入某个数组,格式为数组变量名＝Array(数组元素初始值)。注意,这种初始化方法只能用来初始化一维数组。初始化前对数组变量的定义不能是具体的数据类型,只能是 Variant 型。

解题步骤：

① 建立界面并设置控件属性,在窗口中建立一个 Command1 按钮。

② 编写程序代码：

```
Private Sub Command1_Click( )
Dim a As Variant,b As Variant,c(0 To 7)As Variant,i As Integer
a=Array(2,8,7,6,4,28,70,25)       '对数组 a 赋值
b=Array(79,27,32,41,57,66,78,80)  '对数组 b 赋值
For i=0 To 7                      '数组区间为 0-7
c(i)=a(i)+b(i)                    '两个数组中对应下标的元素相加
Print c(i);                       '输出第三个数组的值
Next i
End Sub
```

③ 调试并运行程序。

④ 按题目要求存盘。

（3）**解析**　本题可先定义一个动态的二维数组,然后键盘输入该数组的行数和列数后,再使用 Redim 对数组重定义,再由随机函数对元素赋值。遍历数组,如果元素大于最大值,则将元素的值赋值给最大值,并记录下行号和列号。

解题步骤：

① 建立界面并设置控件属性,在窗口中建立一个 Command1 按钮。

② 编写程序代码：

```
Private Sub Command1_Click()
Dim m As Integer,n As Integer,i As Integer,j As Integer
Dim a()                                  '定义动态数组
Dim max As Integer,l(2)As Integer        'max 记录最大的数,l(1)记录行号,l(2)记录列号
n=Val(InputBox("请输入数组的行数"))      '矩阵行数为 n
m=Val(InputBox("请输入数组的列数"))      '矩阵列数为 m
ReDim a(n,m)                             '重定义数组大小
max=0
Randomize                                '随机函数初始化
For i=1 To n
For j=1 To m
a(i,j)=Int(100*Rnd+1)                    '产生随机函数
Print a(i,j);
If a(i,j)>max Then                       '如果 a(i,j)的值比 max 大
max=a(i,j)                               '则将 a(i,j)的值赋值给 max
l(1)=i                                   '记录最大值的行号
l(2)=j                                   '记录最大值的列号
End If
Next j
Print
Next i
Print"最大的元素为:";max                 '输出最大值
Print"所在的行为:";l(1)                  '输出最大值所在的行
Print"所在的列为:";l(2)                  '输出最大值所在的列
End Sub
```

③ 调试并运行程序。

④ 按题目要内存盘。

（4）**解析**　定义一个二维数组,使用嵌套数组方法赋初值。注意,数组下标从 0 到 3。

解题步骤:

① 建立界面并设置控件属性,在窗口中建立一个 Command1 按钮。

② 编写程序代码:

```
Private Sub Command1_Click()
Dim a(0 To 3)As Variant
Dim i As Integer,j As Integer,x As Integer,sum As Double
a(0)=Array(25,36,78,13)                  '对数组赋值
a(1)=Array(12,26,88,93)
a(2)=Array(75,18,22,32)
a(3)=Array(56,44,36,58)
Cls
Print"原数组数据为:"                     '输出原始数组
For i=0 To 3
For j=0 To 3
Print a(i)(j);
```

```
    Next j
    Print
  Next i
  Print"矩阵两对角线上的数有:"          '输出对角线上的数
  For i=0 To 3
    For j=0 To 3
      If i=j Or i=3-j Then
        Print a(i)(j);
      End If
    Next j
  Next i
  Print
  For i=0 To 3                        '计算每行的和
    sum=0
    For j=0 To 3
      sum=sum+a(i)(j)
    Next j
    Print"第";i;"行的和为:";sum
  Next i
  For j=0 To 3                        '计算每列的和
    sum=0
    For i=0 To 3
      sum=sum+a(i)(j)
    Next i
    Print"第";j;"列的和为:";sum
  Next j
  For j=0 To 3                        '第一行和第三行的数据交换
    x=a(0)(j)
    a(0)(j)=a(2)(j)
    a(2)(j)=x
  Next j
  For i=0 To 3                        '第二列和第四列的数据交换
    x=a(i)(1)
    a(i)(1)=a(i)(3)
    a(i)(3)=x
  Next i
  For i=0 To 3                        '输出交换后的数组
    For j=0 To 3
      Print a(i)(j);
    Next j
    Print
  Next i
End Sub
```

③ 调试并运行程序。

④ 按题目要求存盘。

（5）**解析**　建立一个二维矩阵来存放元素。当行号和列号相等或相加为 11 时,元素值为 1,否则为 0。

解题步骤:

① 建立界面并设置控件属性,在窗口中建立一个 Command1 按钮。

② 编写程序代码:

```
Private Sub Command1_Click()
Dim s(10,10)As Integer,i As Integer,j As Integer
Cls                              '清屏
For i=1 To 10
For j=1 To 10
If i=j Or i=11-j Then            '对角线元素为1
s(i,j)=1
Else
s(i,j)=0                         '否则为 0
End If
Next j
Next i
For i=1 To 10
For j=1 To 10                    '输出元素
Print s(i,j);
Next j
Print
Next i
End Sub
```

③ 调试并运行程序。

④ 按题目要求存盘。

（6）**解析**　约瑟夫问题是一个经典的数学问题,本题可用数组方法进行计算。定义一个数组 people,数组元素的值为序号。计算需退出人的位置 p,如果 p 大于总人数 m,则将 p 减去 m,使其范围在 $1 \sim m$ 之间。然后将该人的位置输出,并从该位置 p 开始,将数组后面的元素向前移动一位。循环至得出最后一人结束。

解题步骤:

① 建立界面并设置控件属性,在窗口中建立一个 Command1 按钮。

② 编写程序代码:

```
Private Sub Command1_Click()
Dim m As Integer                 '总人数 m
Dim s As Integer                 '从第 s 的位置开始数起
Dim n As Integer                 '数到第 n 个人退出
Dim x As Integer,i As Integer    '循环变量
Dim p As Integer                 '记录当前的位置
Dim people()As Integer           '数组用来记录剩下人的信息
m=Val(InputBox("请输入总人数:"))
```

```
        s=1                                    '本题从第一个人开始数起
        n=Val(InputBox("请输入数到第几人退出:"))
        p=s                                    '当前位置从第 s 人开始
        Cls                                    '清屏
        ReDim people(m+1)As Integer            '重定义数组,注意:数组大小为 m+1 人
        For i=1 To m                           '对数组赋值
        people(i)=i
        Next i
        For x=1 To m
        p=p+n-1                                '从当前位置开始计算下一个需被退出的人的位置
        Do While(p>m)                          '如果该数大于总人数 m,则 p 减去 m 人数
        p=p-m
        Loop                                   '循环至 p 的值在 1-m 之间
        Rem 下面的这行与上面的四行等效
        Print people(p);                       '显示当前退出人的数出来
        For i=p To m                           '从当前退出的位置,把数组后面的数向前移 1 位
        people(i)=people(i+1)
        Next i
        ReDim Preserve people(m)As Integer     '重定义数组用 Preserve 保留原数组的值不变
        m=m-1                                  '总人数减 1
        Next x
        End Sub
```

③ 调试并运行程序。

④ 按题目要求存盘。

(7) **解析**   IsNumeric( )用于判断输入的是否为数值型,Mid(s,i,1)用于每次从输入所有数字中取出一位进行相加。

解题步骤:

① 建立界面并设置控件属性,在窗口中建立一个 Text1 文本输入框、一个 Command1 按钮。

② 编写程序代码:

```
        Private Sub Command1_Click( )
        Dim s As String
        Dim n As Integer,i As Integer
        Dim sum As Double
        sum=0
        s=Text1.Text
        If IsNumeric(s)Then                    '判断输入的是否为数值型
        n=Len(s)                               '获得输入的长度
        For i=1 To n
        sum=sum+Val(Mid(s,i,1))                '分别计算各位数字之和
        Next i
        Print"十进制数";s
        Print"各位数字之和为:";sum
```

```
        End If
     End Sub
```
③ 调试并运行程序。

④ 按题目要求存盘。

(8) **解析**　先由用户输入学生的人数,然后通过选择语句计算各分数段的人数。

解题步骤:

① 建立界面并设置控件属性,在窗口中建立一个 Command1 按钮。

② 编写程序代码:

```
Private Sub Command1_Click()
Dim n As Integer, i As Integer
Dim mark As Integer
Dim a(5)As Integer
n=Val(InputBox("请输入学生人数。"))         '输入学生的人数
For i=1 To n
mark=Val(InputBox("请输入第"& Format(i)&"个学生的分数。"))
                                            '输入第 i 个学生的分数
Select Case mark
Case Is>=90
a(5)=a(5)+1                                 'a(5)中计算大于及 90 分的人数
Case Is>=80
a(4)=a(4)+1                                 'a(4)中计算大于及 80 分的人数
Case Is>=70
a(3)=a(3)+1                                 'a(3)中计算大于及 70 分的人数
Case Is>=60
a(2)=a(2)+1                                 'a(2)中计算大于及 60 分的人数
Case Else
a(1)=a(1)+1                                 'a(1)中计算小于 60 分的人数
End Select
Next i
Print"成绩在 90 分及以上的人数为:";a(5)        '输出各分数段的人数
Print"成绩在 80 分及以上的人数为:";a(4)
Print"成绩在 70 分及以上的人数为:";a(3)
Print"成绩在 60 分及以上的人数为:";a(2)
Print"成绩低于 60 分的人数为:";a(1)
End Sub
```

③ 调试并运行程序。

④ 按题目要求存盘。

(9) **解析**　从输入的字符串中逐一取出字符,转换成大写字符,使得大小写不区分。

使用到的函数:

Ucase( )　将小写字母转换为大写字母。

Mid(String,N1,N2)　从字符串的中间取字串。String 可为一字符串常量、变量或表达式;N1,N2 为整型常量、变量或表达式。返回字符串 String 中从第 N1 个字符开始向右连续取 N2 个字符组成的字符串。

Asc( )　将由一个字符组成得字符串转换为 ASCII 代码值。

Chr( )　将 ASCII 码转换成字符串。

解题步骤：

① 建立界面如图 3.12 所示，并设置控件属性，见表 3.12。

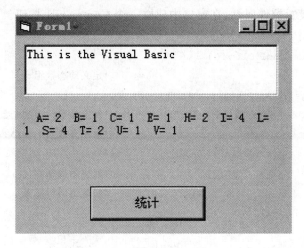

图 3.12

表 3.12

控件名	属性	备注
Text1	Caption 为空	用于输入文字
Label1	Caption 为空	用于输出统计结果
Command1	Caption＝统计	

② 编写程序代码：

```
Private Sub Command1_Click()
Dim a(1 To 26)As Integer,c As String        '定义数组 a,统计每个字符出现的次数
Dim i As Integer,j As Integer,le As Integer
Label1.Caption=""                           '将上次的统计数据清空
le=Len(Text1.Text)                          '求出输入字符的长度
For i=1 To le
c=UCase(Mid(Text1,i,1))                      '取第一个字符,并转换为大写
If c>="A"And c<="Z"Then                      '如果输入的为 A 到 Z 之间的字符
j=Asc(c)-65+1                                '将 A-Z 大写字母转换为 1-26 的下标
a(j)=a(j)+1                                  '对应数字元素加 1
End If
Next i
For j=1 To 26                               '输出字母及其出现的次数
If a(j)>0 Then Label1.Caption=Label1.Caption &""+Chr(j+64)&"="& Str(a(j))
Next j
End Sub
```

③ 调试并运行程序。

④ 按题目要求存盘。

(10) **解析** 本题先定义一个动态数组,输入需产生的数值个数后,重定义数组,然后使用随机函数对数组赋值。再使用循环语句对数组中的元素进行删除,当输入为 0 时,退出循环。

解题步骤:

① 建立界面并设置控件属性,在窗口中建立一个 Command1 按钮。

② 编写程序代码:

```
Private Sub Command1_Click()
Dim a()                                    '定义动态数组 a
Dim i As Integer,n As Integer,x As Integer
n=Val(InputBox("请输入数组的个数:"))         '确定数组元素的个数
ReDim a(n)                                 '重定义数组的大小
Cls
Randomize                                  '随机函数初始化
For i=1 To n                               '对数组随机赋值
a(i)=Int(100*Rnd+1)
Print a(i);
Next i
Do
x=Val(InputBox("请输入要删除的数值:"))
Cls
For i=1 To n                               '查询数组
If a(i)=x Then a(i)=0                       '如果值和要删除的数值一样,赋值为 0
Print a(i);
Next i
Loop Until x=0                             '当输入 0,退出
End Sub
```

③ 调试并运行程序。

④ 按题目要求存盘。

第 7 章参考答案

一、选择题

(1) D

解题要点 启动对象是 VB 中的一种特殊对象,它是 VB 程序启动时第一个执行的特定过程。通常是由 Sub Main 过程作为启动对象,但 VB 并不自动把它作为启动对象,所以也可以设置其他任何窗体作为启动对象。

(2) B

解题要点 Private 表示 Sub 过程是私有过程,只能被本模块中的其他过程访问,不能被其他模块中的过程访问。除此之外,还有其他参量,如 Static 表示静态存储方式,Public 表示公有过程。

(3) D

解题要点 函数过程必须返回一个值,且只返回一个值。函数的类型由返回值确定,函数

的参数可以有多个不同类型的参数,且既能以传值方式传递,也能以引用方式传递。

(4) A

解题要点 被声明为 Private 的变量的作用域是窗体模块或标准模块;模块级变量也可以使用 Dim 关键字来声明;Static 类型变量的作用域是在其声明的过程中。

(5) A

解题要点 KeyAscii 参数的数据类型为整型,返回的是所按键的 ASCII 码。

(6) C

解题要点 在标准模块内声明的 Public 变量才是全局变量,作用域是整个应用程序。在窗体内声明的 Public 变量只作用于该窗体中的所有模块。

(7) D

解题要点 参看(1)题解题要点。

(8) C

解题要点 此题中,函数形参为 m,由 s＝fun(10)调用时,m 被赋值为 10,循环体步长为－2,故循环进行 5 次,k 的值分别为 10,8,6,4,2;故结果为 30。

(9) B

解题要点 标准模块中的过程是有作用域的,当过程为 Private 声明时,表示该过程为私有过程,只能被本模块中的其他过程访问,当过程为 Public 声明时,表示该过程为公有过程,可以在程序的任何地方调用它。

(10) C

解题要点 Load 事件可以用来在启动程序时对属性和变量进行初始化。因为在装入窗体后,如果运行程序,将自动触发该事件。Load 是把窗体装入工作区的事件,如果这个过程存在,接着就执行它。

(11) C

解题要点 KeyPress 事件的 KeyAscii 参数得到的是事件中所按键的 ASCII 码,在程序中,chr( )函数返回一个 ASCII 码值对应的字符;Asc( )函数返回字符的 ASCII 码值;UCase( )函数返回大写字符;最后输出的是 KeyAscii＋2 的 ASCII 码值对应的字符,即 A 对应的 ASCII 码值加 2,故结果为 3。

(12) A

解题要点 Static 声明的变量为静态变量,变量的作用域只限于该过程中,但该变量会在整个程序运行中一直存在,直到下次引用时使用其值,或退出程序时释放其存储空间。

(13) C

解题要点 全局变量在整个程序中都可使用,无需给出其模块名。由于全局变量的作用域是整个程序,所以所有的全局变量都不可以同名;但同一模块不同过程中的变量或同一模块中不同级的变量,由于其作用域的不同,不会引起歧义,所以可以同名。

(14) A

(15) C

解题要点 此题中涉及三个事件,load 事件是把窗体装入工作区的事件,运行程序则触发该事件;Form_MouseUp 事件在鼠标点击窗体时会被触发;Text1_KeyDown 事件在 Text 对象中输入时会被触发。故当在文本框中按下字母"a"时,Text1_KeyDown 事件被触发,窗体上显示 **Visual Basic**,单击窗体时,触发 Form_MouseUp 事件,窗体上显示**程序设计**,故答案为 C。

（16）A

解题要点 大写字符 A~Z 的 ASCII 码值为 65~90，KeyDown 事件中的 KeyCode 参数返回的虽然是按键的 ASCII 码值，但它不区分大小写。KeyPress 事件中的 KeyAscii 参数返回的是区分大小写的 ASCII 码值。故答案为 A。

（17）A

解题要点 本题考查的是函数的传值。用关键字 ByVal 来实现的是传值方式，用关键字 ByRef 方式来实现的是传地址方式。在本题中，由 if 语句判断 n 是否为被 2 整除的数，若是则调用 f1 函数，若不是则调用 f2 函数，题中输入的值为 6，调用 f1 函数，即使用传地址方式，n 作为实参赋值给 f1 的形参 x，传的是 n 的地址，即 n 与 x 公用一个地址，6×6 得 36，赋值给 x 后，n 的值也就跟着改变；再由函数名 f1 将函数返回值传给变量 f。故结果 f 为 72，n 为 36。

（18）A

解题要点 此题中要求单击按钮时才开始计时，故在事件过程中必然有一个语句将 Timer 的 Enabled 属性设置为 True。默认时，Timer 的 Enabled 属性为 False。

（19）C

解题要点 此题中由一个循环语句重复调用函数 f 5 次并做累加，在函数 f 中，当形参 m 为奇数时，函数返回值为 1；形参 m 为偶数时，函数返回值为 m 的值，故循环体中的 s＝s＋f(i) 表达式在 5 次循环中等同于 s＝0＋1＋2＋1＋4＋1。结果为 9。

（20）B

解题要点 判断一个数为偶数，条件表达式可写为 b mod 2＝0。应题目要求，此条件成立，返回值为 0，条件不成立，返回值为 1。故 C 和 D 排除。VB 中要求函数必须有返回值，A 选项无函数名返回值，故答案为 B。

（21）B

解题要点 参看（19）题。此题形参是以传值的方式获得值的，不过在此题中这点并无特别影响。当形参为偶数时，fun 函数返回为 2；当形参为奇数时，fun 函数返回为 1，故 s＝0＋1＋2＋1＋2＋1。结果为 7。

（22）D

解题要点 在此题中并无动作会触发 Form_MouseDown 事件或 Form_MouseUp 事件，故此题运行中不会改变 sw 变量的值，sw 的初始值为 false，只有当 sw 为 true 时 if 语句才会运行，故程序运行无任何结果。

（23）A

解题要点 函数和子过程都可以有参数或无参数，但函数有返回值，子过程没有返回值。

（24）C

解题要点 函数的调用可以放在表达式中或赋值语句中，而且函数的实参与形参必须对应，实参的个数与形参个数、实参的数据类型与形参的数据类型都应一致。

（25）B

解题要点 此题中，Y＝F(X,5)，第一个参数为传地址，即实参 X 与形参 A 使用同一地址；第二个参数为传值，实参 5 的值传给形参 b。所以函数调用时，A 的值为 5，由于是传地址，故 X 的值也为 5；函数返回值为 10，故 y 的值为 10。结果为 B。

二、填空题

(1) tmpLabel. Caption＝tmpCombo. Text

(2) a( ) 10 n＝n－1

三、编程题

(1) **解析** 程序函数过程的调用一般放在表达式中等号"＝"的右边,将它看成某种类型的值(返回值)而参加表达式的组成。子过程定义制作完成后,要使用这些子过程就必须调用它,也就是说要执行这些子过程,也只有这样才能使子过程启动,而执行子过程的调用有两种格式:①Call 过程名[(实参列表)];②过程名[实参列表]。

解题步骤:

① 建立界面并设置控件属性,在窗口中建立一个 Command1 按钮。

② 编写程序代码:

```
'用函数过程实现求部分级数和
Function jishu1(x!,eps#)As Double
Dim n%,s#,t#
n=1：s=0：t=1
Do While(Abs(t)>=eps)          't 的绝对值小于精度时,退出循环
s=s+t
t=t*x/n
n=n+1
Loop
jishu1=s
End Function
'用子过程实现求部分级数和
Sub jishu2(s#,x!,eps#)
n=1:s=0:t=1
Do While(Abs(t)>=eps)
s=s+t
t=t*x/n
n=n+1
Loop
End Sub
Private Sub Command1_Click( )
'主调用程序调用函数和子过程
Dim f1#,f2#
f1=jishu1(2#,0.000001)          '调用函数过程
Call jishu2(f2,2#,0.000001)     '调用子过程
Print"f1=";f1,"f2";f2
End Sub
```

③ 调试并运行程序。

④ 按题目要求存盘。

（2）**解析**　在传值方式中，虽然实参与形参对应变量一样，但形参经修改后改变了其值，而实参在调用过程前后均未改变其值。传值的特点是形参与对应实参用相同的内存地址，形参的改变将影响实参的改变。

解题步骤：

① 建立界面并设置控件属性，在窗口中建立一个 Command1 按钮。

② 编写程序代码：

```
Sub swap_val(ByVal x,ByVal y)     '按值
t=x
x=y
y=t
Print"a=";x;"b=";y
End Sub
Sub swap_ref(x,y)                 '按地址
t=x
x=y
y=t
Print"a=";x;"b=";y
End Sub
Private Sub Command1_Click()
a=3
b=5
Print"交换前 a,b 的值:"
Print"a=";a;"b=";b
Print"按值交换后 a,b 的值:"
Call swap_val(a,b)
Print"按地址交换后 a,b 的值:"
Call swap_ref(a,b)
Print"再次按值交换后 a,b 的值:"
Call swap_val(a,b)
Print"再次按地址交换后 a,b 的值:"
Call swap_ref(a,b)
End Sub
```

③ 调试并运行程序。

④ 按题目要求存盘。

（3）**解析**　建立一个判别素数的过程。主程序中，先判断输入的数 y 是否大于 6 并且是偶数，对于满足条件的数，i 从 3～y 进行循环，输出当 i 和 y−i 都是素数的值。

解题步骤：

① 建立界面并设置控件属性，在窗口中建立一个 Command1 按钮。

② 编写程序代码：

```
Function prime(x As Integer)As Boolean   '建立求素数的子过程
Dim flag As Boolean
flag=True
For i=2 To Sqr(x)                        '从 2 开始到 x 的平方根循环
```

```
If x Mod i=0 Then
flag=False                          '不是素数输出 false
Exit For
End If
Next i
prime=flag                          '是素数输出 true
End Function
Private Sub Command1_Click()
Dim y As Integer                    'y 为输入的数
Dim i As Integer                    'i 为进行求和的数
y=Val(InputBox("请输入进行计算的数:"))
If y>=6 And y Mod 2=0 Then
For i=3 To y
If prime(i)And prime(y-i)Then       '如果 i 和 y-i 都是素数
Print y;"=";i;"+";y-i
Exit For
End If
Next i
Else
Print"你的数不大于或不是偶数"
End If
End Sub
```

③ 调试并运行程序。

④ 按题目要求存盘。

(4) **解析** 建立一个子过程用于输出二维数组的元素。

解题步骤:

① 建立界面并设置控件属性,在窗口中建立一个 Command1 按钮。

② 编写程序代码:

```
'定义二维数组
Dim a(10,10)As Integer
'实现数组元素的显示
Private Sub str1()
For i=1 To 10
For j=1 To 10
Print a(i,j);
If a(i,j)<10 Then Print"";
Next j
Print
Next i
End Sub
Private Sub Command1_Click()
b1=InputBox("第一个元素的行号:")
b2=InputBox("第一个元素的列号:")
```

```
c1=InputBox("第二个元素的行号:")
c2=InputBox("第二个元素的列号:")
x=a(b1,b2)
a(b1,b2)=a(c1,c2)
a(c1,c2)=x
Cls
Print"调动后的数组:"
Call str1
End Sub
'初始化数组,并显示出来
Private Sub Form_Activate()
Randomize
For i=1 To 10
For j=1 To 10
a(i,j)=Int(Rnd*100)
Next j
Next i
Print"原数组:"
Call str1
Print
End Sub
```

③ 调试并运行程序。

④ 按题目要求存盘。

(5) **解析**　建立一个判别素数的过程。主程序中,i 从 5～500 循环,当 i 和 i+10 都是素数时,输出 i,并计数加 1。

解题步骤:

① 建立界面并设置控件属性,在窗口中建立一个 Command1 按钮。

② 编写程序代码:

```
Function prime(x As Integer)As Boolean              '判断是否为素数
Dim flag As Boolean
flag=True
For i=2 To Sqr(x)
If x Mod i=0 Then
flag=False
Exit For
End If
Next i
prime=flag
End Function
Private Sub Command1_Click()
Dim i As Integer
n=0
For i=5 To 500                          '从 5 到 500
```

```
If prime(i)And prime(i+10)Then      '如果 i 和 i+10 都是素数
Print i;"和";i+10;
n=n+1
If n Mod 5=0 Then Print
End If
Next i
Print
Print"共有";n;"对双胞胎"
End Sub
```

③ 调试并运行程序。

④ 按题目要求存盘。

6. **解析**　建立一个判别素数的过程。主程序中,i 从 200～1000 循环,如果 i 和 i+2 都是素数,则输出结果。

解题步骤:

① 建立界面并设置控件属性,在窗口中建立一个 Command1 按钮。

② 编写程序代码:

```
Private Function Prime(x As Integer)As Boolean    '判断是否为素数
Dim i As Integer
For i=2 To Sqr(x)
If(x Mod i)=0 Then
Prime=False
Exit Function
End If
Next
Prime=True
End Function
Private Sub Command1_Click( )
Dim i As Integer
Dim n As Integer
For i=200 To 1000
If Prime(i)And Prime(i+2)Then                     '如果 i 和 i+2 都是素数
Print i;"和";i+2;
n=n+1
If n Mod 4=0 Then Print
End If
Next
Print
Print"共"& n &"对双胞胎数"
End Sub
```

③ 调试并运行程序。

④ 按题目要求存盘。

(7) **解析**　先定义函数计算某数各因子相加之和。主程序中,变量 i 从 1～500 循环,输出满足条件的数。

解题步骤：

① 建立界面并设置控件属性，在窗口中建立一个 Command1 按钮。

② 编写程序代码：

```
Private Function sumfactor(a As Integer)As Integer   '计算 a 的各因子相加之和
Dim i As Integer,n As Integer
n=0
For i=1 To a-1
If a Mod i=0 Then n=n+i                              '如果 i 是 a 的因子,则相加
Next i
sumfactor=n                                          '返回因子之和
End Function
Private Sub Command1_Click()
Dim i As Integer,n As Integer
n=0
For i=1 To 500
If i=sumfactor(i)Then                                '如果满足多因子完备数的定义
Print i;
n=n+1
End If
Next i
Print
Print"1-500 之间的所有多因子完备数的个数为:"& n
End Sub
```

③ 调试并运行程序。

④ 按题目要求存盘。

(8) **解析** 建立一个求素数的函数。然后在 100～1000 之间通过循环计算,如果该数是素数,同时去除第一位后的数也是素数,去除前两位后的数也是素数,则输出该数。

解题步骤：

① 建立界面并设置控件属性,在窗口中建立一个 Command1 按钮。

② 编写程序代码：

```
Function prime(ByVal x As Integer)As Boolean    '该函数用于求素数
Dim flag As Boolean
flag=True                                        '返回标记
For i=2 To Sqr(x)
If x Mod i=0 Then
flag=False                                       '如果不是素数,返回 False
Exit For                                          '退出循环
End If
Next i
prime=flag                                        '如果是素数,返回 true
End Function
Private Sub Command1_Click()
Dim i,x,y As Integer
```

```
Dim n As Integer
n=0
For i=100 To 1000                            '从 100 到 1000 之间求
  If prime(i)Then                            '如果 i 是素数
    x=i Mod 100                              'x 是去掉第 1 位的数
    y=x Mod 10                               'y 是去掉第 1,2 位的数
    If x<>y And y<>0 And prime(x)And prime(y)Then
      Print i;                               '输出逆向超级素数 i
      n=n+1                                  '逆向超级素数个数加 1
      If(n Mod 10)=0 Then Print              '每输出 10 个数换一行
    End If
  End If
Next i
Print
Print"100 到 1000 之间有";n;"个逆向超级素数"
End Sub
```

③ 调试并运行程序。

④ 按题目要求存盘。

(9) **解析**　建立函数判断一个数是否能被 17 和 37 整除。程序中调用该函数,计算 1000～2000 之间的个数。

解题步骤:

① 建立界面并设置控件属性,在窗口中建立一个 Command1 按钮。

② 编写程序代码:

```
Function pp(ByVal x As Integer)As Boolean   '判断该数是否能被 17 和 37 整除
  If x Mod 17=0 And x Mod 37=0 Then
    pp=True                                  '能被整除,输出 true
  Else
    pp=False                                 '不能被整除,输出 false
  End If
End Function
Private Sub Command1_Click( )
Dim i As Integer,n As Integer
n=0
For i=1000 To 2000
  If pp(i)Then                               '判断该数是否能被 17 和 37 整除
    Print i;                                 '输出该数
    n=n+1
  End If
Next i
Print
Print"1000 到 2000 之间有";n;"个数能同时被 17 和 37 整除"
End Sub
```

③ 调试并运行程序。

④ 按题目要求存盘。

（10）**解析**　为了能够多次插入数组元素，编写 Sub 过程来实现元素的插入。又因为要多次显示数组，所以编写 Function 过程来返回连接数组元素后的字符串。

解题步骤：

① 建立界面如图 3.13 所示，并设置控件属性，见表 3.13。

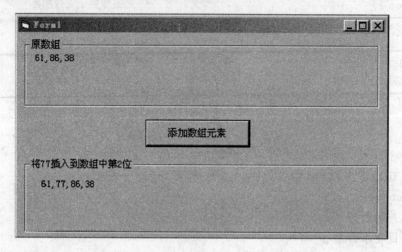

图 3.13

表 3.13

控件名	属性	备注
Frame1	Caption＝原数组	
Frame2	Caption＝添加后的数组	
Label1		用于显示原数组
Label2		用于显示插入后的数组
Command1	Caption＝添加数组元素	

② 编写程序代码：

```
'声明动态数组
Dim a( )
'实现数组元素的插入式添加
Private Sub cr(x( ),a,k)
n=UBound(x)                  'n为数组边界长度
ReDim Preserve x(n+1)        '重定义数组,数组的值保持不变
For i=n To k Step-1
x(i+1)=x(i)
Next i
x(k)=a
End Sub
'实现数组元素的显示
Private Function str1(x( ))
p=Str(x(1))
```

```
For i=2 To UBound(x)
p=p &","& x(i)
Next i
str1=p
End Function
Private Sub Command1_Click()
Do
x=InputBox("添加到数组中的元素:")
Loop Until x<>""
Do
n=InputBox(x &"添加到数组中的位置:")
Loop Until n>0 And n<=UBound(a)
Label1.Caption=str1(a)
cr a(),x,n                    '调用数组元素插入过程
Frame2.Caption="将"& x &"插入数组中第"& n &"位"
Label2.Caption=str1(a)
End Sub
'实现数组的初始化
Private Sub Form_Activate()
ReDim a(3)
Randomize
For n=1 To 3
a(n)=Int(Rnd*100)
Next n
Label1.Caption=str1(a)
Label2.Caption=str1(a)
End Sub
```

③ 调试并运行程序。

④ 按题目要求存盘。

第8章参考答案

一、选择题

(1) B

解题要点 下拉式菜单可以分为多层,最多达到6层。

(2) A

解题要点 菜单的索引类似于控件数组的下标,在同名的一组菜单项中通过索引引用菜单项,索引与菜单项的显示顺序无关。

(3) C

解题要点 菜单的 Checked 属性用于表示该菜单项的选中标记是否选中。

(4) B

解题要点 对菜单编程时只有通过菜单名称来确定是对哪个菜单对象编程,故菜单名称

是不可缺少的项目。

(5) C

解题要点　菜单项的索引值从任意值开始都可以。

(6) C

解题要点　当某个窗体为当前活动窗体时,才能打开菜单编辑器,即才能对该窗体建立菜单。

二、填空题

(1) 下拉式菜单和弹出式菜单

解题要点　VB中可创建的菜单分为弹出式菜单和下拉式菜单。下拉式菜单是通常使用的在菜单栏中点击的菜单;弹出式菜单是在应用程序中点击右键弹出的快捷菜单。

(2) 数据区、编辑区、菜单显示区

解题要点　数据区用来输入或修改菜单项、设置属性;编辑器拥有 7 个按钮,用来对输入的菜单项进行简单的编辑;菜单显示区在菜单设计窗口的下部,输入的菜单项在其中显示。

(3) _

解题要点　有时需要将菜单命令分组,这时会用到灰色的分割线,在菜单设计器的标题栏中输入"_"即可。

(4) &open

解题要点　在输入菜单项时,如果在字母前加上"&",则显示菜单时在该字母下加了一条下划线,可以通过 Alt+带下划线的字母打开该菜单项或菜单命令。

(5) 热键

(6) Click

解题要点　菜单项的主要响应事件就是 click 事件,每个菜单项都可以接收该事件,除分割线外。

(7) Load,unload

解题要点　可以用 load 语句建立菜单项,也可用 unload 语句删除由 load 建立的菜单项。格式为

$$load\quad 菜单控件数组名(下标)$$
$$Unload\quad 菜单控件数组名(下标)$$

(8) PopupMenu

解题要点　PopupMenu 方法用来显示弹出式菜单,其格式为

$$对象.PopupMenu 菜单名,Flags,X,Y,BoldCommand$$

第 9 章参考答案

一、选择题

(1) C

解题要点　ShowOpen 方法用于打开**打开**对话框,ShowSave 方法用于打开**保存**对话框,ShowFont 方法用于打开**字体**对话框,ShowColor 方法用于打开**颜色**对话框。

(2) C

解题要点　参看配套教材的 Flags 属性表。

（3）D

解题要点　DefaultEXT 属性和 DialogTitle 属性既是打开对话框的属性也是保存对话框的属性。

（4）B

（5）B＝a\255\255

（6）A

解题要点　DialogTitle 属性是用来显示对话框的标题，要显示打开对话框则调用 showOpen 方法。

（7）D

解题要点　VB 中的对话框分为预定义对话框、自定义对话框和通用对话框三种类型。预定义对话框是 VB 提供的输入框和信息框；自定义对话框由用户根据自己的需要进行定义；通用对话框是一种控件，用于设计较复杂的对话框。

（8）D

解题要点　为了避免预定义输入框和信息框的限制，用户可根据自己的需要建立自定义对话框，自定义对话框的目的就在于更好地响应用户需求，所以必定有与之对应的事件。

（9）A

解题要点　调用保存对话框，通用对话框的 Action 属性值为 2；窗口标题由 DialogTitle 确定；缺省文件由 FileName 属性确定；filter 属性用来指定对话框中显示的文件类型，格式为窗体.对话框名.Filter＝描述符 1|过滤器 1|过滤器 2|…；FilterIndex 用来指定默认过滤器，按题目要求，应该为 2。

（10）C

（11）C

二、填空题

（1）InitDir

解题要点　InitDir 属性用来指定对话框中显示的起始目录。如果没有设置 InitDir，则显示当前目录。

（2）Color

解题要点　Color 属性用来设置初始颜色，并将在对话框中选择的颜色返回给应用程序。

第 10 章参考答案

一、填空题

（1）Open；Output，Input，Append，Random，Binary，Random；Read，Write，Read Write

解题要点　用 open 语句打开或建立一个文件的格式为

Open 文件说明［For 方式］［Access 存取类型］［锁定］As［＃］文件号［Len＝记录长度］

其中，for 方式共有题中提到的 5 种，是可选的，默认时为 Random。

（2）Print＃，Write＃，关闭文件、缓冲区已满、缓冲区未满，但执行下一个 Print＃语句

解题要点　顺序文件的写入语句格式为

Print＃文件号，［［Spc(n)|Tab(n)］［表达式表］［;|,]]或 Write＃ 文件号，表达式表

这些语句实际只是将数据送入缓冲区,当三个条件满足时才将缓冲区中的内容写入磁盘。

(3) Input♯语句、Line Input♯语句、Input $ 函数、Get 和 Put

解题要点 顺序文件的读操作由 Input♯语句和 Line Input♯语句来实现,也可由 Input $ 函数实现。其各自格式为 Input♯文件号,变量表;Line Input♯语句;Input $(n,♯文件号)。

随机文件的写操作通过 put 语句实现的格式为 Put♯文件号,[记录号],变量。

随机文件的读操作通过 Get 语句实现的格式为 Get♯文件号,[记录号],变量。

二、编程题

(1) 解题步骤:

① 建立图 3.14(a)所示的程序界面,其中上面两个按钮 Command1 和 Command2 帮助建立成绩文件,并将成绩显示在窗体上。下面两个按钮完成题目的两项任务。

② 按钮 Command1 用来建立**成绩表. dat** 随机文件,女生成绩文件及排序后的成绩文件建立为顺序文件。

③ 在建立女生成绩文件及排序文件时在窗体上显示文件的内容,如图 3.14(b)～3.14(d)所示。

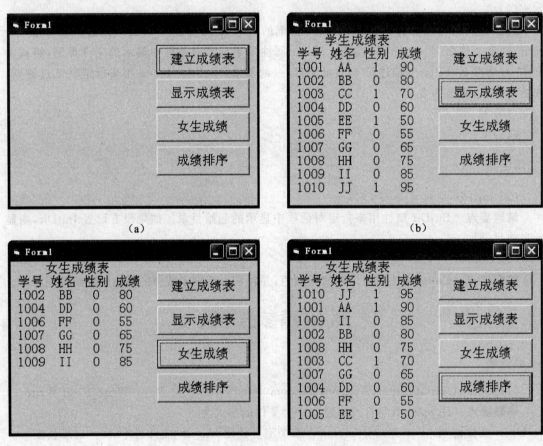

图 3.14

④ 在窗体通用声明部分定义一个 student 记录类型变量,程序代码如下:

```
Private Type student
    No   As Integer
    name As String*4
    sex As String*1
    cj As Integer
End Type
Private Sub Command1_Click( )                    '建立成绩表
  Dim q As student
  Open"C:\WJ\成绩表.dat"For Random As#1 Len=Len(q)
    For i=1 To 10
        q.No=Val(InputBox("请输入学号(数字型):"))
        q.name=InputBox("请输入姓名,用英文名字(最大 4 字符):")
        q.sex=InputBox("请输入性别(1 或 0),1 代表男性,0 代表女性")
        q.cj=Val(InputBox("成绩"))
         Put#1,i,q
    Next i
  Close #1
End Sub
Private Sub Command2_Click( )                    '显示成绩表
Cls
Dim q As student
  Open"C:\WJ\成绩表.dat"For Random As#1 Len=Len(q)
    For i=1 To 10
        Get#1,i,q
        Print q.No;"";q.name;"";q.sex;"";q.cj
    Next i
  Close#1
End Sub
Private Sub Command3_Click( )                    '建立女生成绩表
Cls
Dim st As student
Open"c:\wj\成绩表.dat"For Random As#1 Len=9
Open"c:\wj\girl.txt"For Output As#2
For i=1 To 10
  Get #1,i,st
  If st.sex="0"Then
    Write #2,st.No;st.name;st.sex;st.cj
    Form1.Print st.No;"";st.name;"";st.sex;"";st.cj
  End If
Next i
Close#1
Close#2
End Sub
Private Sub Command4_Click( )                    '建立排序成绩表
```

```
    Dim st(10)As student
    Cls
    Open"C:\wj\成绩表.dat"For Random As #1 Len=9
     For i=1 To 10
      Get#1,i,st(i)
     Next i
    Close#1
    For i=1 To 9
     For j=i+1 To 10
      If st(i).cj<st(j).cj Then
        a1=st(i).No:st(i).No=st(j).No:st(j).No=a1
        a1=st(i).name:st(i).name=st(j).name:st(j).name=a1
        a1=st(i).sex:st(i).sex=st(j).sex:st(j).sex=a1
        a1=st(i).cj:st(i).cj=st(j).cj:st(j).cj=a1
      End If
     Next j,i
    Open"c:\wj\Sort.txt"For Output As #2
    For i=1 To 10
      Write #2,st(i).No,st(i).name,st(i).sex,st(i).cj
      Form1.Print st(i).No;"";st(i).name;"";st(i).sex;"";st(i).cj
    Next i
    Close#2
    End Sub
```

（2）解题步骤：

① 制作出如图 3.15 所示的窗体。

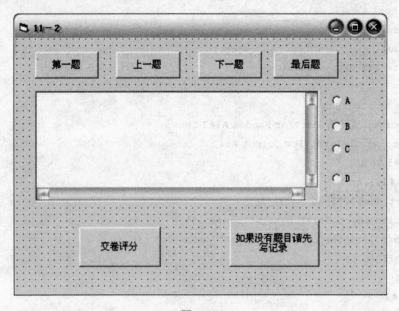

图 3.15

第一题、上一题、下一题、最后题这 4 个按钮名称分别为 **C1,C2,C3,C4**,交卷评分按钮名

称为 **command1**，最后一个按钮名称为 **command2**。另外画出 4 个名称分别为 **Option1**，**Option2**，**Option3**，**Option4** 的单选按钮。

② 程序代码如下：

```
tm As String*40
da_an As String*1
End Type
Dim ok_da(1 To 100)As String
Dim no_da(1 To 100)As String
Dim NUM As Integer
Private Sub C1_Click()                '第一题
Dim t1 As timu
Option1.Value=False
Option2.Value=False
Option3.Value=False
Option4.Value=False
NUM=1
'-------------------
Open App.Path &"\test.txt"For Random As#1 Len=Len(t1)
Get#1,NUM,t1
Close#1
Text1.Text="题目"
Text1.Text=Text1.Text+Str(NUM)+":"+Chr(13)+Chr(10)+t1.tm
Select Case no_da(NUM)
Case"A"
Option1.Value=True
Case"B"
Option2.Value=True
Case"C"
Option3.Value=True
Case"D"
Option4.Value=True
End Select
End Sub
Private Sub C2_Click()                '上一题
Dim t1 As timu
Option1.Value=False
Option2.Value=False
Option3.Value=False
Option4.Value=False
NUM=NUM-1
If NUM<1 Then
NUM=1
End If
'-------------------
```

```
Open App.Path &"\test.txt"For Random As#1 Len=Len(t1)
Get#1,NUM,t1
Close#1
Text1.Text="题目"
Text1.Text=Text1.Text+Str(NUM)+":"+Chr(13)+Chr(10)+t1.tm
Select Case no_da(NUM)
Case"A"
Option1.Value=True
Case"B"
Option2.Value=True
Case"C"
Option3.Value=True
Case"D"
Option4.Value=True
End Select
End Sub
Private Sub C3_Click( )                    '下一题
Dim t1 As timu
Option1.Value=False
Option2.Value=False
Option3.Value=False
Option4.Value=False
NUM=NUM+1
If NUM>100 Then
NUM=100
End If
'--------------------
Open App.Path &"\test.txt"For Random As#1 Len=Len(t1)
Get#1,NUM,t1
Close#1
Text1.Text="题目"
Text1.Text=Text1.Text+Str(NUM)+":"+Chr(13)+Chr(10)+t1.tm
Select Case no_da(NUM)
Case"A"
Option1.Value=True
Case"B"
Option2.Value=True
Case"C"
Option3.Value=True
Case"D"
Option4.Value=True
End Select
End Sub
Private Sub C4_Click( )                    '最后题
```

```
Dim t1 As timu
Option1.Value=False
Option2.Value=False
Option3.Value=False
Option4.Value=False
NUM=100
'--------------------
Open App.Path &"\test.txt"For Random As#1 Len=Len(t1)
Get#1,NUM,t1
Close#1
Text1.Text="题目"
Text1.Text=Text1.Text+Str(NUM)+":"+Chr(13)+Chr(10)+t1.tm
Select Case no_da(NUM)
Case"A"
Option1.Value=True
Case"B"
Option2.Value=True
Case"C"
Option3.Value=True
Case"D"
Option4.Value=True
End Select
End Sub
Private Sub Command1_Click()
Dim read_timu As timu
Dim score As Integer
--------------------
Open App.Path &"\test.txt"For Random As#1 Len=Len(read_timu)
For i=1 To 100
Get#1,i,read_timu
ok_da(i)=read_timu.da_an
Next i
Close#1
--------------------
score=0
s2="考生的答案为:"
s3="标准的答案为:"
For i=1 To 100
If no_da(i)=ok_da(i)Then
score=score+1
End If
s2=s2+no_da(i)+""
s3=s3+ok_da(i)+""
Next i
```

```
s1="本试卷总分为 100 分,每题 1 分"
ss=Chr(13)+Chr(10)
Text1.Text=s1+ss+s2+ss+s3+ss+"考生最后得分为:"+Str(score)+"分"
End Sub
Private Sub Command2_Click()
Dim write_timu As timu
Dim tm1 As String,da1 As String
Open App.Path &"\test.txt"For Random As#1 Len=Len(write_timu)
For i=1 To 100
tm1=InputBox("请输入题目:")
da1=InputBox("请输入标准答案:")
write_timu.tm=tm1
write_timu.da_an=da1
Put#1,,write_timu
Next i
Close#1
End Sub
Private Sub Form_Load()
NUM=1
Dim t1 As timu
Option1.Value=False
Option2.Value=False
Option3.Value=False
Option4.Value=False
--------------------
Open App.Path &"\test.txt"For Random As#1 Len=Len(t1)
Get#1,NUM,t1
Close#1
Text1.Text="题目"
Text1.Text=Text1.Text+Str(NUM)+":"+Chr(13)+Chr(10)+t1.tm
End Sub
Private Sub Option1_Click()
no_da(NUM)="A"
End Sub
Private Sub Option2_Click()
no_da(NUM)="B"
End Sub
Private Sub Option3_Click()
no_da(NUM)="C"
End Sub
Private Sub Option4_Click()
no_da(NUM)="D"
End Sub
```

第 4 部分　综合练习题

练 习 一

一、选择题

(1) 在 VB 中,常量 88888888& 的数据类型是(　　)。

A. 整型　　　　　B. 实型　　　　　C. 双精度型　　　　D. 长整型

(2) 下面 4 项不能作为 VB 变量名的是(　　)。

A. xyz. xyz　　　B. uvwxyz123456　C. sincos　　　　D. 123xyz

(3) 不能正确表示条件"两个整型变量 A 和 B 之一为 0,但不能同时为 0"的布尔表达式是(　　)。

A. A * B=0 and A+B<>0

B. (A=0 or B=0)and (A<>0 or B<>0)

C. not(A=0 And B=0) and (A=0 or B=0)

D. A * B=0 and (A=0 or B=0)

(4) 表达式 FIX(-23. 87)+INT(24. 56)的值为(　　)。

A. 0　　　　　　B. 1　　　　　　C. -1　　　　　　D. 2

(5) 字符"D","z","A","9"的 ASCII 码值最大的是(　　)。

A. "D"　　　　　B. "z"　　　　　C. "A"　　　　　D. "9"

(6) 在 VB 中,表达式 Instr(1,"BeiJing","Ji")的值的类型是(　　)。

A. 字符型　　　　B. 关系型　　　　C. 数值型　　　　D. 逻辑型

(7) 以下关于 Visual Basic 特点的叙述中,错误的是(　　)。

A. Visual Basic 是采用事件驱动编程机制的语言

B. Visual Basic 程序即可以编译运行,也可以解释运行

C. 构成 Visual Basic 程序的多个过程没有固定的执行顺序

D. Visual Basic 程序不是结构化程序,不具备结构化程序的三种基本结构

(8) 以下叙述中,错误的是(　　)。

A. 在 Visual Basic 中,对象所能响应的事件是由系统定义的

B. 对象的任何属性即可以通过属性窗口设定,也可以通过程序语句设定

C. Visual Basic 中允许不同对象使用相同名称的方法

D. Visual Basic 中的对象具有自己的属性和方法

(9) 设 a=4,b=3,c=2,d=1,下列表达式的值是(　　)。

$$a>b+1 \text{ Or } c<d \text{ And } b \text{ Mod } c$$

A. True　　　　　B. 1　　　　　　C. -1　　　　　　D. 0

(10) 下列不属于对象的基本特征的是(　　)。

A. 属性　　　　　B. 方法　　　　　C. 事件　　　　　D. 函数

(11) 以下叙述中,错误的是(　　　)。

A. 一个 Visual Basic 应用程序可以含有多个标准模块文件

B. 一个 Visual Basic 工程可以含有多个窗体文件

C. 标准模块文件可以属于某个指定的窗体文件

D. 标准模块文件的扩展名是 bas

(12) 设有如下代码段:

```
Dim a,b As Integer
c="Visual Basic"
d=#7/20/2005#
```

以下选项关于这段代码的叙述中,错误的是(　　　)。

A. a 被定义为 Integer 类型变量　　　　　B. b 被定义为 Integer 类型变量

C. c 中的数据是字符串　　　　　　　　　D. d 中的数据是日期类型

(13) 以下能从字符串"Visual Basic"中直接取出子字符串"Basic"的函数是(　　　)。

A. Left　　　　　B. Mid　　　　　C. String　　　　　D. Instr

(14) 如果要向工具箱中加入控件和部件,可以利用**工程**的菜单中(　　)命令。

A. **引用**　　　　　B. **部件**　　　　　C. **工程属性**　　　　　D. **添加窗体**

(15) 假定有如下的窗体事件过程:

```
Private Sub Form_Click()
a$="Microsoft Visual Basic"
b$=Right(a$,5)
c$=Mid(a$,1,9)
MsgBox a$,34,b$,c$,5
End Sub
```

程序运行后,单击窗体,则在弹出的信息框的标题栏中显示的信息是(　　　)。

A. Microsoft Visual B. Microsoft　　　　　C. Basic　　　　　D. 5

(16) 在窗体上画一个名称为 **List1** 的列表框,一个名称为 **Label1** 的标签,列表框中显示若干个项目。当单击列表框中的某个项目时,在标签中显示被选中项目的名称。下列能正确实现上述操作的程序是(　　　)。

A.
```
Private Sub List1_Click()
Label1.Caption=List1.ListIndex
End Sub
```

B.
```
Private Sub List1_Click()
Label1.Name=List1.ListIndex
End Sub
```

C.
```
Private Sub List1_Click()
Label1.Name=List1.Text
End Sub
```

D.
```
Private Sub List1_Click()
Label1.Caption=List1.Text
End Sub
```

(17) 在窗体上画一个名称为 **Command1** 的命令按钮,然后编写如下事件过程:

```
Private Sub Command1_Click()
Dim i As Integer,x As Integer
For i=1 To 6
If i=1 Then x=i
If i<=4 Then
x=x+1
Else
x=x+2
End If
Next i
Print x
End Sub
```

程序运行后,单击命令按钮,输出结果为(   )。

　　A. 9　　　　　　　　B. 6　　　　　　　　C. 12　　　　　　　　D. 15

　　(18) 在窗体上画一个名称为 **Command1** 的命令按钮,然后编写如下程序:

```
Dim SW As Boolean
Function func(X As Integer)As Integer
  If X<20 Then
  Y=X
  Else
  Y=20+X
  End If
  func=Y
End Function
Private Sub Form_MouseDown(Button As Integer,Shift As Integer,X As Single,Y As
                Single)
 SW=False
End Sub
Private Sub Form_MouseUp(Button As Integer,Shift As Integer,X As Single,Y As
                Single)
 SW=True
End Sub
Private Sub Command1_Click()
  Dim intNum As Integer
  intNum=InputBox("")
  If SW Then
  Print func(intNum)
  End If
End Sub
```

程序运行后,单击命令按钮,将显示一个输入对话框,如果在输入对话框中输入 **25**,则程序的
执行结果为(   )。

　　A. 输出 0　　　　　B. 输出 25　　　　　C. 输出 45　　　　　D. 无任何输出

　　(19) 设有如下程序段:

```
x=2
For i=1 To 10 Step 2
x=x+i
Next
```

运行以上程序段后,x 的值是(   )。

A. 26   B. 27   C. 38   D. 57

(20) 执行如下两条语句,窗体上显示的是(   )。

```
a=9.8596
Print Format(a,"$00,00.00")
```

A. 0,009.86   B. $9.86   C. 9.86   D. $0,009.86

(21) 若要使 Print 语句的输出包括日期、时间信息,则 Print 语句的输出表达式为(   )。

A. Date   B. Month   C. Time   D. Now

(22) 以下叙述中错误的是(   )。

A. 打开一个工程文件时,系统自动装入与该工程有关的窗体、标准模块等文件

B. 保存 Visual Basic 程序时,应分别保存窗体文件及工程文件

C. Visual Basic 应用程序只能以解释方式执行

D. 事件可以由用户引发,也可以由系统引发

(23) 有如下一组程序语句:

```
Const c=5
d=c+5
c=c+1
PRINT c+d
```

运行时的输出结果是(   )。

A. 6   B. 10   C. 16   D. 显示出错信息

(24) 在设计阶段按 F4 键所打开的窗口是(   )。

A. **工程资源管理器**窗口   B. **工具箱**窗口

C. **代码**窗口   D. **属性**窗口

(25) 下列叙述不正确的是(   )。

A. InputBox 函数返回值为字符型

B. MsgBox 函数返回值为所单击按钮的键值

C. MsgBox 语句返回值为所单击按钮的键值

D. Shell 函数返回值为所执行文件的工作代码

(26) 刚建立一个新的标准 EXE 工程后,不会在工具箱中出现的控件是(   )。

A. 单选按钮   B. 图片框   C. 通用对话框   D. 文本框

(27) 设有如下变量声明:

Dim TestDate As Date

下列选项中为变量 TestDate 正确赋值的表达方式是(   )。

A. TextDate＝#1/1/2002#

B. TestDate＝#"1/1/2002"#

C. TextDate＝date("1/1/2002")

D. TestDate＝Format("m/d/yy","1/1/2002")

(28) 设有如下声明：

$$\text{Dim X As Integer}$$

如果 Sgn(X) 的值为 -1，则 X 的值是（　　）。

A. 整数　　　　　　B. 大于 0 的整数　　C. 等于 0 的整数　　D. 小于 0 的数

(29) 下列可作为 Visual Basic 变量名的是（　　）。

A. A♯A　　　　　　B. 4A　　　　　　　C. ? Xy　　　　　　D. constA

(30) 设有如下的记录类型：

```
Type Student
  number As string
  name As String
  age As Integer
End Type
```

则正确引用该记录类型变量的代码是（　　）。

A. Student.name= "张红"

B. Dim s As Student
　　s.name= "张红"

C. Dim s As Type Student
　　s.name= "张红"

D. Dim s As Type
　　s.Dame= "张红"

(31) 窗体的 MouseDown 事件过程为

Form_MouseDown (Button As Integer, Shift As Integer, X As Single, Y As Single)

关于其中的 4 个参数，正确的描述是（　　）。

A. 通过 Button 参数判定当前按下的是哪一个鼠标键

B. Shift 参数只能用来确定是否按下 Shift 键

C. Shift 参数只能用来确定是否按下 Alt 键和 Ctrl 键

D. 参数 x,y 用来设置鼠标当前位置的坐标

(32) 设组合框 Combo1 中有三个项目，则以下能删除最后一项的语句是（　　）。

A. Combo1. RemoveItem Text

B. Combo1. RemoveItem 2

C. Combo1. RemoveItem 3

D. Combo1. RemoveItem Combo1. Listcount

(33) 以下关于焦点的叙述中，错误的是（　　）。

A. 如果文本框的 TabStop 属性为 False，则不能接收从键盘上输入的数据

B. 当文本框失去焦点时，触发 LostFocus 事件

C. 当文本框的 Enabled 属性为 False 时，其 Tab 顺序不起作用

D. 可以用 TabIndex 属性改变 Tab 顺序

(34) 如果要在菜单中添加一个分隔线，则应将其 Caption 属性设置为（　　）。

A. =　　　　　　　B. *　　　　　　　C. &　　　　　　　D. —

(35) 一个工程中包含两个名称分别为 **Form1**，**Form2** 的窗体，一个名称为 **mdlFunc** 的标准模块。假定在 **Form1**，**Form2** 和 **mdlFunc** 中分别建立了自定义过程，其定义格式为

Form1 中定义的过程：

```
Private Sub frmfunction1( )
End Sub
```

Form2 中定义的过程：

```
Public Sub frmfunction2()

End Sub
```

mdlFunc 中定义的过程：

```
Public Sub mdlFunction()

End Sub
```

在调用上述过程的程序中，如果不指明窗体或模块的名称，则以下叙述中正确的是（　　）。

  A. 上述三个过程都可以在工程中的任何窗体或模块中被调用

  B. frmfunction2 和 mdlfunction 过程能够在工程中各个窗体或模块中被调用

  C. 上述三个过程都只能在各自被定义的模块中调用

  D. 只有 mdlFunction 过程能够被工程中各个窗体或模块调用

（36）在窗体上画一个名称为 **Command1** 的命令按钮和三个名称分别为 **Label1**，**Label2**，**Label3** 的标签，然后编写如下代码：

```
Private x As Integer
Private Sub Command1_Click()
Static y As Integer
Dimz As Integer
n=10
z=n+z
y=y+z
x=x+z
Label1.Caption=x
Label2.Caption=y
Label3.Caption=z
End Sub
```

运行程序，连续三次单击命令按钮后，则三个标签中显示的内容分别是（　　）。

  A. 10 10 10   B. 30 30 30   C. 30 30 10   D. 10 30 30

（37）设在窗体上有一个名称为 **Command1** 的命令按钮，并有以下事件过程：

```
Private Sub Command1_Click()
Static b As Variant
b=Array(1,3,5,7,9)
     ......
End Sub
```

此过程的功能是把数组 b 中的 5 个数逆序存放，即排列为 9,7,5,3,1。为实现此功能，省略号处的程序段应该是（　　）。

  A. `For i=0 To 5-1\2`
```
   tmp=b(i)
   b(i)=b(5-i-1)
   b(5-i-1)=tmp
   Next
```

  B. `For i=0 To 5`
```
   tmp=b(i)
   b(i)=b(5-i-1)
   b(5-i-1)=tmp
   Next
```

C. For i=0 TO 5\2
    tmp=b(i)
    b(i)=b(5-i-1)
    b(5-i-1)=tmp
    Next

D. For i=1 TO 5\2
    tmp=b(i)
    b(i)=b(5-i-1)
    b(5-i-1)=tmp
    Next

（38）执行语句 Open" Tel. dat" For Random As♯1 Len＝50 后，对文件 Tel. dat 中的数据能够执行的操作是（　　　）。

  A. 只能写，不能读　　　　　　　B. 只能读，不能写

  C. 既可以读，也可以写　　　　　D. 不能读，不能写

（39）为了在按下 Esc 键时执行某个命令按钮的 Click 事件过程，需要把该命令按钮的一个属性设置为 True，这个属性是（　　　）。

  A. Value　　　　　B. Default　　　　　C. Cancel　　　　　D. Enabled

（40）在窗体上画一个名称为 **Command1** 的命令按钮，然后编写如下程序：

```
Private Sub Command1_Click()
For I=1 To 4
For J=0 To I
Print Chr$ (65+I);
Next J
Print
Next I
End Sub
```

程序运行后，如果单击命令按钮，则在窗体上显示的内容是（　　　）。

  A. BB　　　　　　B. A　　　　　　C. B　　　　　　D. AA
    CCC　　　　　　　BB　　　　　　　CC　　　　　　　BBB
    DDDD　　　　　　CCC　　　　　　DDD　　　　　　CCCC
    EEEEE　　　　　DDDD　　　　　EEEE　　　　　DDDDD

（41）对窗体编写如下事件过程：

```
Private Sub Form _MouseDown(Button As Integer,_
Shift As Integer,X As Single Y As Single)
If Button=2 Then
Print "AAAAA"
End If
End Sub
Private Sub Form _ MouseUp(Button As Integer,_
Shift As Integer,X As Single,Y As Single)
Print "BBBBB"
End Sub
```

程序运行后，如果单击鼠标右键，则输出结果为（　　　）。

  A. AAAAA　　　　B. BBBBB　　　　C. AAAAA　　　　D. BBBBB
    BBBBB　　　　　　AAAAA

（42）以下关于变量作用域的叙述中，正确的是（　　　）。

  A. 窗体中凡被声明为 Private 的变量只能在某个指定的过程中使用

B. 全局变量必须在标准模块中声明

C. 模块级变量只能用 Private 关键字声明

D. Static 类型变量的作用域是它所在的窗体或模块文件

（43）在窗体上画一个命令按钮，然后编写如下事件过程：

```
Prevate Sub Command1_Click()
x=0
Do Until x=-1
a=InputBox("请输入 A 的值")
a=Val(a)
b=InputBox("请输入 B 的值")
b=Val(b)
x=InputBox("请输入 x 的值")
x=Val(x)
a=a+b+x
Loop
Print a
End Sub
```

程序运行后，单击命令按钮，依次在输入对话框中输入 $5,4,3,2,1,-1$,则输出结果为（　　　）。

A. 2　　　　　　　　B. 3　　　　　　　　C. 14　　　　　　　　D. 15

（44）在窗体上画一个名称为 **Text1** 的文本框,然后编写如下事件过程：

```
Private Sub Form_Load()
Text1.Text=""
Text1.SetFocus
For i=1 To 9
Sum=Sum+i
Next i
Text1.Text=Sum
End Sub
```

上述程序的运行结果是（　　　）。

A. 在文本框 **Text1** 中输出 **45**　　　　　B. 在文本框 **Text1** 中输出 **0**

C. 出错　　　　　　　　　　　　　D. 在文本框 **Text1** 中输出不定值

（45）阅读程序：

```
Sub subP(b() As Integer)
For i=1 To 4
b(i)=2*i
Next i
End Sub
Private Sub Command1_Clik()
Dim a(1 To 4)As Integer
a(1)=5
a(2)=6
a(3)=7
a(4)=8
```

```
    subP a()
  For i=1 To 4
    Print a(i);
  Next i
  End Sub
```

运行上面的程序,单击命令按钮,输出结果为(　　)。

　　A. 2 4 6 8　　　　B. 5 6 7 8　　　　C. 10 12 14 16　　　D. 出错

46.在窗体上画一个名称为 **Command1** 的命令按钮,编写如下程序:

```
Private Sub Command1_Click()
  Print pl(3,7)
End Sub
Public Function pl(x As Single,n As Integer)As Single
  If n=0 Then
    pl=1
  Else
    If n Mod 2=1 Then
      pl=x*x+n
    Else
      P1=x*x-n
    End If
  End If
End Function
```

程序运行后,单击该命令按钮,屏幕上显示的结果是(　　)。

　　A. 16　　　　　　B. 1　　　　　　C. 0　　　　　　D. 2

(47)符号％是声明(　　)类型变量的类型定义符。

　　A. Integer　　　　B. Variant　　　　C. Single　　　　D. String

(48)在窗体上画一个名称为 **Command1** 的命令按钮,然后编写如下事件过程:

```
Option Base 1
Private Sub Command1_Click()
Dim a
a=Array(1,3,5,7,9)
j=1
For i=5 to 1 Step-1
s=s+a(i)*j
j=j*10
Next i
Print s
End Sub
```

运行上面的程序,单击命令按钮,其输出结果是(　　)。

　　A. 97531　　　　B. 135　　　　　C. 957　　　　　D. 13579

(49)在窗体上画一个名称为 **Command1** 的命令按钮,然后编写如下事件过程:

```
Private Sub Command1_Click()
  a=0
```

```
For i=1 To 2
For j=1 To 4
If j Mod 2<>0 Then
a=a-1
End If
a=a+1
Next j
Next i
Print a
End Sub
```

程序运行后,单击命令按钮,输出结果是(　　)。

A. 0　　　　　　　　B. 2　　　　　　　　C. 3　　　　　　　　D. 4

(50) 在窗体上画一个名称为 **Text1** 的文本框,然后编写如下过程:

```
Private Sub Text1_KeyDown(KeyCode As Integer,Shift As Integer)
    Print Chr(KeyCode)
End Sub
Private Sub Text1_KeyUp(KeyCode As Integer,Shift As Integer)
    Print Chr(KeyCode+2)
End Sub
```

程序运行后,把焦点移到文本框中,此时如果敲击 A 键,则输出结果为(　　)。

A. AA　　　　　　B. AB　　　　　　C. AC　　　　　　D. AD

二、填空题

(1) 设有以下函数过程:

```
Function fun(m As Integer) As Integer
Dim k As Integer,sum As Integer
sum=0
For k=m To 1 Step-2
sum=sum+k
Next k
fun=sum
End Function
```

若在程序中用语句 s=fun(10)调用此函数,则 s 的值为 _____。

(2) 以下是一个比赛评分程序。在窗体上建立一个名为 **Text1** 的文本框控件数组,然后画一个名为 **Text2** 的文本框和名为 **Command1** 的命令按钮。运行时在文本框数组中输入 6 个分数,单击**计算得分**命令按钮,则最后得分显示在 **Text2** 文本框中(去掉一个最高分和一个最低分后的平均分即为最后得分),如图 4.1 所示。请填空。

```
Private Sub Command1_Click()
Dim k As Integer
Dim sum As Single,max As Single,min As Single
sum=Text1(0)
max=Text1(0)
min=_____
```

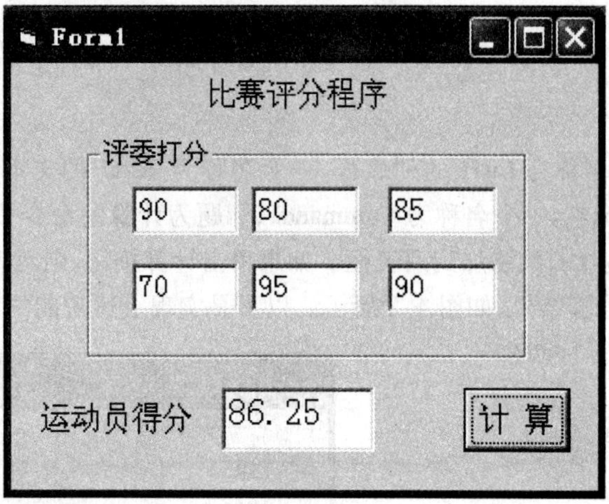

图 4.1

```
For k=_____ To 5
If max<Text1(k) Then
max=Text1(k)
End If
If min>Text1(k) Then
min=Text1(k)
End If
sum=sum+Text1(k)
Next k
Text2=_____/5
End Sub
```

(3) 设有如下程序:

```
Private Sub Form_Click()
    Dim n As Integer,s As Integer
    n=8
    s=0
    Do
    s=s+n
    n=n-1
    Loop While n>0
    Print s
End Sub
```

以上程序的功能是_____,程序运行后单击窗体,输出结果为_____。

(4) 设有如下程序段:

```
a$="BeijingShanghai"
b$=Mid(a$,InStr(a$,"g")+1)
```

执行上面的程序段后,变量 b$ 的值为_____。

(5) 以下程序段的输出结果是_____。

```
num=100
```

```
While num>=10
num=num-2
Wend
Print num
```

(6) 窗体上有一个名称为 **List1** 的列表框,一个名称为 **Text1** 的文本框,一个名称为 **Label1**、Caption 属性为 **Sum** 的标签,一个名称为 **Command1**、标题为**计算**的命令按钮。程序运行后,将把 1~100 之间能够被 7 整除的数添加到列表框。如果单击**计算**按钮,则对 **List1** 中的数进行累加求和,并在文本框中显示计算结果,如图 4.2 所示。以下是实现上述功能的程序,请填空。

```
Private Sub Form_Load()
For i=1 To 100
If i Mod 7=0 Then
_____

End If
Next
End Sub
Private Sub Command1_Click()
Sum=0
For i=0 To _____
Sum=Sum+_____
Next
Text1.Text=Sum
End Sub
```

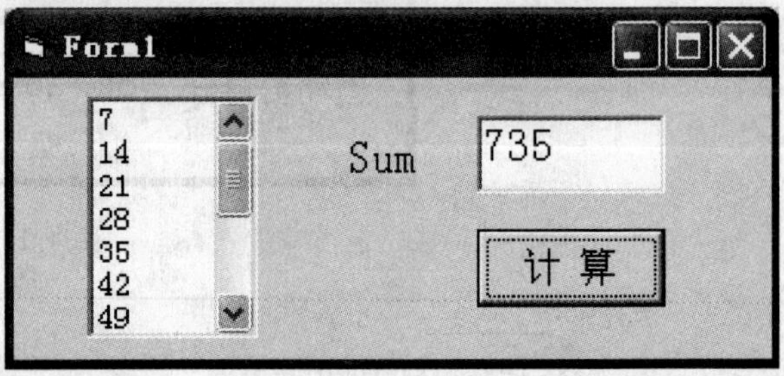

图 4.2

(7) 在窗体上画一个名称为 **Command1** 的命令按钮,然后编写如下程序:

```
Option Base 1
Private Sub Command1_Click()
Dim a(10) As Integer
For i=1 To 10
a(i)=i
Next
Call swap _____
For i=1 To 10
Print a(i);
Next
End Sub
Sub swap(b() As Integer)
n=_____
For i=1 To n/2
t=b(i)
b(i)=b(n)
b(n)=t
_____

Next
End Sub
```

上述程序的功能是,通过调用过程 swap,调换数组中数值的存放位置,即 a(1)与 a(10)的值互换,a(2)与 a(9)的值互换……a(5)与 a(6)的值互换。请填空。

(8) 在窗体上画一个名称为 **Command1** 的命令按钮和一个名称为 **Text1** 的文本框。程序运行后,**Command1** 为禁用(灰色)。当向文框中输入任何字符时,命令按钮 **Command1** 变为可用。请填入适当的内容,将程序补充完整。

```
Private Sub Form_Load( )
Command1.Enabled=False
End Sub
Private Sub Text1_ _____
Command1.Enabled=True
End Sub
```

(9) 以下程序的功能是,从键盘上输入若干个学生的考试分数,当输入负数时结束输入,然后输出其中的最高分数和最低分数。请填入适当的内容,将程序补充完整。

```
Private Sub Form_Click( )
Dim x As Single,amax As Single,amin As Single
x=InputBox("Enter a score")
amax=x
amin=x
Do While _____
If x>amax Then
Amax=x
End If
If _____ Then
Amin=x
End If
x=InputBox("Enter a score")
Loop
Print"Max=";amax,"Min=";amin
End Sub
```

(10) 在窗体上画一个命令按钮,然后编写如下事件过程:

```
Private Sub Command1_Click( )
a=InputBox("请输入一个整数")
b=InputBox("请输入一个整数")
Print a+b
End Sub
```

程序运行后,单击命令按钮,在输入对话框中分别输入 **321** 和 **456**,输出结果为_____。

(11) 有如下程序:

```
a$="1234567"
FOR m=1 TO 4
PRINT _____ MID$ (a$,5-m,m)
NEXT m
```

运行后的输出结果如下：

```
4
34
234
1234
```

但程序不完整,请补充使之完整。

(12) 数组 a 中有 100 个整数,下标从 1~100,下面的程序采用比较交换法把 a 中所有的数按照升序排列,请填入适当的内容将程序补充完整。

```
DIM a(100),b(100)
FOR i=1 TO 100
a(i)=INT(10000*RND):PRINT a(i);
NEXT i
PRINT
FOR i=1 TO 99
FOR j=_____
IF a(i)>a(j) THEN S=a(i): _____
NEXT j
NEXT i
PRINT "data after sorting:"
FOR i=1 TO 100
PRINT a(i);
NEXT i
```

(13) 执行下面的程序段后,b 的值为_____。

```
a=300
b=20
a=a+b
b=a-b
a=a-b
```

(14) 以下程序段的输出结果是_____。

```
num=0
While num<=2
num=num+1
Print num
Wend
```

(15) 在窗体画一个命令按钮,然后编写如下事件过程:

```
Private Sub Command1_Click()
Dim a(1 To 10)
Dim p(1 To 3)
k=5
For i=1 To 10
a(i)=i
Next i
For i=1 To 3
```

· 166 ·

```
p(i)=a(i*i)
Next i
For i=1 To 3
k=k+p(i)*2
Next i
Print k
End Sub
```

程序运行后,单击命令按钮,输出结果是_____。

(16)下面的程序用冒泡法将数组 a 中的 10 个整数按升序排列,请将程序补充完整。

```
Option Base 1
Private Sub Command1_Click( )
Dim a
a=Array(678,45,324,528,439,387,87,875,273,823)
For i=_____
For j=_____
If a(i)_____ a(j)Then
a1=a(i)
a(i)=a(j)
a(j)=a1
End If
Next j
Next i
For i=1 To 10
Print a(i)
Next i
End Sub
```

(17)在窗体画一个命令按钮,然后编写如下过程:

```
Function fun(ByVal num As Long)As Long
Dim k As Long
k=1
num=Abs(num)
Do While num
k=k*(num Mod 10)
num=num\10
Loop
fun=k
End Function
Private Sub Command1_Click( )
Dim n As Long
Dim r As Long
n=InputBox("请输入一个数")
r=fun(n)
Print r
End Sub
```

程序运行后，单击命令按钮，在输入对话框中输入 **234**，输出结果为_____。

（18）在窗体上画两个标签，其名称分别为 **Label1** 和 **Label2**，Caption 属性分别为**数值**及**空白**；然后画一个名称为 **Hscoll1** 的水平滚动条，其 Min 的值为 **0**，Max 的值为 **100**。程序运行后，如果单击滚动条两端的箭头，则在标签 **Lable2** 中显示滚动条的值，如图 4.3 所示。请填入适当的内容，将程序补充完整。

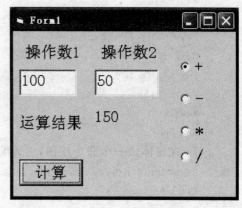

图.3

```
Private Sub HScroll1_(_____)
Labl2.Caption=HScroll1.(_____)
End Sub
```

（19）在窗体上画一个名称为 **Command1**、标题为**计算**的命令按钮；画两个名称分别为 **Text1** 和 **Text2** 的文本框；然后画 4 个名称分别为 **Label1**，**Label2**，**Label3** 和 **Label4**，标题分别为**操作数 1**、**操作数 2**、**运算结果**和**空白**的标签；再建立一个含有 4 个单选按钮的控件数组，名称为 **Option1**，标题分别为**＋、－、＊**和**/**。程序运行后，在 **Text1**，**Text2** 中输入两个数值，选中一个单选按钮后单击命令按钮，相应的计算结果显示在 **Label4**，程序运行情况如图 4.4 所示。请填入适当的内容，将程序补充完整。

```
Private Sub Command1_Click()
    For i=0 To 3
    If(_____)=True then
    opt=Option1(i).Caption
    End If
    Next
    Select Case(_____)
    Case"+"
    Result=Val(Text1.Text)+Val(Text2.Text)
    Case"-"
    Result=Val(Text1.Text)-Val(Text2.Text)
    Case"*"
    Result=Val(Text1.Text)*Val(Text2.Text)
    Case"/"
    Result=Val(Text1.Text)/Val(Text2.Text)
    End Select
    (_____)=Result
End Sub
```

图 4.4

20.阅读以下程序：

```
Private Sub Form_Click()
    Dim k,n,m As Integer
    n=10
    m=1
    k=1
    Do While k<=n
```

```
      m=m+2
      k=k+1
    Loop
    Print m
  End Sub
```

单击窗体,程序的执行结果为_____。

（21）单击窗体后,窗体上的显示结果为_____。
```
  Dim i As Integer,n As Integer
  Private Sub Form_Click()
    Dim i As Integer
    For i=1 To 3
      s=sum(i):Print"s=";s
    Next i
  End Sub
  Private Function sum(n As Integer)
    Static j As Integer
    j=j+n+1:sum=j
  End Function
```

（22）单击窗体,输入 **5** 后,窗体上的显示结果为_____。
```
  Private Sub Form_Click()
    Dim i As Integer,j As Integer,m As Integer
    m=InputBox("请输入数组的行、列数")
    ReDim a(m,m) As Integer
    Call P(a,m)
    For i=1 To m
      For j=1 To i:Print Tab(j*3);a(i,j);:Next j
      Print
    Next i
  End Sub
  Private Sub P(b() As Integer,n As Integer)
    Dim i As Integer,j As Integer
    For i=1 To n
      b(i,1)=1:b(i,i)=1
    Next i
    For i=3 To n
      For j=2 To i-1
        b(i,j)=b(i-1,j-1)+b(i-1,j)
    Next j,i
  End Sub
```

（23）单击窗体后输出 6～100 之间所有整数的质数因子,请填空。
```
  Private Sub pp(_____ k As Integer)
    Dim i As Integer
    i=2
```

```
      While k>1
        If _____=0 Then
          Print i;
          _____
        Else
          i=i+1
        End If
      Wend
      Print
    End Sub
    Private Sub Form_Click()
      For i=6 To 100:_____:Next i
    End Sub
```

（24）下列过程用选择法对 double 类型数组 10 个数按值从小到大排序,请填空。

```
    Private Sub Sort(_____)
      Dim i As Integer,j As Integer,k As Integer,t As Double
      For i=1 To _____
        k=i
        For j=i+1 To 10
          If _____ Then k=j
        Next j
        t=a(i):a(i)=a(k):a(k)=t
      Next i
    End Sub
```

（25）在 Text1,Text2,Text3 中依次输入 **3,4,5** 后,单击窗体时 Label1 的显示结果为_____。

```
    Private Sub Form_Click()
      Dim a As Single,b As Single,c As Single
      a=Text1.Text:b=Text2.Text:c=Text3.Text
      Label1.Caption=Str(a*a+2*b*b+3*c*c)
    End Sub
```

（26）在 Text1,Text2 中输入 **96,40** 后,单击 Command1 时窗体上的显示结果为_____。

```
    Private Sub Command1_Click()
      Dim a As Long,b As Long,r As Long
      a=Text1.Text:b=Text2.Text
      Do While b<>0
        r=a Mod b:a=b:b=r
      Loop
      Print a
    End Sub
```

（27）程序运行时,在组合框中输入**香蕉**并按回车键后,列表框中的所有表项为_____。

```
    Private Sub Form_Load()
      Combo1.AddItem"西瓜":Combo1.AddItem"苹果":Combo1.AddItem"橘子"
      Combo1.AddItem"葡萄":Combo1.AddItem"哈密瓜"
```

```
    Combo1.AddItem"火龙果":Combo1.AddItem"柚子"
    Combo1.List(0)="李子":Combo1.List(7)="猕猴桃"
End Sub
Private Sub Combo1_KeyPress(KeyAscii As Integer)
Dim i As Integer
    If KeyAscii=13 Then Combo1.List(Combo1.ListCount)=Combo1.Text
    List1.Clear
    For i=0 To Combo1.ListCount-1
        If Len(Trim(Combo1.List(i)))<3 Then List1.AddItem Combo1.List(i)
    Next i
End Sub
```

(28) 如果菜单标题的某个字母前输入一个"_____"符号,那么该字母就成了热键字母;如果建立菜单时在标题文本框中输入一个"_____",那么显示时将形成一行分隔符。

(29) 当窗体上的文字或图形被覆盖或最小化后能恢复原貌,需要设置窗体的属性是_____。

(30) 表达式 String(1,"I am student")+Replace("am harass","rass","ppy") & "! "的值是_____。

(31) 程序执行结果 s 的值是_____。

```
Private Sub Command1_Click()
    i=0
    Do
    i=i+1
    s=i+s
    Loop Until i>=4
    Print s
End Sub
```

(32) 表达式 Fix(-12.08)+Int(-23.82)的值为_____。

(33) 在 n 个运动员中选出任意 r 个人参加比赛,有很多种不同的选法,选法的个数可以用公式计算。下图窗体中三个文本框的名称依次是 Text1,Text2,Text3。程序运行时在 Text1,Text2 中分别输入 n 和 r 的值,单击 Command1 按钮即可求出选法的个数,并显示在 Text3 文本框中,如图 4.5 所示。请填空。

```
Private Sub Command1_Click()
Dim r As Integer,n As Integer
n=Text1
r=Text2
Text3=fun(n)/fun(_____)/fun(r)
End Sub
Function fun(n As Integer)as long
Dim t As Long
_____
For k=1 To n
t=t*k
```

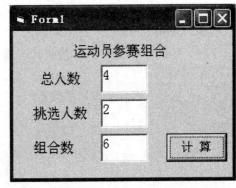

图 4.5

```
Next
fun=t
End Function
```

(34) 有如下程序段：

```
j$="":n=1
DO WHILE n<7
j$=j$+CHR$(64+n)
n=n+1
LOOP
PRINT j$;n
```

运行时输出的结果是_____。

(35) 有如下程序：

```
a$="type":b$="mismatch"
PRINT LCASE$(a$)+""+UCASE$(b$)
```

运行时输出的结果是_____。

练 习 二

一、选择题

(1) 下列不能打开属性窗口的操作是(　　　)。

A. 执行**视图**菜单中**属性窗口**命令　　　B. 按 F4 键

C. 按 Ctrl+T　　　　　　　　　　　D. 单击工具栏上**属性窗口**按钮

(2) 下列可以打开立即窗口的操作是(　　　)。

A. Ctrl+D　　　　B. Ctrl+E　　　　C. Ctrl+F　　　　D. Ctrl+G

(3) 可以同时删除字符串前导和尾部空格的函数是(　　　)。

A. Ltrim　　　　　B. Rtrim　　　　　C. Trim　　　　　D. Mid

(4) 表达式 4+5 \ 6 * 7 / 8 Mod 9 的值是(　　　)。

A. 4　　　　　　　B. 5　　　　　　　C. 6　　　　　　　D. 7

(5) 为了在按回车键时执行某个命令按钮的事件过程,需要把该命令按钮的一个属性设置为 True,这个属性是(　　　)。

A. Value　　　　　B. Defaul　　　　C. Cancel　　　　D. Enabed

(6) 要暂时关闭计时器,应把计时器的某个属性设置为 False,这个属性是(　　　)。

A. Visible　　　　B. Timer　　　　　C. Enabled　　　　D. Interval

(7) 执行下面程序段后的值是(　　　)。

```
a=2:b=3
c=a+b
Print String(c,"Shanghai")
```

A. Shang　　　　　B. nghai　　　　　C. iahgn　　　　　D. SSSSS

(8) 按文件的内容划分有(　　　)。

A. 顺序文件和随机文件　　　　　　　B. ASCII 文件和二进制文件

C. 程序文件和数据文件　　　　　　　D. 磁盘文件和打印文件

(9) 下面关于多重窗体的叙述中,正确的是(　　)。

A. 作为启动对象的 Main 子过程只能放在窗体模块中

B. 如果启动对象是 Main 子过程,则程序启动时不加载任何窗体,以后由该过程根据不同情况决定是否加载及加载哪一个窗体

C. 没有启动窗体,程序不能运行

D. 以上都不对

(10) 使图像(Image)控件中的图像自动适宜控件的大小,以下正确的选项是(　　)。

A. 将控件的 AutoSize 属性设为 True

B. 将控件的 AutoSize 属性设为 False

C. 将控件的 Stretch 属性设为 True

D. 将控件的 Stretch 属性设为 False

(11) 代数式 $\dfrac{a+b}{\sqrt{c+\ln a}+\dfrac{c}{d}}$ 的 VB 表达式是(　　)。

A. a+b/Sqr(c+Log(a))+c/d　　　　B. (a+b)/(Abs(c+Log(a))+c/d)

C. (a+b)/(Abs(c+Log(a))+c/d)　　　D. (a+b)/(Sqr(c+Log(a))+c/d)

(12) 已知 A,B,C 中 C 最小,则判断 A,B,C 可否构成三角形三条边长的逻辑表达式是(　　)。

A. A>=B And B>=C And C>0

B. A+C>B And B+C>A And C>0

C. (A+B>=C Or A-C<=C) And C>0

D. A+B>C And A-B>C And C>0

(13) 下面(　　)对象在运行时一定不可见。

A. Line　　　　　B. Timer　　　　　C. Text　　　　　D. Option

(14) 条件"x 能被 m 整除、但不能被 n 整除"的 VB 表达式为(　　)。

A. x Mod m=0 & x Mod n<>0　　　B. x\m*m=x\n*n<>x

C. (x\m)*m=x And (x\n)*n<>x　　D. x Mod m=0And x Mod n!=0

(15) 容器的 ScaleMode 属性值为(　　)时,容器坐标系的刻度单位为一磅。

A. 2　　　　　　B. 1　　　　　　C. 4　　　　　　D. 6

(16) 改变了容器的坐标系后,该容器的(　　)属性值不会改变。

A. Left　　　　　B. ScaleLeft　　　　C. ScaleTop　　　D. Scalewidth

(17) 在 VB 中,工程文件的扩展名为(　　)。

A. EXE　　　　　B. BAS　　　　　C. FRM　　　　　D. VBP

(18) 以下叙述中正确的是(　　)。

A. 窗体的 Name 属性指定窗体的名称,用来标示一个窗体

B. 窗体的 Name 属性的值是显示在窗体标题栏中的文本

C. 可以在运行期间改变对象的 Name 属性值

D. 对象的 Name 属性值可以为空

(19) 下列叙述不正确的是(　　)。

A. 文本框的默认属性为 Caption

B. 标签的默认属性为 Caption

C. 复选框的默认属性为 value

D. 滚动条的默认属性为 value

(20) 若 i 的初值为 8,则下列循环语句的循环次数为(　　)次。

```
Do While i<=17
    i=i+2
Loop
```

A. 3 次　　　　　　B. 4 次　　　　　　C. 5 次　　　　　　D. 6 次

(21) 在窗体上画一个名称为 **CommandDialog1** 的通用对话框,一个名称为 **Command1** 的命令按钮。然后编写如下事件过程:

```
Private Sub Command1_Click()
CommonDialog1.FileName=""
CommonDialog1.Filter="All
file|*.*|(*.Doc)|*.Doc|(*.Txt)|*.Txt"
CommonDialog1.FilterIndex=2
CommonDialog1.DialogTitle="VBTest"
CommonDialog1.Action=1
End Sub
```

对于这个程序,以下叙述中错误的是(　　)。

A. 该对话框被设置为**打开**对话框

B. 在该对话框中指定的默认文件名为空

C. 该对话框的标题为 **VBTest**

D. 在该对话框中指定的默认文件类型为文本文件(*.Txt)

(22) 在窗体上画一个名称为 **Command1** 的命令按钮,然后编写如下事件过程:

```
Private Sub Command1_Click()
Move 500,500
End Sub
```

程序运行后,单击命令按钮,执行的操作为(　　)。

A. 命令按钮移动到距窗体左边界、上边界各 500 的位置

B. 窗体移动到距屏幕左边界、上边界各 500 的位置

C. 命令按钮向左、上方向各移动 500

D. 窗体向左、上方向各移动 500

(23) 在窗体上有若干控件,其中有一个名称为 **Text1** 的文本框。影响 **Text1** 的 Tab 顺序的属性是(　　)。

A. TabStop　　　　　B. Enabled　　　　　C. Visible　　　　　D. TabIndex

(24) 设 a=" MicrosoftVisualBasic",则以下使变量 b 的值为"VisualBasic"的语句是(　　)。

A. b=Left(a,10)　　　　　　　　　　B. b=Mid(a,10)

C. b=Right(a,10)　　　　　　　　　　D. b=Mid(a,11,10)

(25) 在窗体上画一个名称为 **List1** 的列表框,为了对列表框中的每个项目都能进行处理,应使用的循环语句为

A. For i=0 To List1.ListCount-1
   ......
   Next

B. For i=0 To ListCount-1
   ......
   Next

C. For i=1 To List1.listCount
   ......
   Next

D. For i=1 To ListCount
   ......
   Next

(26) 以下关于图片框控件的说法中,错误的是( )。

A. 可以通过 Print 方法在图片框中输出文本

B. 清空图片框控件中图形的方法之一是加载一个空图形

C. 图片框控件可以作为容器使用

D. 用 Stretch 属性可以自动调整图片框中图形的大小

(27) 执行语句 s＝Len(Mid(" VisualBasic ",1,6))后,s 的值是( )。

A. Visual   B. Basic   C. 6   D. 11

(28) 在窗体上画两个名称分别为 **Hscroll1, Hscroll2** 的滚动条六个,名称分别为 **Label1, Label2, Label3, Label4, Label5, Label6** 的标签,其中标签 Label4~Label6 分别显示 **A, B, A ＊ B** 等文字信息,标签 Label1,Label2 分别显示其右侧的滚动条的数值,Label3 显示 A×B 的计算结果,如图 4.6 所示。当移动滚动块时,在相应的标签中显示滚动条的值。当单击命令按钮**计算**时,对标签 Label1,Label2 中显示的两个值求积,并将结果显示在 Label3 中。以下不能实现上述功能的事件过程是( )。

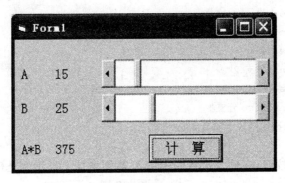

图 4.6

A. Private Sub Command1_Click( )
   Label3.Caption=Str(Val(Label1.Caption)*Val(Label2.Caption))
   End Sub

B. Private Sub Command1_Click( )
   Label3.Caption=HScroll1.Value* HScroll2.Value
   End Sub

C. Private Sub Command1_Click( )
   Label3.Caption=HScroll1* HScroll2
   End Sub

D. Private Sub Command1_Click( )
   Label3.Caption=HScroll1.Text* HScroll2.Text
   End Sub

(29) 以下叙述中错误的是( )。

A. 下拉式菜单和弹出式菜单都用菜单编辑器建立

B. 在多窗体程序中,每个窗体都可以建立自己的菜单系统

C. 除分隔线外,所有菜单项都能接收 Click 事件

D. 如果把一个菜单项的 Enabled 属性设置为 False,则该菜单项不可见

(30) 在窗体上画一个文本框、一个标签和一个命令按钮,其名称分别为 **Text1**,**Label1** 和 **Command1**,然后编写如下两个事件过程:

```
Private Sub Command1_Click()
    strText=InputBox("请输入")
    Text1.Text=strText
End Sub
Private Sub Text1_Change()
    Label1.Caption=Right(Trim(Text1.Text),3)
End Sub
```

程序运行后,单击命令按钮,如果在输入对话框中输入 **abcdef**,则在标签中显示的内容是( )。

A. 空 B. abcdef C. abc D. def

(31) 在窗体上画一个名称为 **Command1** 的命令按钮,然后编写如下事件过程:

```
Private Sub Command1_Click()
        x=InputBox("Input")
        Select Case x
            Case 1,3
            Print"分支 1"
            Case Is>4
            Print"分支 2"
            Case Else
            Print"Else 分支"
        End Select
End Sub
```

程序运行后,单击命令按钮,在输入对话框中输入 **2**,则窗体上显示的是( )。

A. **分支 1** B. **分支 2**

C. **Else 分支** D. 程序出错

(32) 设有如下程序:

```
Option Base 1
Private Sub Command1_Click()
Dim a(10)As Integer
Dim n As Integer
n=InputBox("输入数据")
If n<10 Then
Call GetArray(a,n)
End If
End Sub
Private Sub GetArray(b()As Integer,n As Integer)
Dim c(10)As Integer
j=0
```

```
For i=1 To n
b(i)=CInt(Rnd( )*100)
If b(i)/2=b(i)\2 Then
j=j+1
c(j)=b(i)
End If
Next
Print j
End Sub
```

以下叙述中错误的是( )。

    A. 数组 b 中的偶数被保存在数组 c 中

    B. 程序运行结束后,在窗体上显示的是 c 数组中元素的个数

    C. GetArray 过程的参数 n 是按值传送的

    D. 如果输入的数据大于 10,则窗体上没有任何显示

(33) 在窗体上画一个名称为 **Command1** 的命令按钮,然后编写如下事件过程:

```
Option Base 1
Private Sub Command1_Click( )
Dim a
a=Array(1,2,3,4,5)
For i=1 To UBound(a)
a(i)=a(i)+i-1
Next
Print a(3)
End Sub
```

程序运行后,单击命令按钮,则在窗体上显示的内容是( )。

    A. **4**   B. **5**   C. **6**   D. **7**

(34) 在窗体上画一个名称为 **Command1** 的命令按钮,然后编写如下事件过程:

```
Private Sub Command1_Click( )
x=-5
If Sgn(x)Then
    y=Sgn(x^2)
Else
  y=Sgn(x)
End If
Print y
End Sub
```

程序运行后,单击命令按钮,窗体上显示的是( )。

    A. **—5**   B. **25**   C. **1**   D. **—1**

    (35) 在窗体上画一个名称为 **Command1** 的命令按钮和两个名称分别为 **Text1**,**Text2** 的文本框,然后编写如下事件过程:

```
Private Sub Command1_Click( )
```

```
n=Text1.Text
Select Case n
Case 1 To 20
x=10
Case 2,4,6
x=20
Case Is<10
x=30
Case 10
x=40
End Select
Text2.Text=x
End Sub
```

程序运行后,如果在文本框 Text1 中输入 10,然后单击命令按钮,则在 Text2 中显示的内容是
(   )。

    A. **10**   B. **20**   C. **30**   D. **40**

(36) 设有以下循环结构:

$$Do$$
$$循环体$$
$$Loop\ While<条件>$$

则以下叙述中错误的是(   )。

    A. 若条件是一个为 0 的常数,则一次也不执行循环体

    B. 条件可以是关系表达式、逻辑表达式或常数

    C. 循环体中可以使用 Exit Do 语句

    D. 如果条件总是为 True,则不停地执行循环体

(37) 在窗体上画一个名称为 **Command1** 的命令按钮,然后编写如下事件过程:

```
Private Sub Command1_Click()
Dim num As Integer
num=1
Do Until num>6
Print num;
num=num+2.4
Loop
End Sub
```

程序运行后,单击命令按钮,则窗体上显示的内容是(   )。

    A. **1 3.4 5.8**   B. **1 3 5**

    C. **1 4 7**   D. 无数据输出

(38) 以下有关数组定义的语句序列中,错误的是(   )。

    A. `Static arr1(3)`

        `arr1(1)=100`

        `arr1(2)="Hello"`

        `arr1(3)=123.45`

B. ```
Dim arr2( )As Integer
    Dim size As Integer
    Private Sub Command2_Click( )
    size=InputBox("输入:")
    ReDim arr2(size)
    ......
    End Sub
```

C. ```
Option Base 1
    Private Sub Command3_Click( )
    Dim arr3(3)As Integer
    ......
End Sub
```

D. ```
Dim n As Integer
    Private Sub Command4_Click( )
    Dim arr4(n)As Integer
    ......
    End Sub
```

(39) 假定有如下事件过程：

```
Private Sub Form_MouseDown(button As Integer,Shift As Integer,x As Single,
                            Y As Single)
        If Button=2 then
        PopupMenu popForm
        End If
End Sub
```

则以下描述中错误的是（　　　）。

A. 该过程的功能是弹出一个菜单

B. popForm 是在菜单编辑器中定义的弹出式菜单的名称

C. 参数 X,Y 指明鼠标的当前位置

D. Button＝2 表示按下的是鼠标左键

(40) 以下能够正确计算 n! 的程序是（　　　）。

A. ```
Private Sub Command1_ClicK( )
n=5:x=1
Do
x=x*1
i=i+1
Loop While i<n
Print x
End Sub
```

B. ```
Private Sub Command1_Click( )
n=5:x=1:i=1
Do
x=x*1
i=i+1
Loop While i<n
Print x
End Sub
```
```

```
C. Private Sub Command1_Click( )        D. Private Sub Command1_Click( )
     n=5:x=1:i=1                              n=5:x=1:i=1
     Do                                       Do
     x=x*1                                    x=x*1
     i=i+1                                    i=i+1
     Loop while i<=n                          Loop While i>n
     Print x                                  Print x
     End Sub                                  End Sub
```

(41) 图像框有一个属性,可以自动调整图形的大小,以适应图像框的尺寸,这个属性是
(   )。

A. Autosize   B. Stretch   C. AutoRedraw   D. Appearance

(42) 下列叙述中正确的是(   )。

A. 在窗体的 Form_Load 事件过程中定义的变量是全局变量

B. 局部变量的作用域可以超出所定义的过程

C. 在某个 Sub 过程中定义的局部变量可以与其他事件过程中定义的局部变量同名,但其作用域只限于该过程

D. 在调用过程时,所有局部变量被系统初始化为 0 或空字符串

(43) 设 $a=5, b=10$,则执行 $c=Int((b-a)*Rnd+a)+1$ 后,c 值的范围为(   )。

A. 5~10   B. 6~9   C. 6~10   D. 5~9

(44) 在窗体上画一个名称为 **Command1** 的命令按钮,然后编写如下事件过程:

```
Private Sub Command1_Click( )
a$="software and hardware"
b$=Right(a$,8)
c$=Mid(a$,1,8)
MsgBox a$,,b$,c$,1
End Sub
```

运行程序,单击命令按钮,则在弹出的信息框中的提示信息是(   )。

A. **software and hardware**   B. **software**

C. **hardware**   D. **1**

(45) 有如下程序:

```
Private Sub Form_Click( )
Dim Check,Counter
Check=True
Counter=0
Do
Do While Counter<20
Counter=Counter+1
If Counter=10 Then
Check=False
Exit Do
End If
Loop
```

```
Loop Until Check=False
Print Counter,Check
End Sub
```

程序运行后,单击窗体,输出结果为(　　)。

　　A. 15 0　　　　　B. 20 -1　　　　C. 10 True　　　　D. 10 False

(46) 有如下程序：

```
Private Sub Form_Click( )
Dim i As Integer,sum As Integer
sum=0
For i=2 To 10
If i Mod 2<>0 And i Mod 3=0 Then
sum=sum+i
End If
Next i
Print sum
End Sub
```

程序运行后,单击窗体,输出结果为(　　)。

　　A. 12　　　　　　B. 30　　　　　　C. 24　　　　　　D. 18

(47) 执行以下程序段后,变量 c 的值为(　　)。

```
a="Visual Basic Programing"
b="Quick"
c=b & UCase(Mid(a,7,6))& Right(a,11)
```

A. Visual BASIC Programing　　　　B. Quick Basic Programing

C. QUICK Basic Programing　　　　D. Quick BASIC Programing

(48) 对窗体编写如下代码：

```
Option Base 1
Private Sub Form _KeyPress(KeyAscii As Integer)
a=Array(237,126,587,48,498)
ml=a(1)
m2=1
If KeyAscii=13Then
For i=2 To 5
If a(i)>ml Then
ml=a(i)
m2=i
End If
Next i
End If
Print ml;
print m2
End Sub
```

程序运行后,按回车键,输出结果为(　　)。

　　A. 48　4　　　　　B. 237　1　　　　C. 587　3　　　　D. 498　4

(49) 假定有下面的过程:

```
Function Func(a As Integer,b As Integer)As Integer
Static m As Integer,i As Integer
m=0
i=2
i=i+m+1
m=i+a+b
Func=m
End Function
```

在窗体上画一个命令按钮,然后编写如下事件过程:

```
Private Sub Command1_Click()
Dim k As Integer,m As Integer
Dim p As Integer
k=4
m=1
p=Func(k,m)
Print p;
p=Func(k,m)
Print p
End Sub
```

程序运行后,单击命令按钮,输出结果为(   )。

A. 8 17   B. 8 16   C. 8 20   D. 8 8

(50) 执行下列语句后整型变量 a 的值是(   )。

```
If(3-2)>2 Then
a=10
ElseIf  (10/2)=6 Then
a=20
Else
a=30
End If
```

A. 10   B. 20   C. 30   D. 不确定

二、填空题

(1) 设有如下的 VB 表达式:

$$5 * x^2 - 3 * x - 2 * Sin(a)/3$$

它相当于代数式_____。

(2) 执行下面的程序段后,s 的值为_____。

```
s=5
For i=2.6 To 4.9 Step 0.6
s=s+1
Next i
```

(3) 数学式 |3ycos(w+p)| 的 VB 表达式为_____。

(4) 表达式 INT(1.6)=FIX(1.6)的值为_____。

（5）有如下程序代码：

```
a$="a1":b$="b2"
c=VAL(a$)+VAL(b$)
d=VAL(a$+b$)
PRINT c+d
```

运行后,输出的值是_____。

（6）4个字符串" XY "," XYZ "," ab "及" abc "中的最大者为_____。

（7）以下程序的功能是将字符串" abcde "转换为字符串" edcba "并打印出来。请将程序补充完整。

```
Function rev$ (mew$)
b$=Mid$ (mew$,1,1)
If b$="" Then
rev$=""
Else
rev$=rev$ (_____)+b$
End If
End Function
Private Sub Command1_Click()
old$="abcde"
Print old$
Print rev$ (old$)
End Sub
```

（8）有如下程序代码：

```
term=1
FOR j=1 TO 5
term=term*j+term
NEXT j
PRINT term
```

运行后的输出是_____。

（9）下面程序将打印输入串的回文（即字符串正反读相同），并且该回文长度为原来串长的2倍。例如,输入串为"abc",则回文为"abccba"。请填入适当内容将程序补充完整。

```
INPUT a$
x=_____
b$=a$
FOR j=x TO 1 STEP-1
b$=a$+
NEXT j
PRINT b$
```

（10）有如下程序：

```
sum=0
FOR j=1 TO 6
IF j mod 2=0 THEN
sum=sum+j*j
```

```
ELSE
sum=sum+2*j*j
END IF
NEXT j
PRINT sum
```
运行后的输出是_____。

(11) 在 VB 程序中定义长度为 10 的字符串型变量 ab 的语句是_____。

(12) 表达式 34 MOD（1−3^3）的值为_____。

(13) 以下程序的输出结果是_____。

```
n=0
Do While n<=2
    n=n+1
Loop
print n
```

(14) 下面程序运行后连续三次单击 **Command1** 按钮，且设三次输入的数是 **9，5 和 4** 时，文本框 **Text1. Text** 中的内容分别为_____。

```
Private Sub Command1_Click()
Dim X As Integer,S As Integer
X=InputBox("请输入一个正整数=")
S=2
If X>4 And X<6 Then
S=S*X
Else
S=S+X
End If
Text1.text="S="+Str(S)
End Sub
```

(15) 窗体的 Form_Click( )事件过程如下，单击窗体后，窗体上的显示结果为_____。

```
Private Sub Form_Click()
  Dim a(5)As Byte,i As Byte
  a(0)=1
  For i=1 To 5
    a(i)=a(i-1)+i
    Print a(i);
  Next i
End Sub
```

(16) 窗体的 Form_Click( )事件过程如下，单击窗体后，窗体上的显示结果为_____。

```
Private Sub Form_Click()
  Dim a(4,4)As Byte,i As Byte,j As Byte
  For i=0 To 4
    For j=1 To 4
      a(i,j)=i+j
    Next j
```

```
        Next i
      For i=1 To 4
        For j=i To 4
            Print a(i,i);
        Next j
        Print
      Next i
    End Sub
```

(17) 窗体的单击事件过程如下,运行时单击窗体后输入 **GOOD**,运行结果为_____。

```
  Private Sub Form_Click()
  Dim s As String
  Dim n As Integer,i As Integer
  s=InputBox("输入字符串")
  n=Len(s)
  Print s,n
  For i=1 To n
      Print Mid(s,n-i+1,1);
  Next i
  End Sub
```

(18) 有如下程序:

```
  Private Sub Form_Click()
    a=90:b=36
    Call ab(a,b)
    End Sub
    Sub ab(x,y)
    If y=0 Then
    Print x
    Else
    Call ab(y,x Mod y)
    End If
    End Sub
```

运行后输出的值是_____。

(19) 下面程序段的功能是产生 100 个 1~10(含 1 和 10)之间的随机整数,统计其中数 k($1<=k<=10$)的出现次数并记入数组元素 a(k)中,请填入适当内容把程序补充完整。

```
    DIM a(10)
    FOR j=1 TO 100
    b=_____

    _____

    NEXT j
    FOR k=1 TO 10
    PRINT"a(";k;")=";a(k)
    NEXT k
```

(20) 把窗体的 KeyPreview 属性设置为 True,然后编写如下两个事件过程:

```
Private Sub Form_KeyDown(KeyCode As Integer,Shift As Integer)
Print Chr(KeyCode)
End Sub
Private Sub Form_KeyPress(KeyAscii As Integer)
Print Chr(KeyAscii)
End Sub
```
程序运行后,如果直接按键盘上的 A 键,则在窗体上输出的字符分别是_____和_____。

(21) 组合框有下拉式列表框、简单组合框和_____三种类型,分别通过把_____属性设置为 2,1,0 来实现。

(22) 为了在按下 ESC 键时执行某个命令按钮的事件过程,需要把该命令按钮的一个属性设置为 True,这个属性是_____。

(23) 在窗体上画两个文本框,其名称分别为 **Text1** 和 **Text2**,然后编写如下事件过程:
```
Private Sub Form_Load()
Show
Text1.Text=""
Text2.Text=""
Text2.SetFocus
End Sub
Private Sub Text2_KeyDown(KeyCode As Integer,Shift As Integer)
Text1.Text=Text1.Text+Chr(KeyCode-4)
End Sub
```
程序运行后,如果在 Text2 文本框中输入 **efghi**,则 Text1 文本框中的内容为_____。

(24) 下列语句的输出结果是_____。
```
Print Format(Int(12345.6789*100+0.5)/100,"0000,0.00")
```

(25) 在窗体上画一个名称为 **Command1** 的命令按钮,然后编写如下事件过程:
```
Private Sub Command1_Click()
Dim arr(1 To 100)As Integer
For i=1 To 100
arr(i)=Int(Rnd*1000)
Next i
Max=arr(1)
Min=arr(1)
For i=1 To 100
If _____ Then
Max=arr(i)
End If
If _____ Then
Min=arr(i)
End If
Next i
Print"Max=";Max,"Min=";Min
End Sub
```
程序运行后,单击命令按钮,将产生 100 个 1000 以内的随机整数,放入数组 arr 中,然后查找并输出这 100 个数中的最大值 Max 和最小值 Min，请填空。

(26) 在窗体上画一个名称为 **Command1** 的命令按钮和一个名称为 **Text1** 的文本框，然后编写如下代码：

```
Dim SaveAll As String
Private Sub Command1_Click()
Text1.Text=Left(UCase(SaveAll),4)
End Sub
Private Sub Text1_KeyPress(KeyAscii As Integer)
SaveAll=SaveAll+Chr(KeyAscii)
End Sub
```

程序运行后在文本框中输入 **abcdefg**，单击命令按钮则文本框中显示的是_____。

(27) 在窗体上画一个名称为 **Command1** 的命令按钮和两个名称分别为 **Text1**，**Text2** 的文本框，如图 4.7 所示，然后编写如下程序：

```
Function Fun(x As Integer,ByVal y As Integer)As Integer
x=x+y
If x<0 Then
Fun=x
Else
Fun=y
End If
End Function
Private Sub Command1_Click()
Dim a As Integer,b As Integer
a=-10:b=5
Text1.Text=Fun(a,b)
Text2.Text=Fun(a,b)
End Sub
```

图 4.7

程序运行后，单击命令按钮，Text1 和 Text2 文本框显示的内容分别是_____和_____。

(28) 执行下面的程序段后，s 的值为_____。

```
s=5
For i=2.6 to 4.9 Step 0.6
s=s+1
Nest i
```

(29) 把窗体的 KeyPreview 属性设置为 True，并编写如下两个事件过程：

```
Private Sub Form_KeyDown(KeyCode As Integer,Shift As Integer)
Print KeyCode;
End Sub
Private Sub Form_KeyPress(KeyAscii As Integer)
Print KeyAscii
End Sub
```

程序运行后，如果按下 a 键，则在窗体上输出的数值为_____和_____。

(30) 语句 Print 5 * 5\5/5 的输出结果是_____。

(31) 有如下的程序：

```
Private Sub Form_Click( )
Dim x As Integer, y As Integer
a=8
b=3
Call test(6,a,b+1)
Print"主程序",6,a,b
End Sub
Sub test(x As Integer, y As Integer, z As Integer)
Print"子程序",x,y,z
x=2
y=4
z=9
End Sub
```
当运行程序后,显示的结果是_____。

（32）在 Activate 事件过程中,写入下面的程序:
```
Private Sub Form_Activate( )
Dim S As String, a As String, b As String
a="*":b="$"
For i=1 to 4
If i/2=Int(i/2) Then
S=String(Len(a)+i,b)
Else
S=String(Len(a)+i,a)
End If
Print S;
Next i
End Sub
```
运行程序后,显示结果是_____。

（33）在刚建立工程时,使窗体上的所有控件具有区别于默认值的相同的字体格式,应对_____的_____属性进行设置。

（34）下列程序运行时,单击窗体后,从键盘输入一个字符,判断该字符是字母字符、数字字符还是其他字符,并做相应的显示。窗体上无任何控件,并禁用 Asc 和 Chr 函数,Select Case 语句中禁用枚举值。请填入适当的内容,将程序补充完整。
```
Private Sub Form_Click( )
Dim x As String*1
X= _____("请输入单个字符","字符")
Select Case UCase(_____)
Case _____
Print X+"是字母字符"
Case _____
Print X+"是数字字符"
Case Else
Print X+"是其他字符"
```

```
End Select
End Sub
```

(35) 下列程序为求 $Sn = a + aa + aaa + \cdots + aa\cdots a(n$ 个 $a)$，其中 a 为一个随机数产生的 $1\sim9$(包括 $1,9$)中的一个正整数，n 是一个随机数产生的 $5\sim10$(包括 $5,10$)中的一个正整数，请填入适当的内容，将程序补充完整。

```
Private Sub Command1_Load()
Dim a As Integer,n As Integer,S As Double,Sn As Double
a=Fix(9*Rnd)+1
n=Fix(6*Rnd)+5
Sn=0
S=0
For i=1 to _____
S=S+a*10^(i-1)

_____
Print Sn
Next i
End Sub
```

练 习 三

一、选择题

(1) 工程文件的扩展名为(   )。

A. frx   B. bas   C. vbp   D. frm

(2) 以下 4 个选项中,属性窗口未包含的是(   )。

A. 对象列表   B. 工具箱   C. 属性列表   D. 信息栏

(3) 窗体文件的扩展名为(   )。

A. exe   B. bas   C. frx   D. frm

(4) 窗体的 FontName 属性的缺省值是(   )。

A. 宋体   B. 仿宋体   C. 楷体   D. 黑体

(5) 要改变控件的宽度,应修改该控件的(   )属性。

A. Top   B. Left   C. Width   D. Height

(6) 单击滚动条控件两端的任一个滚动箭头,将触发该滚动条的(   )事件。

A. Scroll   B. KeyDown   C. Change   D. Dragover

(7) 重新定义图片框控件的坐标系统,可采用该图片框的(   )方法。

A. Scale   B. ScaleX   C. ScaleY   D. SetFocus

(8) 一个对象可以执行的动作和可被对象识别的动作分别称为(   )。

A. 事件、方法   B. 方法、事件   C. 属性、方法   D. 过程、事件

(9) (   )对象不具有 Caption 属性。

A. Label   B. Option   C. Form   D. Timer

(10) (   )对象不能作为控件的容器。

A. Form　　　　　　B. PictureBox　　　C. Shape　　　　　D. Frame

(11) 在设计模式下双击窗体中的对象后,VB 将显示的窗口是(　　　)。

A. 项目(工程)窗口　B. 工具箱　　　　　C. 代码窗口　　　　D. 属性窗口

(12) VB 中程序运行允许使用的快捷键是(　　　)。

A. F2　　　　　　　B. F5　　　　　　　C. Alt＋F3　　　　D. F8

(13) VB 中没有提供下列(　　　)事件。

A. MouseDown　　　B. MouseUp　　　　C. MouseMove　　　D. MouseExit

(14) 运算符"\"两边的操作数若类型不同,则先(　　　)再运算。

A. 取整为 Byte 类型　　　　　　　　　　B. 取整为 Integer 类型

C. 四舍五入为整型　　　　　　　　　　　D. 四舍五入为 Byte 类型

(15) 为了防止用户随意将光标置于控件之上,需做的工作是(　　　)。

A. 将控件的 Enabled 属性设置为 False

B. 将控件的 TabStop 属性设置为 False

C. 将控件的 TabStop 属性设置为 True

D. 将控件的 TabIndex 属性设置为 0

(16) 下列程序段的输出结果是(　　　)。

```
a=10:b=10000:x=log(b)/log(a):Print"lg(10000)=";x
```

A. lg(10000)＝5　　B. lg(10000)＝4　　C. 4　　　　　　　D. 5

(17) 在 Form2 中引用 Form1 中的全局变量 x,写作(　　　)。

A. x　　　　　　　　B. Form1.x　　　　C. Form2.x　　　　D. Form1_Pablic.x

(18) x 是 Integer 类型变量,无论取何值,字符串表达式(　　　)的长度为 10。

A. Space (10－Len(S1r(x)))＋x　　　　B. Space(10－Len(Trim(Str(x))))＋x

C. Space (10－Len(x)) ＆ x　　　　　　D. Space(10－Len(Trim(Str(x)))) ＆ x

(19) 下列不能打开菜单编辑器的操作是(　　　)。

A. 按 Ctrl＋E　　　　　　　　　　　　　B. 单击工具栏中**菜单编辑器**按钮

C. 执行**工具菜单中菜单编辑器**命令　　D. 按 Shift＋Alt＋M

(20) Int(Rnd＊100)表示的是(　　　)范围内的一个整数。

A. [0,100]　　　　　B. [1,99]　　　　　C. [0,99]　　　　　D. [1,100]

(21) 以下合法的 Visual Basic 变量名是(　　　)。

A. ForLoop　　　　　B. Const　　　　　C. 9abc　　　　　　D. a＃x

(22) 以下能在窗体 Form1 的标题栏中显示 **VisualBasic 窗体**的语句是(　　　)。

A. Form1.Name＝"VisualBasic 窗体"

B. Form1.Title＝"VisualBasic 窗体"

C. Form1.Caption＝"VisualBasic 窗体"

D. Form1.Text＝"VisualBasic 窗体"

(23) 能正确表示条件"整型变量 x 值是大于等于－5 并且小于等于 5"的逻辑表达式是(　　　)。

A. －5＜x＜5　　　　　　　　　　　　　B. －5＜＝x＜＝5

C. －5＜＝x and x＜＝5　　　　　　　　D. －5＜＝x ＆＆ x＜＝5

(24) 语句 Print"5＊5"的显示结果是(　　　)。

A. 25 B. "5 * 5" C. 5 * 5 D. 出现错误提示

(25) VB算术运算符乘或除、整除、求余的优先级，从高到低依次为（　　）。

A. 乘或除、求余、整除 B. 乘或除、整除、求余

C. 整除、求余、乘或除 D. 整除、乘或除、求余

(26) 由"For i＝1 To 16 Step 3"决定的循环结构被执行（　　）次。

A. 4 B. 5 C. 6 D. 7

(27) 在名称为 **Form1** 的窗体上画一个名称为 **Text1** 的文本框和一个名称为 **Command1** 的命令按钮，然后编写一个事件过程。程序运行后，如果在文本框中输入一个字符，则把命令按钮的标题设置为**计算机等级考试**。以下能实现上述操作的事件过程是（　　）。

```
A. Private Sub Text1_Change()
      Command1.Caption="计算机等级考试"
   End Sub
B. Private Sub Command1_ Click()
      Caption="计算机等级考试"
   End Sub
C. Private Sub Form1_ Click()
      Text1.Caption="计算机等级考试"
   End Sub
D. Private Sub Command1_ Click()
      Text1.Text="计算机等级考试"
   End Sub
```

(28) 在窗体上画一个文本框，然后编写如下事件过程：

```
Private Sub Form_Click()
x=InputBox("请输入一个整数")
Print  x+Text1.Text
End Sub
```

程序运行时，在文本框中输入 **456**，然后单击窗体，在输入对话框中输入 **123**，单击**确定**按钮后，在窗体上显示的内容为（　　）。

A. **123** B. **456** C. **479** D. **123456**

(29) 在窗体上画一个名称为 **Text1** 的文本框和一个名称为 **Timer1** 的计时器控件，在属性窗口中把计时器的 Interval 属性设置为 1000，Enabled 属性设置为 False。程序运行后，如果单击命令按钮，则每隔一秒钟在文本框中显示一次当前的时间。以下是实现上述操作的程序：

```
Private Sub Command1_Click()
Timer1._____
End Sub
Private Sub Timer1_Timer()
Text1.Text=Time
End Sub
```

在下划线处应填入的内容是（　　）。

A. Enabled＝True B. Enabled＝False

C. Visible＝True D. Visible＝False

(30) 在窗体上画一个名称为 **Command1** 的命令按钮和一个名称为 **Text1** 的文本框，然后

编写如下程序：

```
Private Sub Command1_Click()
a=InputBox("请输入日期(1~31)")
t="旅游景点:" _
& IIf( a>0 And a<=10,"长城","") _
& IIf( a>10 And a<=20,"故宫","") _
& IIf( a>20 And a<=31,"颐和园","")
Text1.Text=t
End Sub
```

程序运行后,单击命令按钮,在出现的对话框中输入 **16**,则在文本框显示的内容是(　　)。

A. 旅游景点:长城故宫　　　　　　B. 旅游景点:长城颐和园

C. 旅游景点:颐和园　　　　　　　D. 旅游景点:故宫

(31) 设有命令按钮 **Command1** 的单击事件过程,代码如下：

```
Private Sub Command1_Click()
Dim a(3,3)As Integer
For i=1 To 3
    For j=1 To 3
      a(i,j)=i*j+i
    Next j
Next i
Sum=0
For i=1 To 3
    Sum=Sum+a(i,4-i)
Next i
Print Sum
End Sub
```

运行程序,单击命令按钮,输出结果是(　　)。

A. 20　　　　　　B. 7　　　　　　C. 16　　　　　　D. 17

(32) 在窗体上画一个名称为 **Command1** 的命令按钮,然后编写如下程序：

```
Private Sub Command1_Click()
Dim a(10)As Integer
Dim x As Integer
For i=1 To 10
    a(i)=8+i
Next
x=2
Print a(f(x)+x)
End Sub
Function f(x As Integer)
    x=x+3
    f=x
End Function
```

程序运行后,单击命令按钮,输出结果为(　　)。

A. 12   B. 15   C. 17   D. 18

(33) 执行下面的程序段后,x 的值为( )。

```
x=5
For i=1 To 20 Step 2
    x=x+i\5
Next i
```

A. 21   B. 22   C. 23   D. 24

(34) 有如下一组程序语句:

```
FOR k=1 TO 3
SELECT CASE k
CASE 1
a=3
CASE 2
a=2
CASE 3
a=1
END SELECT
PRINT a;
NEXT k
PRINT k
END
```

运行时的输出结果是( )。

A. 1 1 1 1 4   B. 3 2 1 4   C. 1 1 1 1 3   D. 1 2 3 4

(35) 在窗体上画一个命令按钮,其 Name 属性为 Command1,然后编写如下代码:

```
Option Base 1
Private Sub Command1_Click()
Dim a
s=0
a=Array(1,2,3,4)
j=1
For i=4 To 1 Step-1
s=s+a(i)*j
j=j*10
Next i
Print s
End Sub
```

运行上面的程序,单击命令按钮,其输出结果是( )。

A. 4321   B. 1234   C. 34   D. 12

(36) 在窗体上画一个名称为 **Text1** 的文本框,要求文本框只能接收大写字母的输入。以下能实现该操作的事件过程是( )。

```
A.  Private Sub Text1_KeyPress(KeyAscii As Integer)
    If KeyAscii<65 Or KeyAscii>90 Then
    MsgBox"请输入大写字母"
```

```
                    KeyAscii=0
                End If
            End Sub
    B.  Private Sub Text1_KeyDown(KeyCode As Integer,Shift As Integer)
            If KeyCode<65 Or KeyCode>90 Then
            MsgBox"请输入大写字母"
            KeyCode=0
            End If
        End Sub
    C.  Private Sub Text1_MouseDown(Button As Integer,Shift As Integer,X As Single,
                                Y As Single)
            If Asc(Text1.Text)<65 Or Asc(Text1.Text)>90 Then
            MsgBox"请输入大写字母"
            End If
        End Sub
    D.  Private Sub Text1_Change()
            If Asc(Text1.Text)>64 And Asc(Text1.Text)<91 Then
            MsgBox"请输入大写字母"
            End If
        End Sub
```

(37) 阅读程序：

```
Option Base 1
Dim arr()As Integer
Private Sub Form_Click()
Dim i As Integer,j As Integer
ReDim arr(3,2)
For i=1 To 3
For j=1 To 2
arr(i,j)=i*2+j
Next j
Next i
ReDim Preserve arr(3,4)
For j=3 To 4
arr(3,j)=j+9
Next j
Print arr(3,2)+arr(3,4)
End Sub
```

程序运行后,单击窗体,输出结果为(   )。

    A. 21   B. 13   C. 8   D. 25

(38) 在窗体上画一个名称为 **Command1** 的命令按钮,然后编写如下程序：

```
Option Base 1
Private Sub Command1_Click()
Dim c As Integer,d As Integer
```

```
d=0
c=6
x=Array(2,4,6,8,10,12)
For i=1 To 6
If x(i)>c Then
d=d+x(i)
c=x(i)
Else
d=d-c
End If
Next
Print d
End Sub
```

程序运行后,如果单击命令按钮,则在窗体上输出的内容为(　　)。

 A. 10   B. 16   C. 12   D. 20

(39) 设有如下程序:

```
Private Sub Command1_Click()
Dim c As Integer,d As Integer
c=4
d=InputBox("请输入一个整数")
Do While d>0
If d>c Then
c=c+1
End If
d=InputBox("请输入一个整数")
Loop
Print c+d
End Sub
```

程序运行后,单击命令按钮,在对话框中依次输入 1,2,3,4,5,6,7,8,9,0,则输出结果是(　　)。

 A. 12   B. 11   C. 10   D. 9

(40) 假定通用对话框的名称为 **CommonDialog1**,命令按钮的名称为 **Command1**,则单击命令按钮后,能使打开的对话框的标题为 **New Title** 的事件过程是(　　)。

 A.
```
Private Sub Command1_Click()
CommonDialog1.DialogTitle="New Title"
CommonDialog1.ShowPrinter
End Sub
```

 B.
```
Private Sub Command1_Click()
CommonDialog1.DialogTitle="New Title"
CommonDialog1.ShowFont
End Sub
```

 C.
```
Private Sub Command1_Click()
CommonDialog1.DialogTitle="New Title"
CommonDialog1.ShowOpen
```

```
        End Sub
    D.  Private Sub Command1_Click()
        CommonDialog1.DialogTitle="New Title"
        CommonDialog1.ShowColor
        End Sub
```

(41) 下列不能打开菜单编辑器的操作是(　　)。

A. 按 Ctrl+E 组合键

B. 单击工具栏中**菜单编辑器**按钮

C. 执行**工具**菜单中**菜单编辑器**命令

D. 按 Shift+Alt+M 组合键

(42) 假定有一个名为 **MenuItem** 的菜单项,为了在运行时使该菜单项失效(变灰),应使用的语句为(　　)。

A. MenuItem. Enabled=False

B. MenuItem. Enabled=True

C. MenuItem. Visible=True

D. MenuItem. Visible=False

(43) 在程序运行期间,如果拖动滚动条上的滚动块,则触发的滚动条事件是(　　)。

A. Move   B. Change

C. Scroll   D. GetFocus

(44) 假定窗体上有一个名为 **Label1** 的标签,为了使该标签透明并且没有边框,则正确的属性设置为(　　)。

A. Label1.BackStyle=0   B. Label1.BackStyle=1
   Label1.Borderstyle=0   Label1.Borderstyle=1

C. Label1.BackStyle=True   D. Label1.BackStyle=False
   Label1.BorderStyle=True   Label1.Borderstyle=False

(45) 为了暂时关闭计时器,应把该计时器的某个属性设置为 False,这个属性是(　　)。

A. Visible   B. Timer

C. Enabled   D. Interval

(46) 为了把一个记录型变量的内容写入文件中指定的位置,所使用的语句的格式为(　　)。

A. Get 文件号,记录号,变量名   B. Get 文件号,变量名,记录号

C. Put 文件号,变量名,记录号   D. Put 文件号,记录号,变量名

(47) 以下关于函数过程的叙述中,正确的是(　　)。

A. 如果不指明函数过程参数的类型,则该参数没有数据类型

B. 函数过程的返回值可以有多个

C. 当数组作为函数过程的参数时,既能以传值方式传递,也能以引用方式传递

D. 函数过程形参的类型与函数返回值的类型没有关系

(48) 函数过程 F1 的功能是,如果参数 b 为奇数,则返回值为 1,否则返回值为 0。以下能正确实现上述功能的代码是(　　)。

A.
```
Function F1(b As Integer)
    If b Mod 2=0 Then
    Return 0
    Else
    Return 1
    End If
End Function
```
B.
```
Function F1(b As Integer)
    If b Mod 2=0 Then
    F1=0
    Else
    F1=1
    End If
End Function
```
C.
```
Function F1(b As Integer)
    If b Mod 2=0 Then
    F1=1
    Else
    F1=0
    End If
End Function
```
D.
```
Function F1(b As Integer)
    If b Mod 2<>0 Then
    Return 0
    Else
    Return 1
    End If
End Function
```

(49) 假定建立了一个名为 **Command1** 的命令按钮数组,则以下说法中错误的是( )。

A. 数组中每个命令按钮的名称(Name 属性)均为 Command1

B. 数组中每个命令按钮的标题(Caption 属性)都一样

C. 数组中所有命令按钮可以使用同一个事件过程

D. 用名称 Command1(下标)可以访问数组中的每个命令按钮

(50) 把窗体的 KeyPreview 属性设置为 True,然后编写如下事件过程:

```
Private Sub Form_KeyPress(KeyAscii As Integer)
    Dim ch As String
    ch=Chr(KeyAscii)
    KeyAscii=Asc(UCase(ch))
    Print Chr(KeyAscii+2)
End Sub
```

程序运行后,按键盘上的 A 键,则在窗体上显示的内容是( )。

A. **A**　　　　　B. **B**　　　　　C. **C**　　　　　D. **D**

二、填空题

(1) 判断整型变量 n 是否为两位正整数的逻辑表达式为_____。

(2) 把数学代数式 |x|≤8 写成 VB 的关系表达式为_____。

(3) 用 Dim c(2 to 5) As Integer 语句定义的数组,含有_____个数组元素。

(4) SetFocus 方法的作用是_____。

(5) 设变量 TestDate 是 Date 类型,将日期 **2006 年 1 月 14 日**赋值给变量 TestDate 的正确赋值表达式为_____。

(6) 面向对象的程序设计是一种以_____为基础,由_____驱动对象的编程技术。

(7) 对象的三要素是_____、_____、_____。

(8) 对窗体 Form 中的各控件不能用鼠标任意精确定位是由于窗体中的_____起作用。

(9) 新建工程时系统会自动将窗体标题设置为_____。

(10) 数学式 $\sqrt{e^{\sin(X+Y)}\ln(X+Y)}$ 的 VB 表达式为_____。

(11) 程序运行时单击 **Command1** 后，输入 **12345678**，窗体上的输出结果为_____。

```
Private Sub Command1_Click()
    Dim x As long, y As String
    x=InputBox("","")
    Do While X<>0
        y=y & x Mod 10
        y=x\10 Mod 10 & y
        x=x\100
        print  y
    Loop
End Sub
```

(12) 下列程序运行时 4 次单击命令按钮 **Command1** 后窗体上的输出结果分别为_____。

```
Dim x As Integer, y As Integer
Private Sub f1(a As Integer)
    a=a/2
End Sub
Private Sub f2(ByVal b As Integer)
    b=b/2
End Sub
Private Sub Command1_Cl ick()
    Call f1(x)
    Call f2(y)
    Print x,y
End Sub
Private Sub Form Load()
    x=64;y=64
End Sub
```

(13) 控件 Hscroll1 的属性设置如下：

$$Hscroll1. Min=1$$
$$Hscroll1. Max=9$$
$$Hscroll1. Value=1$$
$$Hscroll1. SmallChange=2$$
$$Hscroll1. LargeChange=4$$

下列程序运行时，4 次单击滚动条右端箭头，各次单击时 **Text1** 上的显示结果分别为_____。

```
Dim y As Single
Private Function f1(x2 As Integer)As Single
    Static x1 As Integer
    f1=0
    For i=x1 To x2
        f1=f1+i
    Next i
    x1=i
End Function
```

```
Private Sub Hscroll1_change( )
    y=y+f1(Hscroll1.Value)
    Text1.Text=y
End sub
```

（14）单击窗体后,窗体上的显示结果为_____。

```
Private Sub Form_Click( )
  Dim a As Integer,s As Integer
  a=5:s=0
  Do While a<=0
    s=s+a:a=a-1
  Loop
  Print s;a
End Sub
```

（15）输入 **8,9,3,0** 后,窗体上的显示结果为_____。

```
Private Sub Form_Click( )
  Dim i As Integer,sum As Integer,m As Integer
  Do
    m=InputBox("请输入 m","累加和等于"& sum)
    If m=0 Then Exit Do
    sum=sum+m
  Loop
  Print sum
End Sub
```

（16）单击窗体后,窗体上的显示结果为_____。

```
Private Sub Form_Click( )
  Dim a(5) As Byte,i As Byte
  a(0)=1
  For i=1 To 5
    a(i)=a(i-1)+i:Print a(i);
  Next i
End Sub
```

（17）单击窗体后,窗体上的显示结果为_____。

```
Private Sub Form_Click( )
  Dim a(5,5) As Byte,i As Byte,j As Byte
  For i=1 To 5:For j=1 To 5
    a(i,j)=i*j
  Next j,i
  For i=1 To 5:Print a(i,i);:Next i
End Sub
```

（18）单击窗体后,窗体上的显示结果为_____。

```
Private Sub Form_Click( )
  Dim i As Integer,j As Integer
  For i=1 To 6
```

```
        Print Spc(6-i);
        For j=1 To(2*i)-1:Print"W";:Next j
        Print
    Next i
End Sub
```

（19）单击窗体后，窗体上的显示结果为_____。

```
Private Sub Form_Click()
    Dim a(1 To 2,1 To 3) As Integer,i As Integer,j As Integer
    For i=1 To 2
        For j=1 To 3
            a(i,j)=i+j:Print Tab(j*5+2);a(i,j),
        Next j
        Print
    Next i
End Sub
```

（20）以下程序产生 30 个两位随机整数，并按从小到大的顺序存入数组 a 中，再将其中的奇数按从小到大的顺序在窗体中用紧凑格式输出，请填空。

```
Private Sub Form_Click()
    Dim a(30) As byte,i as Byte,j As Byte,m As Byte
    For i=1 To 30:a(i)=_____:Next i
    For i=1 To 29
        For j=_____
        If a(i)>a(j) Then
            m=a(i):_____:a(j)=m
        End If
    Next j,i
    For i=1 To 30
        If _____ Then Print a(i);
    Next i
End Sub
```

（21）在窗体上画两个名称分别为 **Combo1**，**Combo2** 的组合框，然后画两个名称分别为 **Label1**，**Label2** 的标签，如图 4.8 所示。程序运行后，如果在某个组合框中选择一个项目，则把所选中的项目在其上面的标签中显示出来，请填空。

```
Private Sub Combo1_Click()
    Call ShowItem(Combo1,Label1)
End Sub
Private Sub Combo2_Click()
    Call ShowItem(Combo2,Label2)
End Sub
Public Sub ShowItem(tmpCombo As ComboBox,
                    tmpLabel As Label)
    _____.Caption=_____.Text
End Sub
```

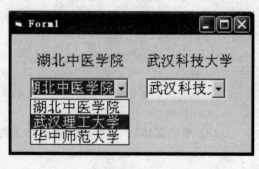

图 4.8

(22) 在窗体上画一个名称为 **Command1** 的命令按钮,然后编写如下事件过程:

```
Private Sub Command1_Click()
  n=5
  f=1
  s=0
  For i=1 To n
  f=f _____
  s=s+f
  Next
  Print s
End Sub
```

该事件过程的功能是计算

$$1+\frac{1}{1\times2}+\frac{1}{1\times2\times3}+\frac{1}{1\times2\times3\times4}+\frac{1}{1\times2\times3\times4\times5}$$

的值,请填空。

(23) 本程序的功能是利用随机数函数模拟投币效果。方法是每次随机产生一个 0 或 1 的整数,相当于一次投币,1 代表正面,0 代表反面。在窗体上有三个名称分别是 **Text1**,**Text2**,**Text3** 的文本框,分别用于显示用户输入投币总次数、出现正面的次数和出现反面的次数,如图 4.9 所示。程序运行后,在文本框 **Text1** 中输入总次数,然后单击**开始**按钮,按照输入的次数模拟投币,分别统计出现正面、反面的次数,并显示结果。以下是实现上述功能的程序,请填空。

```
Private Sub Command1_Click()
Randomize
n=Val(Text1.Text)
n1=0
n2=0
For i=1 To _____
r=Int(Rnd*2)
If r=_____ Then
n1=n1+1
Else
n2=n2+1
End If
Next
Text2.Text=n1
Text3.Text=n2
End Sub
```

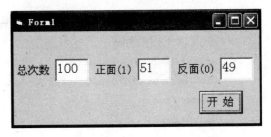

图 4.9

(24) 设有如下程序:

```
Private Sub search(a() As Variant,ByVal key As Variant,index%)
Dim I%
For I=LBound(a) To UBound(a)
If key=a(I) Then
index=I
```

```
        Exit Sub
        End If
        Next I
        index=-1
        End Sub
        Private Sub Command1_Click( )
        Show
        Dim b( ) As Variant
        Dim n As Integer
        b=Array(1,3,5,7,9,11,13,15)
        Call search(b,11,n)
        Print n
        End Sub
```

程序运行后,单击命令按钮,输出结果是_____。

(25) 语句 Print Int(12345.6789 * 100+0.5)/100 的输出结果是_____。

(26) 在窗体上画一个文本框和一个图片框,然后编写如下两个事件过程:

```
        Private Sub Form_Click( )
        Text1.Text="VB 程序设计"
        End Sub
        Private Sub Text1_Change( )
        Picture1.Print"VB Programming"
        End Sub
```

程序运行后单击窗体,在文本框中显示的内容是_____,在图片框中显示的内容是_____。

(27) 阅读下面的程序:

```
        Private Sub Form_Click( )
        Dim Check As Boolean,Counter As Integer
        Check=True
        Counter=5
        Do
        Do While Counter<20
        Counter=Counter+1
        If Counter=10 Then
        Check=False
        Exit Do
        End If
        Loop
        Loop Until Check=False
        Print Counter
        End Sub
```

程序运行后,单击窗体,输出结果为_____。

(28) 程序功能是在文本框 **text1**,**text2**,**text3** 中输入三角形的三个边长,当单击**计算按钮**时,计算三角形的面积。三角形面积在 **Label6** 中显示。如果输入的三个数不能构成三角形,则通过 MsgBox 函数给出**无法构成三角形**的提示信息,对话框标题为**输入错误**,对话框按钮样

式为**确定**按钮。程序正常运行时的界面如图 4.10 所示。（注：构成三角形的条件是任意两边之和大于第三边）

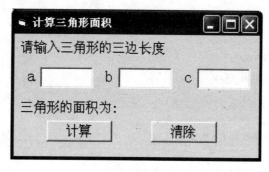

图 4.10

```
Private Sub Command1_Click()        '计算面积
Dim a As Single,b As Single,c As Single,s As Single
Dim x As Single
    a=Val(Text1.Text)
    b=Val(Text2.Text)
    c=Val(Text3.Text)
    If _____ Then
        x=(a+b+c)/2
        s=Sqr(x*(x-a)*(x-b)*(x-c))
        _____
    Else
        MsgBox _____,vbOKOnly+vbCritical,"输入错误"
    End If
End Sub
Private Sub Command2_Click()        '清除
    txt1.Text=""
    txt2.Text=""
    txt2.Text=""
    Label6.Caption=""
End Sub
```

（29）下面程序功能是单击窗体后，在输入对话框中分别输入三个整数，程序在窗体上输出三个数中的中间数，如图 4.11 所示，输入 **56，87，49**，其窗体上的输出结果为_____。

```
Private Sub Form_Click()
    Dim x As Integer,y As Integer,z As Integer,m As Integer
    Print"输入三个数:";
    x=InputBox("输入第一个数")
    y=InputBox("输入第二个数")
    z=InputBox("输入第三个数")
    Print x;y;z
    Print
    If x>y Then
```

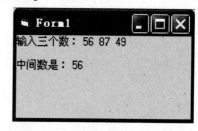

图 4.11

```
            m=y
            y=x
            x=m
        End If
    If _____ Then
        Print"中间数是:";y
    Else
        If _____ Then
            Print"中间数是:";x
        Else
            _____
        End If
    End If
End Sub
```

(30) 阅读下列程序：

```
Private Sub Form_Click( )
Static x(4) As Integer
For i=1 to 4
x(i)=x(i)+i*3
Next i
Print
For i=1 to 4
print"x(";i;")=";x(i)
Next i
End Sub
```

程序运行后,三次单击窗体,其最终结果是_____。

(31) 表达式 12000+"129"& 200 的值是_____。

32. 有如下程序：

```
s=0
i=1
DO WHILE i<=100
IF i MOD 10<>0 THEN
s=s+i
i=i+1
ELSE
i=i+1
END IF
LOOP
PRINT s
END
```

运行后的输出结果是_____。

(33) 有如下程序：

```
a$="1234567"
FOR m=1 TO 4
PRINT TAB(5-m);_____
NEXT m
END
```

运行后的输出结果如下：

```
    4
   345
  23456
 1234567
```

(34) 有如下程序：

```
Sub add(x,y)
x=x+y
Print"x=";x;",y=";y
End Sub
Private Sub Command1_Click()
x=1:y=1
Call add((x),(y))
Print"x=";x;",y=";y
End Sub
```

运行后的输出结果是_____。

(35) 有如下程序：

```
n=3
FOR K=3 TO 1 STEP-1
x$=STRING$(k,"!")
PRINT n;x$;
n=n-1
NEXT K
END
```

运行后的输出结果是_____。

综合练习题参考答案

练 习 一

一、选择题

(1) D　(2) D　(3) D　(4) B　(5) B　(6) C　(7) D　(8) B　(9) D　(10) D
(11) C　(12) A　(13) B　(14) B　(15) C　(16) D　(17) A　(18) D　(19) B　(20) D
(21) D　(22) C　(23) D　(24) D　(25) C　(26) C　(27) A　(28) D　(29) D　(30) B
(31) A　(32) B　(33) A　(34) D　(35) D　(36) C　(37) C　(38) C　(39) C　(40) A
(41) A　(42) B　(43) A　(44) C　(45) A　(46) A　(47) A　(48) D　(49) D　(50) C

二、填空题

(1) 30　(2) text1(0),1,sum-max-min　(3) 求1~8的和,36　(4) "Shanghai"
(5) 8　(6) list1. additem i,list1. listcount-1,list1. list(i)
(7) a( ),ubound(b),n=n-1　(8) CHANGE( )　(9) X>=0,X<amin　(10) 321456
(11) MID$(a$,5-m,m)　(12) i+1 TO 100,a(i)=a(j):a(j)=s　(13) 300　(14) 123
(15) 33　(16) a To 9,i+1 To 10,>=　(17) 24　(18) CHANGE( ),VALUE
(19) OPTION1(I). VALUE,OPT,LABEL4. CAPTION　(20) 21
(21) s=2 s=5 s=9
(22) 1　　1 1　　1 2 1　　1 3 3 1　　1 4 6 4 1
(23) ByeVal,k Mod i,k=k \ i,Call pp(i)
(24) a( ) As Double,9,a(j)<a(k)　(25) 116　(26) 8
(27) 李子　苹果　橘子　葡萄　柚子　香蕉　(28) &,-　(29) Autoredraw
(30) "I am happy!"　(31)10　(32) -36　(33) n-r,t=1　(34) ABCDEF　7
(35) type MISMATCH

练 习 二

一、选择题

(1) C　(2) D　(3) C　(4) B　(5) B　(6) C　(7) D　(8) C　(9) B　(10) C
(11) D　(12) B　(13) B　(14) C　(15) A　(16) A　(17) D　(18) A　(19) A　(20) C
(21) D　(22) B　(23) D　(24) B　(25) A　(26) D　(27) C　(28) D　(29) D　(30) D
(31) C　(32) C　(33) B　(34) C　(35) A　(36) A　(37) B　(38) D　(39) D　(40) C
(41) B　(42) C　(43) C　(44) A　(45) D　(46) A　(47) D　(48) C　(49) D　(50) C

二、填空题

(1) $5X^2-3X-2SIN(A)/3$　(2) 9　(3) ABS(3*y*COS(w+p))　(4) -1　(5) 0　(6) "abc"

(7) Mid＄(mew＄,2)　(8) 720　(9) LEN(a＄),MID＄(a＄,j,1)　(10) 126

(11) DIM ab AS STRING＊10　(12) 8　(13) 3　(14) s＝11 s＝10 s＝6

(15) 2 4 7 11 16　(16) 2 2 2 2,4 4 4,6 6,8

(17) good　4,doog　(18) 18

(19) 1＋INT(10＊RND) 或 INT(RND＊10＋1),a(b)＝a(b)＋1

(20) A,a　(21) 下拉式组合框,Style　(22) Cancel　(23) ABCDE　(24) 12345.68

(25) Max＜arr(I),Min＞arr(i)　(26) ABCD　(27) －5,5　(28) 9　(29) 65,97　(30) 25

(31) 子程序６８４,主程序６４３　(32) ＊＊＄＄＄＊＊＊＊＄＄＄＄＄

(33) Form 窗体,Font

(34) InputBox,X,"A"To"Z","0"To"9"　(35) n,Sn＝Sn＋S

练　习　三

一、选择题

(1) C　(2) B　(3) D　(4) A　(5) C　(6) C　(7) A　(8) B　(9) D　(10) C

(11) C　(12) B　(13) D　(14) C　(15) A　(16) B　(17) B　(18) D　(19) D　(20) C

(21) A　(22) C　(23) C　(24) C　(25) B　(26) C　(27) A　(28) D　(29) A　(30) D

(31) C　(32) D　(33) A　(34) B　(35) B　(36) A　(37) A　(38) C　(39) D　(40) C

(41) D　(42) A　(43) C　(44) A　(45) C　(46) D　(47) D　(48) B　(49) B　(50) C

二、填空题

(1) n＞9 and n＜100　(2) abs(x)＜＝8　(3) 4　(4) 使控件获得焦点

(5) Testdate＝♯01/14/2006♯　(6) 对象,事件　(7) 属性,方法,事件　(8) 网格

(9) Form1　(10) SQR(EXP(SIN(X＋Y))＊LOG(X－Y))

(11) 78,5786,357864,13578642

(12) 32 64,16 64,8 64,4 64　(13) 6 15 28 45　(14) 0 5 5

(15) 20　(16) 2 4 7 11 16　(17) 1 4 9 16 25

(18) W　www　wwwww　wwwwwww　wwwwwwwww　wwwwwwwwwww

(19) 2　3　4　3　4　5

(20) 10＋Int(Rnd＊90),i＋1 To 30,a(i)＝a(j),a(i) Mod 2＝1

(21) tmplabel,tmpCombo　(22) ＊(1/i)　(23) n,1　(24) 5　(25) 12345.68

(26) VB 程序设计,VB Programming　(27) 10

(28) a＋b＞c and a＋c＞b and b＋c＞a,label6.caption＝str(s),"无法构成三角形"

(29) z＞y,z＜x,print,"中间数是：,";z　(30) x(1)＝9 x(2)＝18 x(3)＝27 x(4)＝36

(31) "12129200"　(32) 4500　(33) MID＄(a＄,5－m,2＊m－1)

(34) x＝2,y＝1　　x＝1,y＝1

(35) 3 ！！！　2 ！！　1 ！

第5部分 上机练习题

5.1 基本操作

请根据以下各小题的要求设计 Visual Basic 应用程序的界面和代码。

（1）在名称为 **Form1** 的窗体上建立一个名称为 **Command1** 的命令按钮数组，含三个命令按钮，它们的 Index 属性分别为 **0，1，2**，标题依次为**是、否、取消**，每个按钮的高、宽均为 300、800。窗体的标题为**按钮窗口**。运行后的窗体如图 5.1 所示。

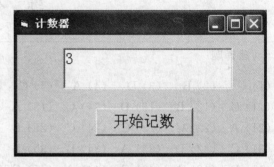

图 5.1　　　　　　　　　　　　　　　图 5.2

（2）在名称为 **Form1** 的窗体上画一个名称为 **Text1** 的文本框，其初始内容为 0。画一个名称为 **C1**、标题为**开始计数**的命令按钮；再画一个名称为 **T1** 的计时器。要求在开始运行时不计数，单击**开始计数**按钮后，则使文本框中的数每秒加 1。方法是，把计时器的相应属性设置为适当值，在计时器的适当的事件过程中加入语句 Text1. Text＝Text1. Text＋1；并在命令按钮的适当事件过程中加入语句 T1. Enabled＝True 即可。运行时的窗体如图 5.2 所示。

（3）在名称为 **Form1** 的窗体上添加一个名称为 **Timer1** 的计时器控件，一个名称为 **Lebel1** 的标签，标签的 Captoin 属性设置为**移动标签**；一个名称为 **C1** 的命令按钮，按钮的 Captoin 属性设置为**开始**。要求在程序运行时，单击按钮 **C1**，则每隔 1 秒调用计时器的 Timer 事件过程一次，标签 **Lebel1** 向右移动一次。将窗体的标题设置为**题目 2**，设计、运行阶段的窗体如图5.3、图 5.4 所示。

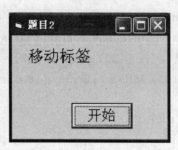

图 5.3　　　　　　　　　图 5.4　　　　　　　　　图 5.5

（4）在名称为 **Form1** 的窗体上画一个名称为 **Text1** 的文本框，无初始内容；再画一个名称为 **P1** 图片框。请编写 **Text1** 的 Change 事件过程，使得在运行时，在文本框中每输入一个字符，就在图片框中输出一行文本框中的完整内容，运行时的窗体如图 5.5 所示。

（5）在名称为 **Form1** 的窗体上画两个名称分别为 **Label1** 和 **Label2**、标题分别为**身高**和**体重**的标签，两个名称分别为 **Text1** 和 **Text2** 的文本框，（Text 属性均为空白）和一个名称为 **Command1**、标题为**输入**的命令按钮。然后编写命令按钮的 Click 事件过程，程序运行后，如果单击命令按钮，则先后显示两个输入对话框，在两个输入对话框中分别输入身高和体重，并分别在两个文本框中显示出来，运行后的窗体如图 5.6 所示。要求程序中不得使用任何变量。

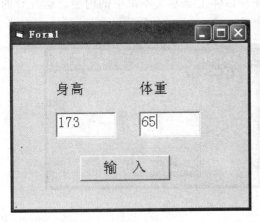
图 5.6

图 5.7

图 5.8

（6）在名称为 **Form1** 的窗体上画一个名称为 **Picture1** 的图片框、一个名称为 **VScroll1** 的垂直滚动条和一个名称为 **Command1**、标题为**设置属性**的命令按钮，通过属性窗口在图片框中装入一个图形，图片框的宽度与图形的宽度相同，图片框的高度任意，如图 5.7 所示。编写适当的事件过程，使程序运行后，如果单击命令按钮，则设置滚动条的属性为 Min＝100；Max＝2400；LargeChange＝200；SmallChange＝20，之后就可以通过移动滚动条上的滚动块来增加或减小图片框的高度。运行后的窗体如图 5.7、图 5.8 所示。

（7）在名称为 **Form1** 的窗体上画两个名称分别为 **Label1** 和 **Label2**、标题分别为**书名**和**作者**的标签，两个名称分别为 **Text1** 和 **Text2** 的文本框（Text 属性均为空白）和一个名称为 **Command1**、标题为**显示**的命令按钮，如图 5.9 所示。然后编写命令按钮的 Click 事件过程。程序运行后，在两个文本框中分别输入书名和作者，然后单击命令按钮，则在窗体的标题栏上显示两个文本框中的内容，如图 5.10 所示。要求程序中不得使用任何变量。

图 5.9

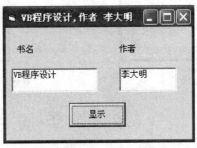
图 5.10

图 5.11

（8）在名称为 **Form1** 的窗体上画一个名称为 **VScroll1** 的垂直滚动条和一个名称为 **HScroll1** 的水平滚动条，如图 5.11 所示。在属性窗口中对两个滚动条设置如下属性：

Min 1500；Max 6000；LargeChange 200；SmallChange 50

编写适当的事件过程。程序运行后，如果移动滚动条上的滚动框，则可扩大或缩小窗体。运行后的窗体如图 5.11 所示。要求程序中不得使用任何变量。

（9）在名称为 **Form1** 的窗体上画一个名称为 **Label1**、标题为**输入信息**的标签，一个名称为 **Text1** 的文本框，（Text 属性为空白）和一个名称为 **Command1**、标题为**显示**的命令按钮，如图 5.12 所示。然后编写命令按钮的 Click 事件过程。程序运行后，在文本框中输入**计算机等级考试**，然后单击命令按钮，则标签和文本框消失，并在窗体上显示文本框中的内容。运行后的窗体如图 5.13 所示。要求程序中不得使用任何变量。

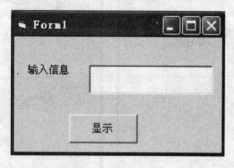

图 5.12

图 5.13

（10）在名称为 **Form1** 的窗体上画一个名称为 **Text1** 的文本框，Text 属性为**国**，FontName 属性为**黑体**和一个名称为 **HScroll1** 的水平滚动条，如图 5.14 所示。在属性窗口中对滚动条设置如下属性：

Min 10；Max 100；LargeChange 5；SmallChange 2

编写适当的事件过程。程序运行后，如果移动滚动条上的滚动框，则可扩大或缩小文本框中的国字。运行后的窗体如图 5.15 所示。要求程序中不得使用任何变量。

图 5.14

图 5.15

5.2 简单应用

请根据以下各小题的要求完善 Visual Basic 应用程序代码。

(1) 程序设计窗体如图 5.16 所示，它包含两个名称分别为 **Form1** 和 **Form2** 的窗体，**Form1** 和 **Form2** 窗体上建立了标题分别为 **C1** 和 **C2** 的按钮。先把 **Form1** 上按钮的标题改为**结束**，把 **Form2** 上按钮的标题改为**显示**，并将 **Form2** 设为启动窗体，将 **Form1** 设为不显示。该程序实现的功能是，在程序运行时显示 **Form2** 窗体，单击 **Form2** 上的**显示**按钮，则显示 **Form1** 窗体；若单击 **Form1** 上的**结束**按钮，则关闭 **Form1** 和 **Form2**，并结束程序运行。请去掉程序中的注释符，把程序中的"？"改为正确的内容，但不能修改程序中的其他部分。

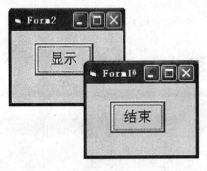

图 5.16   图 5.17

所有事件程序代码如下：

```
Private Sub C2_Click()
'       Load?
'       ?=True
End Sub
Private Sub C1_Click()
        End
End Sub
```

(2) 程序设计窗体如图 5.17 所示，窗体上有一个名为 **P1** 的图片框；一个单选按钮数组 **op1**，含三个标题分别为**正方形**、**椭圆形**和**圆形**的单选按钮；还有一个标题为**显示**的命令按钮。程序的功能是，在运行时，如果选中一个单选按钮后，单击**显示**按钮，则根据单选按钮的选中情况，在图片框中显示**选择了正方形**、**选择了椭圆形**或**选择了圆形**，如图 5.17 所示。原题中的单选按钮和命令按钮没有标题，请把程序中的"？"改为正确的内容。

所有事件程序代码如下：

```
Private Sub C1_Click()
        Dim k As Integer
        For k=0 To 2
'           If Op1(k).? Then
'               Call draw(?)
            End If
        Next k
End Sub
Sub draw(a As Integer)
'       P1.Print "选择了" & Op1(?).Caption
End Sub
```

(3) 在窗体上有一个单选按钮数组，含三个单选按钮，均没有标题，请利用属性窗口，为单选按钮依次添加标题为**北京**、**上海**、**广州**，设初始选中的是**广州**，再添加一个标题为**显示**的命令按钮,如图 5.18 所示。程序的功能是,在运行时,如果选中一个单选按钮后,单击**显示**按钮,则根据单选按钮的选中情况,在窗体上显示**我的出生地是北京**、**我的出生地是上海**或**我的出生地是广州**。去掉程序中的注释符,将程序中的"?"改为正确的内容,使其实现上述功能,但不能修改程序中的其他部分,也不能修改控件的其他属性。

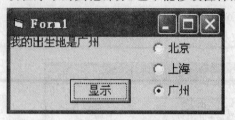

图 5.18

程序事件代码如下:

```
Private Sub C1_Click()
'       For i=? To ?
'           If Op1(i).?=True Then
'               Print "我的出生地是"+Op1(i).?
            End If
        Next
    End Sub
```

(4) 请在 **Form1** 窗体中画三个名称分别为 **B1**,**B2**,**L1**、标题分别为**字号**、**字体**、**计算机等级考试**的标签,其中 **L1** 的高为 500,宽为 3000;再在 **B1**、**B2** 标签的下面画两个名称分别为 **Cb1**、**Cb2** 的组合框,并为 **Cb1** 添加项目 **10**,**15**,**20**,为 **Cb2** 添加项目**黑体**、**隶书**、**宋体**,以上请在设计时实现。请编写 **Cb1**,**Cb2** 两个组合框事件过程,使在运行时,当在 **Cb1** 中选一个字号、在 **Cb2** 中选一个字体,标签 **L1** 中的文字即变为选定的字号和字体。如图 5.19 所示。

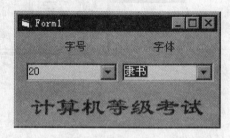

图 5.19

(5) 程序设计窗体如图 5.20 所示,在窗体上画两个名称分别为 **Command1** 和 **Command2**、标题分别为**添加项目**和**删除项目**的命令按钮,再画一个名称为 **List1** 的列表框和一个名称为 **Text1** 的文本框。编写适当的事件过程。程序运行后,如果单击**添加项目**命令按钮,则从键盘上输入要添加到列表框中的项目(内容任意,不少于三个);如果单击**删除项目**命令按钮,则从键盘上输入要删除的项目,将其从列表框中删除。程序的运行情况如图 5.21 所示。去掉程序中的注释符,把程序中的"?"改为适当的内容,使其正确运行,但不能修改程序中的其他部分。

图 5.20

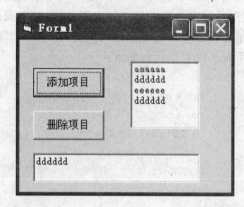

图 5.21

```
Private Sub Command1_Click()
    Text1.Text=InputBox("请输入要添加的项目")
    ' List1.AddItem?
End Sub
```

```
Private Sub Command2_Click( )
    Text1.Text=InputBox("请输入要删除的项目")
'   For i=0 To?
'     If List1.List(i)=? Then
'       List1.RemoveItem?
        End If
    Next i
End Sub
```

（6）程序设计窗体如图 5.22 所示，其功能是通过调用过程 FindMax 求数组的最大值，请装入该文件。程序运行后，在 4 个文本框中各输入一个整数，然后单击命令按钮，即可求出数组的最大值，并在窗体上显示出来。去掉程序中的注释符，把程序中的"？"改为正确的内容，使其实现上述功能。

```
Private Function FindMax(a( ) As Integer)
    Dim Start As Integer
    Dim Finish As Integer,i As Integer
'   Start=?(a)
'   Finish=?(a)
'   Max=?(Start)
    For i=Start To Finish
'     If a(i)? Max Then Max=?
      Next I
    FindMax=Max
End Function
Private Sub Command1_Click( )
    Dim arr1
    Dim arr2(4) As Integer
    arr1=Array(Val(Text1.Text),Val(Text2.Text),Val(Text3.Text),Val(Text4.Text))
    For i=1 To 4
'     arr2(i)=CInt(?)
    Next i
'   M=FindMax(?)
    Print"最大值是:";M
End Sub
```

图 5.22

（7）在名称为 **Form1**，KeyPreview 属性为 True 的窗体上画一个名称为 **List1** 的列表框和一个名称为 **Text1** 的文本框，如图 5.23 所示。编写窗体的 KeyDown 事件过程。程序运行后，如果按 **A** 键，则从键盘上输入要添加到列表框中的项目（内容任意，不少于三个）；如果按 **D** 键，则从键盘上输入要删除的项目，将其从列表框中删除。程序的运行情况如图 5.24 所示，可以实现上述功能。但这个程序不完整，请把它补充完整。

图 5.23

图 5.24

程序事件代码如下：

```
Private Sub Form_KeyDown(KeyCode As Integer,Shift As Integer)
    If Chr(KeyCode)="A" Then
        Text1.Text=InputBox("请输入要添加的项目")
'       List1.AddItem?
    End If
    If Chr(KeyCode)="D" Then
      Text1.Text=InputBox("请输入要删除的项目")
'     For i=0 To?
'       If List1.List(i)=? Then
'           List1.RemoveItem?
        End If
        Next i
    End If
End Sub
```

（8）程序设计窗体如图 5.25 所示，其功能是通过调用过程 Average 求数组的平均值，请装入该文件。程序运行后，在 4 个文本框中各输入一个整数，然后单击命令按钮，即可求出数组的平均值，并在窗体上显示出来。这个程序不完整，请把它补充完整，并能正确运行。

图 5.25

```
Private Function Average(a( ) As Integer)
As Single
    Dim Start As Integer,Finish As Integer,i
As Integer,Sum As Integer
'   Start=? (a)
'   Finish=? (a)
'   Sum=?
    For i=Start To Finish
'   Sum=Sum+ ?
    Next i
'    Average=?
End Function
Private Sub Command1_Click( )
    Dim arr1
    Dim arr2(4)As Integer
        arr1=Array(Val(Text1.Text),Val(Text2.Text),Val(Text3.Text),Val(Text4.
Text))
    For i=1 To 4
      arr2(i)=CInt(arr1(i))
    Next i
'   Aver=Average(?)
    Print"平均值是:";Aver
End Sub
```

（9）在考生文件夹下有一个工程文件 **sjt3. vbp**，请在窗体上建立一个菜单，主菜单项标题为**项目**，其名称为 **Item**；它有两个子菜单项，其名称分别为 **Add** 和 **Delete**，标题分别为**添加项目**

和**删除项目**,然后画一个名称 **List1** 的列表框和一个名称 **Text1** 的文本框,如图 5.26 所示。编写适当的事件过程。程序运行后,如果执行**添加项目**命令,则从键盘上输入要添加到列表框中的项目(内容任意,不少于三个);如果执行**删除项目**命令,则从键盘上输入要删除的项目,将其从列表框中删除。程序的运行情况如图 5.27 所示。程序不完整,请把它补充完整。

图 5.26   图 5.27

```
Private Sub Add_Click( )
    Text1.Text=InputBox("请输入要添加的项目")
    '      List1.AddItem?
    End Sub
  Private Sub Delete_Click( )
    Text1.Text=InputBox("请输入要删除的项目")
    '   For i=0 To?
    '     If List1.List(i)=? Then
    '        List1.RemoveItem?
         End If
      Next i
    End Sub
```

(10) 程序窗体如图 5.28 所示,其功能是通过调用过程 Sort 将数组按升序排序。程序运行后,在 4 个文本框中各输入一个整数,然后单击命令按钮,即可使数组按升序排序,并在文本框中显示出来,如图 5.29 所示。这个程序不完整,请把它补充完整,并能正确运行。

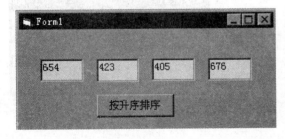

图 5.28   图 5.29

程序事件代码如下:

```
Private Sub Sort(a( ) As Integer)
  Dim Start As Integer,Finish As Integer,i As Integer,j As Integer,t As Integer
    '  Start=? (a)
```

```
'    Finish=?(a)
'    For i=?To 2 Step-1
'       For j=1 To?
'          If a(j)?a(j+1) Then
             t=a(j+1):a(j+1)=a(j):a(j)=t
          End If
      Next j,i
   End Sub
   Private Sub Command1_Click()
       Dim arr1,Dim arr2(4) As Integer
       arr1=
Array(Val(Text1.Text),Val(Text2.Text),Val(Text3.Text),Val(Text4.Text))
       For i=1 To 4
          arr2(i)=CInt(arr1(i))
       Next i
       Sort arr2()
       Text1=arr2(1):Text2=arr2(2):Text3=arr2(3):Text4=arr2(4)
   End Sub
```

5.3 综 合 应 用

请根据以下各小题的要求完善 Visual Basic 应用程序和。

(1) 如图 5.30 所示,在窗体上有两个名称为 **P1**,**P2** 的图片框,分别用来表示信号灯和汽车,其中在 **P1** 中轮流装入**黄灯**.**ico**、**红灯**.**ico**、**绿灯**.**ico** 文件来实现信号灯的切换;还有两个计时器 **Timer1** 和 **Timer2**,**Timer1** 用于变换信号灯,黄灯 1 秒,红灯 2 秒,绿灯 3 秒;**Timer2** 用于控制汽车向左移动。运行时,信号灯不断变换,单击**开车**按钮后,汽车开始移动。如果移动到信号灯前或信号灯下,遇到红灯或黄灯,则停止移动,当变为绿灯后再继续移动。在窗体中已经给出了全部控件和程序,但程序不完整,要求阅读程序并去掉程序中的注释符,把程序中的"?"改为正确的内容,使其实现上述功能。

```
Dim a% ,b As Boolean
Private Sub C1_Click()
'    Timer2.Enabled=?
     b=True
End Sub
Private Sub Timer1_Timer()
 a=a+1
 If a>6 Then
   a=1
 End If
 Select Case a
    Case 1
        P1.Picture=LoadPicture("黄灯.ico")
    Case 2,3
```

图 5.30

```
            P1.Picture=LoadPicture("红灯.ico")
        Case 4,5,6
    '        P1.Picture=LoadPicture("?")
            If b Then Timer2.Enabled=b
    End Select
End Sub
Private Sub Timer2_Timer()
    If (a<4) And (P2.Left>P1.Left And P2.Left <P1.Left+P1.Width) Or P2.Left<=100 Then
    '   Timer2.Enabled=?
    Else
    '   P2.Move?-10,P2.Top,P2.Width,P2.Height
    End If
End Sub
```

（2）如图 5.31 所示，在窗体上有一个名称为 **Text1** 的文本框和一个名称为 **C1** 的命令按钮。程序的功能为找出大于等于 15 000 以后的第一个素数。题目已经给出了用户自定义的功能函数 isprime( )，要求完成事件程序代码设计，使程序运行后单击 **C1** 按钮，则在文本框中显示找到的大于等于15 000以后的第一个素数，如图 5.32 所示。不能修改函数 isprime( )中的程序代码部分。

图 5.31

图 5.32

```
Private Function isprime(a As Integer) As Boolean
    Dim flag As Boolean
    flag=True
    b%=2
    Do While b%<=Int(a/2) And flag
        If Int(a/b%)=a/b% Then
            flag=False
        Else
            b%=b%+1
        End If
    Loop
    isprime=flag
End Function
```

（3）在窗体上建立三个名称分别为 **Read**,**Calc** 和 **Save**,标题分别为**读入数据**、**计算并输出**

和**存盘**的菜单，然后画一个名称为 **Text1**，MultiLine 属性设置为 **True**，ScrollBars 属性设置为 **2** 的文本框，如图 5.33 所示。程序运行后，如果执行**读入数据**命令，则读入 **datain1.txt** 文件中的 100 个整数，放入一个数组中，数组的下界为 1；如果单击**计算并输出**按钮，则把该数组中下标为奇数的元素在文本框中显示出来，求出它们的和，并把所求得的和在窗体上显示出来；如果单击**存盘**按钮，则把所求得的和存入 **dataout.txt** 文件中。

窗体文件中的 ReadData 过程可以把 **datain1.txt** 文件中的 100 个整数读入 Arr 数组中；而 WriteData 过程可以把指定的整数值写到指定的文件中（整数值通过计算求得，文件名为 **dataout.txt**）。要求完成三个菜单命令的单击事件代码，实现上面的操作要求。

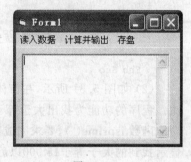

图 5.33

```
Option Base 1
Dim Arr(100) As Integer,Dim temp As Integer
Sub ReadData()
    Open App.Path & "\" & "datain1.txt" For Input As#1
    For i=1 To 100
        Input#1,Arr(i)
    Next I
    Close#1
End Sub
Sub WriteData(Filename As String,Num As Integer)
    Open App.Path & "\" & Filename For Output As#1
    Print#1,Num
    Close#1
End Sub
```

(4) 在窗体上建立两个文本框、一个命令按钮和两个标签，如图 5.34 所示。该程序功能为在文本框 1 中输入密码口令，输入正确时，则在文本框 1 中显示**口令正确**；如输入密码口令错误，则用信息框显示相应信息，如图 5.35 所示，并且在文本框 2 中显示允许次数减 1。如果输入密码口令三次错误，则信息框提示 **3 次输入错误，请退出**。程序不完整，请把它补充完整。

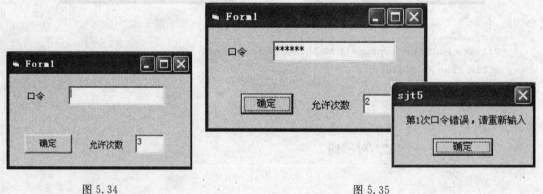

图 5.34   图 5.35

程序事件代码如下：
```
Private Sub C1_Click()
'    If ?="123456" Then
        Text1.Text="口令正确"
'     Text1.?=""
```

```
        Else
          Text2.Text=Text2.Text-1
'         If Text2.Text>? Then
            MsgBox "第" &(3-Text2.Text)& "次口令错误,请重新输入"
          Else
            MsgBox "3 次输入错误,请退出"
'           Text1.Enabled=?
          End If
        End If
      End If
    End Sub
```

(5) 数列 1,1,2,3,5,8,13,21,…的规律是从第三个数开始,每个数是它前面两个数之和。
窗体中已经给出了所有控件,如图 5.36 所示,请编写适当的事件过程,使得运行程序的时候,
选中一个单选按钮后,单击**计算**按钮,则计算出上述数列的第 n 项的值,并显示在文本框中,n
是选中的单选按钮后面的数值。

图 5.36

(6) 程序设计窗体如图 5.37 所示,窗体上有一个名称为 **Text1** 的文本框,两个名称为 **C1**,
C2、标题为**计算**和**存盘**的命令按钮,并有一个函数过程 isprime 可以在程序中直接调用,其功
能是判断参数 a 是否为素数,若是素数返回 True,否则返回 False。请编写适当事件过程,使
得在运行程序时候,单击**计算**按钮,则找出小于 18 000 的最大素数,并显示在 **Text1** 中,单击**存
盘**按钮,则把 **Text1** 中的计算结果存入默认文件夹下的 **out5. txt** 文件中。题目要求是完善窗
体中的 **C1**,**C2** 按钮的程序代码,注意不得修改函数过程 isprime 和控件的属性。

程序事件代码如下:

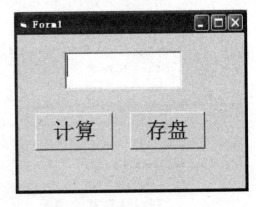

图 5.37

```
    Private Function isprime (a As Integer)
    As Boolean
        Dim flag As Boolean
        flag=True
        b%=2
        Do While b%<=Int(a/2) And flag
            If Int(a/b%)=a/b% Then
                flag=False
            Else
                b%=b%+1
            End If
        Loop
```

```
          isprime=flag
     End Function
     Private Sub C1_Click()
        (编写 C1 按钮程序代码)
     End Sub
     Private Sub C2_Click()
        (编写 C2 按钮程序代码)
     End Sub
```

(7) 在窗体上画三个名称分别是 **C1**,**C2** 和 **C3**C 标题分别为**读入数据**、**计算**和**存盘**的命令按钮,如图 5.38 所示。程序运行后,如果单击**读入数据**按钮,则读入 **datain1.txt\datain2.txt**文件中的个 20 个整数,分别放入两个数组中;单击**计算**按钮,则把两个数组中对应下标元素相整除,其结果放入第三个数组中(即第一个数组的第 n 个元素整除第二个数组的第 n 个元素,结果作为第三个数组的第 n 个元素,这里的 n 为 1,2,3…,20)。然后计算第三个数组元素之和,并把所得的和在窗体上显示出来。如果单击**存盘**按钮,则把结果存入默认文件夹的 **dataout.txt** 文件中。题目要求是完善窗体中的 **C1**,**C2** 按钮的程序代码,注意不得修改过程文件 ReadData1(),ReadData2(),WriteData()代码和控件的属性。

图 5.38

```
     Option Base 1
     Dim Arr1(20) As Integer
     Dim Arr2(20) As Integer
     Dim Sum As Integer
     Sub ReadData1()
        Open App.Path & "\" & "datain1.txt" For Input As#1
            For i=1 To 20
            Input#1,Arr1(i)
        Next i
        Close#1
     End Sub
     Sub ReadData2()
        Open App.Path & "\" & "datain2.txt" For Input As#1
            For i=1 To 20
            Input#1,Arr2(i)
        Next i
        Close#1
```

```
    End Sub
    Sub WriteData(Filename As String,Num As Integer)
        Open App.Path & "\" & Filename For Output As#1
            Print#1,Num
        Close#1
    End Sub
    Private Sub C1_Click()
            (编写 C1 按钮程序代码)
    End Sub
    Private Sub C2_Click()
            (编写 C2 按钮程序代码)
    End Sub
    Private Sub C3_Click()
            WriteData "dataout.txt",Sum
    End Sub
```

(8) 在 **Form1** 窗体中有一个文本框、两个命令按钮和一个计时器。程序功能是在运行程序时候,单击**开始计数**按钮,开始计数,每隔 1 秒,文本框数值加 1;单击**停止计数**按钮,则停止计数,如图 5.39 所示。注意,命令按钮为控件数组。要求适当修改控件的属性,把程序中的"?"改为正确内容,实现以上的计数功能。

```
    Private Sub C1_Click(Index As Integer)
        Select Case Index
            Case 1
                Timer1.Enabled=False
            Case 0
                Timer1.Enabled=True
        End Select
    End Sub
```

图 5.39

```
    Private Sub Form_Load()
            ?
    End Sub
    Private Sub Timer1_Timer()
            ?
    End Sub
```

(9) 程序窗体如图 5.40 所示,文本框名称为 **Text1**,能显示多行文字,命令按钮名称为 **C1**,标题为**存盘**。编写适当的事件过程,使得在加载窗体时候,将 **in7.txt** 文件中的文字内容显示在文本框中,然后在文本框的前面输入一行汉字**计算机等级考试**。单击存盘按钮,把文本框中文字内容存入 **out7.txt** 文件中。要求完成按钮 **C1** 的程序代码设计,实现以上功能。

```
    Private Sub C1_Click()
            (编写 C1 按钮程序代码)
    End Sub
    Private Sub Form_Load()
        Open App.Path & "\in7.txt" For Input As# 1
        Do While Not EOF(1)
```

```
        Input#1,mystring
        Text1.Text=Text1.Text+mystring
    Loop
    Close#1
End Sub
```

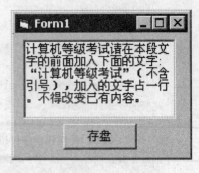

图 5.40

(10) 程序窗体如图 5.41 所示，文本框名称为 **Text1**，能显示多行文字，命令按钮名称为 **C1**，标题为**计算**，两个单选按钮的名称为 **Op1，Op2**，标题为**求 500 到 600 之间能被 7 整除的数之和**、**求 500 到 600 之间能被 3 整除的数之和**。编写适当的事件过程，使得程序运行时候，选中一个单选按钮，然后单击**计算**按钮，则按要求将计算结果放入文本框中。要求完成按钮 **C1** 的程序代码设计，实现以上功能。

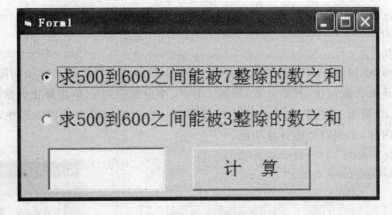

图 5.41

```
Private Function fun(a As Integer) As Integer
    s%=0
    For i%=500 To 600
        If Int(i%/a)=i%/a Then
            s%=s%+i%
        End If
    Next
    fun=s%
End Function
Private Sub C1_Click()
    (编写 C1 按钮程序代码)
End Sub
```

(11) 程序窗体如图 5.42 所示，文本框名称为 **Text1**，能显示多行文字，三个命令按钮名称为 **C1，C2，C3**，标题为**计算，转换，存盘**。编写适当的事件过程，使得程序运行时候，单击**输入**按钮，则从默认目录文件夹中读入 **in7. txt** 文件（文件中只有字母和空格），放入 **Text1** 中；单击**转换**按钮，则将 **Text1** 中所有小写字母转换成大写字母；单击**存盘**按钮，则将 **Text1** 中内容存盘到默认目录中 **out7. txt** 文件中。要求完成按钮 **C2，C3** 的程序代码设计，实现以上功能。

```
Private Sub C1_Click()
Open App.Path & "\in7.txt" For Input As#1
```

```
    Do While Not EOF(1)
        Input#1,mystring
        Text1.Text=mystring
    Loop
    Close#1
End Sub
Private Sub C2_Click( )
        (编写C2按钮程序代码)
End Sub
Private Sub C3_Click( )
        (编写C3按钮程序代码)
End Sub
```

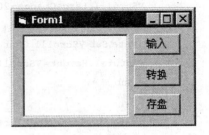

图5.42

5.4 上机练习题参考解答

1. 基本操作

（1）略

（2）
```
Private Sub C1_Click( )
    T1.Enabled=True
End Sub
Private Sub T1_Timer( )
    Text1.Text=Text1.Text+1
End Sub
```

（3）
```
Private Sub C1_Click( )
    Timer1.Enabled=True
End Sub
Private Sub Timer1_Timer( )
    Label1.Left=Label1.Left+30
End Sub
```

（4）
```
Private Sub Text1_Change( )
    P1.Print Text1.Text
End Sub
```

（5）
```
Private Sub Command1_Click( )
    Text1.Text=InputBox("请输入身高")
    Text2.Text=InputBox("请输入体重")
End Sub
```

（6）
```
Private Sub Command1_Click( )
    VScroll1.Max=2400:VScroll1.Min=100
```

```
        VScroll1.LargeChange=200 :VScroll1.SmallChange=20
     End Sub
     Private Sub VScroll1_Change()
        Picture1.Height=VScroll1.Value
     End Sub
  (7)
     Private Sub Command1_Click()
        Form1.Caption=Text1+","+Label2+" "+Text2
     End Sub
  (8)
     Private Sub HScroll1_Change()
      Form1.Width=HScroll1
     End Sub
     Private Sub VScroll1_Change()
      Form1.Height=VScroll1.Value
     End Sub
  (9)
     Private Sub Command1_Click()
     Label1.Visible=False
     Text1.Visible=False
     Print Text1
     End Sub
  (10)
     Private Sub HScroll1_Change()
        Text1.FontSize=HScroll1.Value
     End Sub
```

2. 简单应用

(1)
```
Load Form1
Form1.Visible=True
```
(2)
```
If Op1(k).Value Then
Call draw(k)
P1.Print "选择了" & Op1(a).Caption
```
(3)
```
For i=0 To Op1.Count-1
If Op1(i).Value=True Then
Print "我的出生地是"+Op1(i).Caption
```
(4)
```
Private Sub Cb1_Click()
  L1.Font.Size=Cb1.Text
End Sub
```

```
        Private Sub Cb2_Click()
          L1.Font.Name=Cb2.Text
        End Sub
```

(5)
```
      List1.AddItem Text1.Text
      For i=0 To List1.ListCount-1
      If List1.List(i)=Text1.Text Then
      List1.RemoveItem i
```

(6)
```
      Start=LBound(a)
      Finish=UBound(a)
      Max=a(Start)
      If a(i)>Max Then Max=a(i)
      arr2(i)=CInt(arr1(i))
      M=FindMax(arr2)
```

(7)
```
      List1.AddItem Text1
      For i=0 To List1.ListCount-1
      If List1.List(i)=Form1.Text1 Then
      List1.RemoveItem (i)
```

(8)
```
      Start=LBound(a)
      Finish=UBound(a)
      Sum=0
      Sum=Sum+a(i)
      Average=Sum/Finish
      Aver=Average(arr2)
```

(9)
```
      List1.AddItem Text1.Text
      For i=0 To List1.ListCount-1
      If List1.List(i)=Text1.Text Then
      List1.RemoveItem i
```

(10)
```
      Start=LBound(a)
      Finish=UBound(a)
      For i=4 To 2 Step-1
      For j=1 To 3
      If a(j)>a(j+1) Then
```

3. 综合应用

(1)
```
      Timer2.Enabled=True
      P1.Picture=LoadPicture("绿灯.ico")
```

```
          Timer2.Enabled=False
          P2.Move P2.Left-10,P2.Top,P2.Width,P2.Height
    (2)
      Private Sub C1_Click( )
       Dim i As Integer
       i=15000
       Do While Not isprime(i)
          i=i+1
       Loop
       Text1.Text=i
      End Sub
    (3)
      Private Sub Calc_Click( )
       Text1.Text=""
       For i=1 To 100 Step 2
          Text1.Text=Text1.Text & Arr(i) & Space(5)
          temp=temp+Arr(i)
       Next i
       Print temp
      End Sub
      Private Sub Read_Click( )
       ReadData
      End Sub
      Private Sub Save_Click( )
       WriteData "dataout.txt",temp
      End Sub
    (4)
      If Text1.Text="123456" Then
      Text1.PasswordChar=""
      If Text2.Text>0 Then
      Text1.Enabled=False
    (5)
      Private Sub Command1_Click( )
       Dim a As Long,b As Long,temp As Long,i As Integer,k As Integer
       a=1
       b=1
       For k=0 To 2
          If Op1(k).Value=True Then
            For i=3 To Val(Op1(k).Caption)
             temp=a+b:a=b:b=temp
            Next i
            Text1.Text=b
          End If
```

```
    Next k
  End Sub
```

（6）**C1** 按钮程序代码：

```
Dim i As Integer
 i=18000
 Do
   i=i-1
 Loop Until isprime(i)
 Text1.Text=i
```

C2 按钮程序代码：

```
Open "out5.txt" For Output As#1
Print#1,Text1.Text
Close#1
```

（7）**C1** 按钮程序代码：

```
ReadData1
ReadData2
```

C2 按钮程序代码：

```
Dim arr3(20) As Integer
Sum=0
For i=1 To 20
    arr3(i)=Arr1(i)\Arr2(i)
    Sum=Sum+arr3(i)
Next
Print Sum
```

（8）

```
Timer1.Interval=1000
Text1.Text=Text1.Text+1
```

（9）**C1** 按钮程序代码：

```
Open App.Path & "\out7.txt" For Output As#2
Print#2,Text1.Text
Close#2
```

（10）**C1** 按钮程序代码：

```
If Op1.Value Then
   Text1=fun(7)
End If
If Op2.Value Then Text1=fun(3)
```

（11）**C2** 按钮程序代码：

```
Text1.Text=UCase(Text1.Text)
```

C3 按钮程序代码：

```
Open App.Path & "\out7.txt" For Output As#2
Print#2,Text1.Text
Close#2
```